LANCELLE ET ANATOLE

A LA MÊME LIBRAIRIE

ANTOINE, ou le retour au village. in-12.

MORALE DU CHSISTIANISME. in-12.

RETOUR A LA FOI. in-12.

LA MARRAINE ET LA FILLEULE. in-18.

STÉPHANIE ET FÉLICIE. in-18.

VOYAGE A HIPPONE, au 5e siècle. in-18.

LE JOUR DES MORTS. in-18.

L'OUVROIR. in-18.

LA PETITE MARIE. in-18.

PLAIDOYER sur le *dogme* de la confession. in-18.

PLAIDOYER sur la *pratique* et la *nécessité* de la confession. in-18.

PLAIDOYER sur les avantages de la confession. in-18.

RETOUR de l'enfant prodigue. Dialogue. in-18.

LE DIMANCHE utilement employé. in-18.

ROBERT, ou le superstitieux éclairé. in-18.

DIEU ME VOIT. Dialogue. in-18.

LES COMMANDEMENTS DE DIEU. in-18.

LES COMMANDEMENTS DE L'EGLISE. in-18.

DES SAINTS ANGES. in-18.

LA PIÉTÉ FILIALE. in-18.

Le ministre de Dieu se présente la croix à la main.

LANGELLE ET ANATOLE

LILLE

L. LEFORT, IMPRIMEUR-LIBRAIRE.

1852.

LANCELLE ET ANATOLE

OU LES

SOIRÉES ARTÉSIENNES

PAR D. J. D. *Desprichel*

ANCIEN PROFESSEUR DE PHYSIQUE

Troisième édition.

Docebo iniquos vias tuas.... Non nobis, Domine,
non nobis, sed nomini tuo da gloriam.
ps. 50 et 113.

LILLE

L. LEFORT, IMPRIMEUR-LIBRAIRE.

1852.

PROPRIÉTÉ DE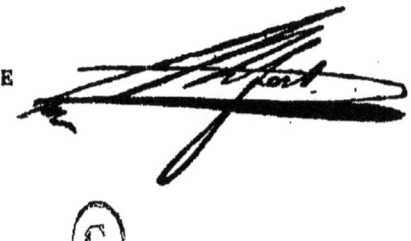

AVANT-PROPOS.

Jeune encore, je fus entraîné par la célébrité des coryphées de la philosophie moderne, dont les doctrines spécieuses et romanesques avaient bouleversé celles bien plus solides et plus raisonnables que j'avais puisées dans une éducation assez soignée. J'étais devenu, à mes yeux, un petit docteur comme on en voit tant ; discutant, disputant de tout, sans rien connaître ; décidant des plus hautes questions, raisonnant ou plutôt déraisonnant sur des sciences dont je connaissais à peine les noms. Aucune difficulté n'était insoluble pour moi, j'avais des raisons à tout, pour tout ; la raison pour moi seul ; mes jugements prononcés d'un ton tranchant étaient sans appel ; ma suffisance ne me permettait pas même de croire à la possibilité d'une réplique. Funeste et déplorable aveuglement ! Dans mon délire, j'avais renoncé à toute croyance ; ma foi appartenait aux organes du père du mensonge, et je n'avais trouvé dans leurs œuvres que la mort de mon intelligence.

Il ne sera peut-être pas inutile de faire connaître l'origine de ma fatale erreur. Je succombai sous des pièges ; je fis naufrage sur des écueils qui sont encore aujourd'hui multipliés de toutes parts ; en les signalant, peut-être sauverons-nous quelqu'imprudent qui, comme moi, en deviendrait la victime.

Avide de connaissance et d'instruction, j'aimais beaucoup la lecture. Je visite un jour une librairie foraine ; un ouvrage fixe mon attention, je l'achète ; un bouquiniste en étale un autre à ma vue, je crois faire emplète d'un traité de morale, je pars avec mon trésor ; j'ignorais qu'on eût caché sous des titres innocents, les doctrines du matérialisme et de l'athéisme. Combien d'infâmes productions, annoncées sous des titres aussi imposteurs, sont offertes encore tous les jours à une jeunesse inexpérimentée, pour tromper sa bonne foi et abuser sa candeur ! Ah ! puisse-t-elle s'éloigner de ces sources empoisonnées, si elle ne veut, par une funeste présomption, s'exposer à des regrets sans fin ! Qui que vous soyez, gardez-vous d'ouvrir ces boîtes de Pandore, car vous ne trouverez pas même l'espérance au fond.

Croyez-en l'expérience, si vous ne voulez l'acquérir à vos dépens.... Ah ! si quelqu'homme sage m'eût donné un pareil avis, que de maux je me serais évités ! que de regrets il m'eût épargnés ! Mais l'aurais-je écouté ? l'aurais-je cru ? me croirez-vous davantage ? Dans ce temps où toutes les vérités sont attaquées et méconnues, les bases de la société ébranlées, la divinité même outragée avec un audacieux acharnement ?

C'est dans un tel état de dissolution sociale, que j'ai cru utile de manifester le péril où s'exposent des personnes encore de bonne foi; je leur offre le fil qui m'a aidé à sortir du dangereux labyrinthe où j'ai failli périr : quand la guerre qu'on fait à la société est une guerre à mort, tous doivent combattre, généraux, soldats, volontaires, auxiliaires; personne n'est étranger à la lutte. L'attaque est vive, opiniâtre, le lâche seul peut rester indifférent.

Dans ce siècle raisonneur, on dispute sur tout, sans rien approfondir. Mais vous ne refuserez pas d'examiner avec moi, si vous n'êtes pas éminemment intéressé à connaître où est la vérité, la raison, si cette connaissance ne vous oblige pas à prendre parti ; si ce ne serait pas à votre détriment que vous refuseriez de vous conduire, en conséquence des lumières que vous auriez acquises. Parlons le langage de la vraie philosophie ; le bon sens décidera notre choix ; et nous avons le plus grand intérêt à le bien faire, puisque l'erreur serait d'autant plus funeste qu'elle pourrait devenir irréparable.

Mettons-nous donc en route, allons à la recherche de la vérité, le voyage ne sera peut-être pas sans agrément ; quelque sèches et arides que soient les contrées que nous aurons à parcourir, Dieu nous soit en aide !

LES SOIRÉES ARTÉSIENNES

L'automne commençait, la moisson avait été abondante, la saison était riante, et les bons habitants de L**** (village situé à quelques lieues de Saint-Omer), sortant de la messe paroissiale, le 1.er Dimanche d'Octobre, étaient rassemblés devant le portail de l'église, écoutant avec hilarité le garde-champêtre, qui, ses lunettes sur le nez, lisait, d'un ton nazillard et avec une importance comique, un arrêté du préfet, fixant le jour de l'ouverture de la chasse au mardi suivant. Les amateurs de cet exercice se serraient la main, et se félicitaient de ce que, l'année étant giboyeuse, ils pourraient traiter plus splendidement les joyeux convives qu'ils attendaient pour le jour de la fête du village, où l'on se rend de six lieues à la ronde.

Au milieu de la joie qui brillait sur le visage de tous ces bons campagnards, Mathurin, maître de poste du lieu, le vieux Mathurin seul soupirait ; il songeait à son fils Robert qui était au service, et qu'il craignait ne point voir encore à cette fête. Ce jeune homme, dont il était séparé depuis plus de douze ans, devait revenir sous peu avec son congé. Le cœur paternel du bon Mathurin souffrait du retard qu'éprouvait le retour de son

fils, et faisait mille conjectures sur les causes qui pouvaient l'occasionner. Seul triste, au milieu de cette jeunesse bruyante, il reprit lentement le chemin de sa maison.

« Ce brave jeune homme, dit-il à François, le maréchal, qui l'avait rejoint, et auquel il comptait sa peine,
doit avoir maintenant près de 31 ans, car il en comptait 20 quand il partit. Depuis son congé fini, j'es-
pérais le revoir et lui céder ma place de maître de poste,
mais la guerre l'a empêché de revenir; il n'a pas voulu
quitter son drapeau, tant il s'est cru utile à la patrie.»

Mathurin s'étendait avec complaisance sur ce sujet,
lorsque levant les yeux vers la grande route, il aperçoit au loin deux militaires qui, le sac sur le dos, paraissent se diriger vers le village, et qui, au train
dont ils marchent, semblent pressés d'arriver. La distance ne lui permet pas de distinguer les uniformes;
le bon vieillard soupire, et levant les yeux vers le ciel,
il lui demande la faveur de pouvoir, en ce jour, serrer
sur son cœur paternel l'objet de sa tendresse, ce fils
unique, l'espoir de ses cheveux blancs. Son pressenti-
ment ne le trompe point; il accélère le pas, oubliant
pour un instant son âge et ses infirmités. La fatigue
commençait à le gagner, quand, au détour d'une haie,
il rencontre nos voyageurs, et se trouve inopinément
dans les bras d'un beau militaire, de son cher Robert,
qui rapporte de ses campagnes la croix d'honneur.
Après les premiers et les plus tendres embrassements,
et quelques phrases échangées, le bon vieillard présenta son fils à François, l'ami d'enfance de Robert; et
Robert, à son tour, leur fit connaître son compagnon
de route, *sans-souci*, fils de Lupart, ancien berger de
la ferme de M. De F'**, lequel Lupart s'était engagé
comme tambour, à l'âge de 16 ans, voulant, disait-il
alors faire du bruit dans le monde.

Mathurin, rentré chez lui avec sa compagnie, retint
François, et appelant sa nièce, la petite Angeline :
«Nous avons des étrangers, lui dit-il, va dire à Lan-

celle notre docteur, et à Julien le charron, que je les invite à dîner avec des messieurs dont ils ne seront pas fâchés de faire la connaissance ; ne dis pas que tu as vu des militaires ; je veux leur laisser le plaisir de la surprise. »

On passe de suite dans la salle à manger. Le bon père ne peut détacher les yeux de dessus son fils, qu'il avait fait placer à ses côtés. On gardait depuis quelque temps le silence, chacun étant livré à ses pensées et aux jouissances du cœur, lorsque Pauline vint dans la chambre pour mettre la table. On lui avait caché l'arrivée de son frère, et on voulait jouir de sa surprise. La bonne Pauline salua les étrangers, sans oser même les regarder, et elle s'occupait modestement des soins du ménage, lorsque Mathurin, impatient et ne pouvant plus se contenir, lui dit vivement : « Pauline, ne reconnais-tu donc pas ce monsieur ? Celle-ci fixe alors les yeux sur Robert.

» — Eh ! mais, s'écrie-t-elle, je crois...., mais, oui...., c'est bien lui, ce sont ses traits, comme il est fortifié et grandi, ah ! ce n'est plus mon petit Robert.

» — Non, reprit Robert en la serrant dans ses bras, mais c'est toujours ton frère, ton cher Robert, ma bonne Pauline, qui désormais ne se séparera plus de toi et de notre vénérable père. »

Pauline ne pouvait plus revenir de son étonnement ; les questions se succédaient avec rapidité, et le bon Mathurin versait des larmes de bonheur en voyant l'amitié que se témoignaient ses deux enfants. Dans les transports de sa joie, Pauline élevait son cœur vers l'Auteur de tout bien, et rendait graces à Dieu de la conservation et du retour si heureux de son frère. « Ah ! s'écria-t-elle, tout ce que Dieu garde est bien gardé ! que de prières nous avons faites pour qu'il te sauve de tous les dangers et te ramène parmi nous ! Si tu savais combien d'inquiétudes nous avons eues dans ta dernière campagne ! c'est alors surtout que j'ai tant prié ton bon ange..... qu'il soit mille fois béni !.... »

Sans-Souci ricanant : « Comment, dit-il, vous croyez que les anges se mêlent de nous, Melle Pauline ?

» — Oui, monsieur, ne vous en déplaise, reprit-elle vivement ; le diable se mêle bien de nous faire du mal, pourquoi les anges n'aimeraient-ils pas à nous faire du bien ?

» — Le diable ! les anges ! répéta de nouveau Sans-Souci, en avez-vous vu des anges ? Quant à moi je vous avoue que je n'y crois plus.

» — Quant à vous, c'est possible, lui dit Pauline mécontente ; mais pour nous, vous nous permettrez de croire ce que croit l'Eglise ; elle est un peu plus croyable que vous ; (puis lui lançant un regard de dédain) et quant au diable, ajouta-t-elle, on y croirait rien qu'à voir... » Elle allait continuer de débiter tout ce que lui suggérait l'indignation qu'elle ne pouvait contenir, lorsqu'Angeline rétablit la paix en annonçant l'arrivée des convives. Pauline sortit en murmurant.

La joie de Mathurin s'était altérée ; il paraissait rêveur et absorbé en lui-même : ce qui venait de se passer lui donnait de grandes inquiétudes sur les principes de son fils, qu'il croyait calqués sur ceux de Lupart, qui, dès son début, s'annonçait déjà comme un impie. Il se proposa donc de les étudier l'un et l'autre, de faire de son mieux pour les éclairer, et, dans tous les cas, de se débarrasser au plus tôt de celui qui ne paraissait pas avoir pris, sans motif, le sobriquet de Sans-Souci. Julien et Lancelle, en entrant, mirent fin à ses réflexions, qui, si elles eussent continué, eussent singulièrement apporté de refroidissement dans la fête.

Lancelle, après avoir salué la compagnie, présenta une poignée de main à nos militaires, se félicitant, dit-il, de l'occasion qui lui était offerte de faire connaissance avec ce qu'il appelait des braves ; et, de suite, il se mit à parler des campagnes qu'il avait faites comme chirurgien dans un régiment.

Pendant ce temps, Julien fixait Lupart, et le recon-

naissant à sa voix, il lui saute au col , en l'appelant
son ancien ami. « Oui, lui dit François vous retrouvez
Lupart , comme je retrouve mon ami, mon bon camarade Robert. » (Puis s'adressant à celui-ci) : « Dieu
soit loué , mon cher Robert, nous avons dit bien des
Pater pour toi, sans reproche ; aussi il t'a bien gardé ,
et te voilà revenu en bonne santé et joli garçon; nous
avons à lui rendre graces de t'avoir conservé à notre
amitié et à l'amour de ta famille et de ton vénérable
père. Oh! nous nous sommes bien entretenus de toi,
et tes oreilles ont souvent dû joliment te tinter. »

Sans-Souci reçut les marques d'amitié de François
avec indifférence et dédain, parce que ce brave homme
croyait en Dieu ; il reçut au contraire avec une poli-
tesse affectée , et en lui serrant la main , les avances
de l'ex-chirurgien militaire, près duquel il se promit
bien de se placer à table.

Julien, qui n'avait pas encore desserré les dents ,
fit une remarque , c'est que nos deux militaires n'é-
taient pas du même régiment; l'un ayant un uniforme
de fantassin ; et l'autre paraissant appartenir à la cavalerie : ce qui fit sourire Robert, François et Mathurin.
« Écoutez donc , ajouta Julien , tout le monde ne connaît pas les uniformes , on n'y prend pas garde; mais
moi, voyez-vous, j'ai jugé tout de suite qu'ils n'étaient
pas tous les deux de la même arme et ne servaient pas
dans le même corps ; c'est pourquoi je suis surpris de
les voir arriver ensemble. » Lancelle lui fit observer
qu'il n'y avait rien d'étonnant , puisque tous deux re-
venaient au même lieu; ils avaient pu se rejoindre en
route , ce qui prouvait que si les montagnes ne se ren-
contrent pas, les hommes pouvaient se rencontrer,
selon le proverbe...

Julien allait continuer à faire de l'esprit, quand
Pauline annonça qu'on pouvait se mettre à table. Mathurin demanda si Anatole était rentré ; et, pendant
qu'on alla le chercher au jardin , Robert s'informa de
lui. « Comment tu ne te le rappelles pas? Eh! mais ,

c'est ton cousin, le fils de ta tante Charlotte, lui dit son père, tu l'as connu enfant de chœur; c'est aujourd'hui un grand garçon qui fait ses études, c'est un sujet distingué, il a remporté constamment tous les prix dans ses classes; avec cela il est timide et sage comme une jeune fille. A propos de ça, ne va pas jurer devant lui, au moins, car il s'en irait tout de suite, et je sais que les militaires y sont tant soit peu sujets : on peut croire cela bon à la guerre, il semble que ce soit le bon ton d'un soldat... on pense faire peur... mais ici... » Robert s'empressa de rassurer son vieux père.

En ce moment arriva Anatole, qui s'empressa de témoigner le plaisir qu'il éprouvait de revoir son parent, et cela, avec toute l'effusion de la plus tendre amitié; Robert reçut on ne peut plus cordialement les avances d'Anatole ; mais *Sans-Souci* répondit à peine à ses politesses.

Comme on se mettait à table, Mathurin présenta à son fils une jolie petite fille qui, honteuse, s'était jusque-là tenue cachée, et lui dit : « Tiens, embrasse encore celle-ci, elle te regarde du coin de l'œil depuis un quart-d'heure, et n'ose t'approcher, ayant peur de tes grandes moustaches. »

Robert la prit par la main et l'embrassa ; mais ayant appris qu'elle était sa filleule, qu'il l'avait tenue sur les fonts, précisément l'année de son départ, il redoubla de caresses à son égard, et voulut qu'à table elle se plaçât à côté de lui, de sorte qu'il se trouva entr'elle et son vieux père.

Chacun des convives prit place selon son goût, et le dîner commença assez tranquillement, malgré la contrariété qu'éprouva Sans-Souci d'être obligé de prendre part au *Benedicite,* que Mathurin avait fait dire tout haut par la petite Angeline; Cléri, François, Robert et Pauline étant restés droits et découverts, force lui fut de se conformer à ce qu'il crut être l'usage de la maison.

On se mit bientôt à parler campagnes. Robert, qui en avait fait plusieurs, raconta une foule de faits qu'on écouta avec un extrême plaisir.Chacun l'interrogeait et se montrait avide de savoir par quel trait de courage il avait mérité la croix d'honneur. Mais ce brave militaire n'aimait pas à parler de lui-même, et ce fut à force de le presser, qu'on apprit enfin qu'il avait sauvé la vie à son colonel et enlevé un drapeau à l'ennemi. Cette réserve de Robert ne fit qu'augmenter l'estime qu'inspirait sa bravoure. On suppléait aux louanges qu'il ne se donnait pas, on exaltait à l'envi son courage et son dévouement. Embarrassé de ces éloges, Robert changea le sujet de la conversation, et demanda à Anatole s'il était avancé dans ses études, et à quoi il se destinait. Je me destine à l'enseignement, lui répondit Anatole; j'ai fini ma philosophie; mais je dois doubler ma rhétorique pour me fortifier sur mes études, et pouvoir obtenir un poste avantageux dans l'Université.

» — J'ai entendu souvent parler de philosophie, qu'est-ce donc que la philosophie?

» — *Philosophie* signifiant amour de la sagesse, la vraie philosophie consiste à connaître le chemin du Ciel et à y marcher.

» — Moi, je suis philosophe, reprit Lancelle, mais telle n'est point ma philosophie.

» — Vous ne croyez donc pas à la vie future?

» — Je ne crois pas même en Dieu.

» — Vous ne croyez pas en Dieu! reprit Anatole; un jour la mort....

» — Bon, la mort, interrompit Sans-Souci. C'est pourquoi il faut se hâter de prendre du plaisir, pendant que nous vivons, et puis, au bout du fossé la culbute. » Julien applaudit, et ajouta qu'il n'était jamais plus joyeux que quand il avait bu un petit coup.

Anatole, observa Mathurin, vous aurez fort à faire avec ces messieurs; je serais bien curieux, dans l'intérêt de mon brave Robert, et nous y trouverions peut-être aussi notre compte, nous; je serais curieux, dis-je, de vous voir sérieusement aux prises avec eux: si vous avez bien étudié, vous devez être à même de leur ré-

pondre. Voyons, songez-y bien, pouvez-vous soutenir
la lutte? je ne doute pas que cela ne les arrange aussi,
car je veux faire les frais des séances : nos réunions ne
seront pas sans agrément.

Anatole, après un instant de délibération avec lui-
même, répondit, que quoiqu'il n'eût pas complété ses
études, il avait cependant examiné ce sujet assez atten-
tivement, pour être lui-même intimement persuadé
que les vérités fondamentales pouvaient être reconnues
par le simple sens commun ; ce qu'il s'engageait de démontrer, qu'il ne demandait que de la bonne foi dans
ces messieurs pour les en convaincre, sous la condition
de ne plus ramener la discussion sur les points une fois
bien examinés, débattus, et enfin accordés et consentis.
Ce que chacun trouva très-juste, puisque sans cela on
n'en finirait point. Anatole accepta donc la proposition
de Mathurin, et parut désirer, pour éviter toute chi-
cane, qu'on tînt note de tous les points convenus,
pour ne pas tomber dans les redites, et qu'il lui serait accordé de régler l'ordre de la discussion. Il
promit de n'employer que les armes du bon sens et du
raisonnement, laissant de côté toute subtilité scho-
lastique.

Pauline demanda que, dans une discussion sur de
pareils sujets, on laissât les paroles ironiques, les per-
sonnalités, et surtout les blasphèmes, craignant, d'après
le caractère de certains convives, que cela ne dégéné-
rât en querelles et en inimitiés.

Mathurin applaudit, et chacun étant bien d'accord,
on promit de se réunir dans trois jours. Mathurin répéta qu'il se chargeait des rafraîchissements, et ce dernier article plut beaucoup à Julien, et surtout à Sans-
Souci qui, pendant ces jours, avait à revoir ses anciennes connaissances; car, quand on revient de l'armée.... « Mais à propos d'armée, dit-il, voici, ce me
semble, une guerre déclarée, le père Mathurin s'est
établi le munitionnaire général des deux camps, c'est
le fournisseur, et Robert sera notre général. » Robert

s'en défendit, voulant ne faire la guerre que comme
volontaire.

Julien proposa Lancelle, qui accepta cet honneur,
et choisit de suite Sans-Souci pour son aide-de-camp.
Julien et Mathurin formeraient, dit-il, son corps de bataille, sa droite, sa gauche et sa réserve. Chacun se mit
à rire, on était au dessert, et la conversation avait
pris une tournure plus gaie qu'au début du dîner.

Pauline fit observer à Anatole la force du camp ennemi, tandis que lui n'avait que François de son parti.

« Qui, François ? reprit Anatole en souriant; vous
badinez sûrement; sachez que je compte sur vous. Et
Pauline de se récrier, et Anatole d'ajouter à l'hilarité
générale, en comptant aussi dans son parti la petite
Angeline.

» — Quant à sa réserve, il ne la ferait avancer que
quand la victoire serait décidée en sa faveur, pour
signer la paix et réconcilier tous les partis. »

On se sépara bientôt après, car les vêpres sonnaient,
et François ne manquait jamais d'aller au lutrin aider
le magister à les chanter ; Angeline y accompagna Pauline selon sa coutume, et Anatole alla rejoindre le curé,
M. Dupont, se disposant à lui faire part, après l'office,
de ce qui venait de se passer, et de lui demander ses
conseils.

Quant à Mathurin, il n'y assista pas ce jour-là ; mais
il se laissa entraîner avec son fils Robert au cabaret, par
Lancelle et Julien qui voulaient, se disaient-ils, régaler,
pour fêter le retour de Sans-Souci et de son intrépide
camarade.

Anatole rentra un peu tard, mais il n'avait pas perdu
son temps. Le vénérable M. Dupont, après quelques
observations sur les inconvénients ds semblables discussions faites le verre à la main, avec tant de gens
et surtout de cette espèce, discussions qui n'ont encore
converti personne, sentit bien cependant qu'Anatole
n'avait pu reculer ; et comme il connaissait Mathurin,
et qu'il apprit que son fils avait mis beaucoup de ré-

serve dans ce qui s'étai passé, il espéra que Dieu saurait bien tirer quelque fruit, pour l'un ou pour l'autre,
de ces débats. Il se joignit donc à Anatole pour demander son secours, sachant bien que lui seul peut produire quelque chose de bon [1].

Il promit au surplus à Anatole de l'aider de ses avis ;
ils convinrent, en attendant, du plan général qu'il y
avait à suivre, et dont il ne fallait point se trop écarter, pour éviter les longueurs. Anatole n'ayant qu'une
vingtaine de jours, au plus, à consacrer à ces débats,
était donc forcé d'être concis ; il ne pouvait faire usage
de tous ses moyens, et les gens auxquels il avait à faire
l'obligeaient à n'user que de riasonnements à leur
portée, et enfin à manier chacun selon son caractère,
qu'au préalable il fallait bien connaître.

« Ainsi, par exemple, lui dit le respectable M. Dupont : le chirurgien Lancelle est un matérialiste ren-
forcé ; c'est une espèce de beau parleur, qui fait beaucoup de mal dans la paroisse par les mauvaises doctrines qu'il a puisées dans les écoles et dans le service
militaire ; comme il sait un peu d'anatomie, il se croit
un docteur universel ; il est celui que vous aurez le
plus de mal à ramener à des idées saines, si tant est que
la chose soit possible, avec un incrédule par système.

» Le charron Julien est un pauvre sujet, faisant l'es-
prit-fort, parce qu'il ne croit pas en Dieu, quoiqu'il
ajoute foi entière aux sorciers, aux devins, aux diseurs
de bonne aventure et aux revenants. Il répète à tort
et à travers toutes les prétendues belles choses qu'il
entend débiter dans sa boutique par les allants et venants qui le font travailler. Ces sortes d'hommes sont
plus entêtés que d'autres, et souvent d'autant plus
obstinés qu'ils prennent leur opiniàtreté pour du caractère.

» Lupart, que j'ai connu enfant, et qui s'est donné
dans la troupe le surnom de Sans-Souci, est le fils

[1] *Nisi Dominus œdificaverit domum, in vanum,* etc. Ps. 126.

d'un berger sans éducation ; je crains qu'il ne soit un de ces libertins de garnison, de ces prétendus beaux garçons, espèce de gens qui ne s'occupent que de leurs corps, et ne se sont jamais avisés de penser qu'ils ont une âme ; de ces hommes pour qui la vie est tout ; gens incapables, d'ailleurs, de rien de grand, parce qu'ils ont tout à risquer en exposant leur existence.

» Pour Robert, fils de Mathurin, vous n'aurez pas grand mal avec lui ; il aura rapporté de Paris et de ses garnisons quelques préventions ; mais le cœur est grand, noble ; son esprit est droit ; il aime l'honneur, et a un bon caractère ; sa conduite sous les drapeaux m'en fait bien augurer.

» Quant à Mathurin, il a le sens droit, quoique peu instruit ; il remplit régulièrement ses devoirs. Il a eu un but en provoquant cette discussion ; je présume que c'est son fils Robert, dont il craint que les principes n'aient été altérés. Il veut que vous le raffermissiez.

» Voilà vos adversaires connus ; mais il en est que vous ne connaissez pas : ce sont les mauvais livres, si répandus aujourd'hui, et dont Lancelle est abondamment pourvu. Cet homme a un arsenal complet, ce sont les poisons dont il se nourrit, et dont il infecte ceux qu'il fréquente ; nous aviserons à détruire les objections usées qu'il ne manquera pas d'y puiser, et qu'on reproduit sans cesse, quoique mille fois foudroyées par des réponses sans répliques.

» Vous pouvez compter sur ma bibliothèque ; vous y trouverez une foule d'ouvrages où vous puiserez des raisons invincibles contre l'incrédulité ; vous consulterez avec fruit (pour ne pas remonter jusqu'aux Pères de l'Eglise) l'Apologie de la Religion, par Bergier ; Abbadie, sur les preuves de la religion chrétinne ; les œuvres de Fénélon, de Bossuet, de l'abbé Guénée ; le comte de Valmont ; les conférences de Saint-Sulpice de M. de Frayssinous, etc., etc., et une foule de réfutations des ouvrages des chefs de l'impiété, faites par de savants et énergiques défenseurs de la Foi.

» François, le maréchal, vous aidera de son gros bon sens, qui lui fait quelquefois faire des reparties pleines de justesse dans leur application, et saisir assez bien le droit côté d'un raisonnement.

» Pauline avec son sens droit vous servira bien ; elle n'aime pas d'ailleurs les libertins (et sous ce nom elle comprend tous ceux qui n'ont pas de religion), qu'elle traite sans ménagements, et qu'elle *rembarre*, comme elle le dit, quand ils s'avisent de faire en sa présence les docteurs, se croyant de grands génies, parce qu'ils savent jurer et blasphémer.

» Il n'est pas jusqu'à la petite Angeline....

» — Ce n'est qu'une enfant, observa Anatole.

» — C'est vrai, reprit le curé, mais beaucoup d'enfants comme elle sont plus instruits dans la science du salut que bien des docteurs. Il y a plus de vraie science dans son catéchisme, qu'elle connaît bien, que dans tous les gros in-folio de nos savants.

» — Je vous suis bien reconnaissant, lui dit Anatole, mais ce serait à vous à traiter une pareille matière ; je crains de m'engager dans des questions au-dessus de mes forces, et sur lesquelles je ne pourrai répondre que faiblement.

» — Le peu que vous direz, repartit M. Dupont, fera plus d'impression que mes paroles. Soit préven-tion, soit mauvaise foi, les impies se défient de nous ; en quoi ils ont tort, car si nos raisons sont bonnes et emportent la conviction, notre habit, notre état ne les rendront pas mauvaises ; si, au contraire, comme ils le prétendent, nous ne prêchons que pour nous, selon leur expression, qu'ils le démontrent et démasquent notre égoïsme.

» C'est en raison de ces préjugés, qu'on a eu soin de répandre contre nous, qu'un laïc, un simple fidèle, qui fait ouvertement profession de sa foi, et la mo-tive sur des raisons avouées et suffisantes, persuadera quelquefois certains esprits, qui ne nous écouteraient qu'avec défiance, et que nous ne parviendrions pas à ramener.

» Comptez sur Dieu; si votre zèle est pur; la manière dont la discussion s'établira, vous indiquera ce dont vous aurez à traiter. Je prie Dieu qu'il mette ses paroles dans votre bouche, et surtout touche les cœurs, car lui seul les tient dans sa main, et se les attire, comme et quand il lui plaît. »

PREMIÈRE SOIRÉE.

« En vain l'impie ose troubler les airs,
» Je verrai sa gloire abaissée,
» Je chanterai le Dieu de l'univers,
» Et l'erreur sera renversée....

» Aimé Martin. »

Le jour où nos champions devaient se réunir est enfin arrivé ; le soleil était couché, la cloche de l'*Angelus* annonçait l'approche de la nuit, les ténèbres commençaient à voiler les beautés de la terre, et quelques étoiles annonçaient déjà les beautés du firmament, lorsque Anatole arriva chez Mathurin, qui l'attendait avec Pauline et la petite Angeline. Robert ne tarda pas à rentrer accompagné de François son ami ; les autres se firent attendre ; ils prenaient des forces au cabaret, d'où ils ne sortirent qu'à la nuit tombée, lorsque les hiboux et autres oiseaux sinistres s'échappaient de leurs trous pour surprendre la timide colombe qui ne s'était point encore réfugiée dans son asile protecteur.

Enfin ils arrivèrent, et se plaçant les uns à côté des autres, ils semblaient un escadron rangé, dont tous les individus se serrent pour se soutenir mutuellement. Robert se prit à rire de cette disposition, et fit rire tout le monde, en criant comme il le faisait à l'armée : « Escadron, garde à vous, serrez vos rangs, feu.... à volonté.... » Les ris un peu calmés, Mathurin observa que chacun devait parler à son tour ; qu'il ne fallait point interrompre, qu'il se chargeait de maintenir l'ordre ; qu'Anatole étant seul contre tous, on devait loyalement lui donner tout le temps d'expliquer ses raisons, et de riposter aux attaques.

« Le temps de la parade, n'est-ce pas, dit Sans-Souci.

» — C'est très-juste, dit Robert. Ces messieurs ont choisi le champ de bataille, il est juste que notre jeune homme ait le choix des armes et règle l'ordre du combat; il a été provoqué, c'est à lui à tirer le premier (Puis s'adressant à Anatole) :

« A vous donc à commencer.

ANATOLE.

Pour mettre un peu d'ordre dans notre discussion, je crois devoir partir de faits qui n'en souffrent pas, et sur lesquels nous soyons tous d'accord. Ces faits constants nous serviront de points de départ. Mais, dans la route que nous aurons à parcourir, nous reporterons quelquefois nos regards en arrière, comme le voyageur qui, tant qu'il peut l'apercevoir, porte sa vue de loin sur le clocher de son lieu natal, et y reporte son cœur et ses vœux, lorsque la distance ne lui permet plus enfin de le distinguer.

Ainsi posons d'abord ce fait. L'homme existe, l'existence des animaux est aussi certaine; c'est l'évidence pour l'esprit même le plus borné.

JULIEN.

Ces vérités sont incontestables; c'est du La Palisse tout pur.

ANATOLE.

Je me demande maintenant, qu'est-ce que l'homme? Diffère-t-il des animaux, et en quoi? S'est-il fait lui-même, ou a-t-il toujours existé? Je vous vois sourire à ces questions, vous ne vous y attendiez guères, nous verrons plus tard l'immense intérêt que l'homme a de se connaître; leur solution, d'ailleurs, est nécessaire pour bien nous entendre, et ne sera pas sans attraits. Nous avons besoin de nous bien définir pour ne pas nous confondre avec les brutes, comme quelques pré-

tendus philosophes ont tenté de le faire. Tant est vrai
ce qu'a dit Cicéron, *qu'il n'est rien de si absurde,
qui n'ait été avancé par quelque philosophe.*

Je définis l'homme, une intelligence renfermée pour
un temps dans un corps matériel, organisé.

LANCELLE.

J'en puis dire autant de mon barbet, dont l'intelligence étonne, et auquel il ne manque que la parole.

ANATOLE.

Ainsi, vous vous mettez sur la même ligne que votre
chien? Ce qui nous mène à la seconde question,
l'homme diffère-t-il des animaux, et en quoi? Ce n'est
apparemment pas par son corps qu'il en diffère; car,
sous ce rapport, et nous le verrons, les animaux n'ont
rien à lui envier. Peignons d'abord l'homme avec les
couleurs qui lui appartiennent. L'homme, a dit un
grand penseur, a comme les animaux une origine honteuse, plus faible qu'aucun d'eux; sa naissance est un
commencement de maladie; il vient nu au monde et
a besoin d'emprunter leurs dépouilles pour se réchauf-
fer et se vêtir; sa vie est pleine d'amertume et de misères; il naît, ignorant tout, si ce n'est de pleurer;
combien de temps lui faut-il avant qu'il puisse marcher
ou parler? Son enfance n'est que singeries, sa jeunesse, extravagance; sa virilité, folie; sa vieillesse,
infirmités, et sa fin effrayante. Jeune, il ignore la
nature de ses désirs; vieux, il ne peut les satisfaire;
son corps est un égoût de corruption, un cloaque am-
bulant, destiné à être la pâture des vers. Quelle misère! et cependant que de vanités! Il ne s'estime dans
ce corps qu'il se plaît à parer, que parce qu'il ignore
qu'il n'est qu'une poignée de terre, une poussière,
ce dont son nom seul devrait le faire ressouvenir [1].

LANCELLE.

Vous voyez et prouvez très-bien, par cette définition

---

[1] *Homo*, homme; vient de *humus* qui signifie la terre.

exacte, qu'il y a peu de différence entre un chien et un homme.

ANATOLE.

Tout changera de face, si nous considérons cet être composé, sous le rapport de l'intelligence. Quelque grande, quelque développée par l'éducation qu'on puisse la supposer dans les animaux, même dans ceux qui ont le plus d'instinct et d'adresse, toujours est-il vrai qu'on ne leur verra jamais faire que ce qu'ont fait d'autres de leur espèce. Ainsi le chien de berger garde les troupeaux et ne les chasse pas ; le braque arrêtera le gibier et ne gardera pas les moutons ; l'hirondelle ne bâtira pas son nid comme le pinson ou le moineau ; le mouton n'ira pas à l'eau et ne rapportera pas comme le caniche ; tous suivront l'instinct de leur espèce, sans y ajouter rien d'eux-mêmes et sans variations, parce que, comme l'homme, ils ne sont pas imitateurs ; comme lui, aucun ne réfléchira sur ses idées, ne comparera, ne combinera des moyens ; nous en voyons bien s'approcher du feu pour se chauffer, mais aucun, malgré l'exemple de l'homme, n'a encore su le tirer du caillou, ni y ajouter même le bois nécessaire pour l'entretenir et le conserver. Le chien domestique se laissera mourir de faim sur un tas de gerbes qui renferment le grain qu'il n'aurait qu'à broyer pour s'en nourrir, et qui a servi à lui faire la pâtée qui lui goûtait si bien. Enfin tous sont dépourvus de cet esprit qui vit dans le passé par la mémoire, dans le présent par le sentiment, et dans l'avenir par la prévoyance : de cette intelligence, de cette pensée qui s'élance dans les espaces infinis, se reporte en arrière, dans les temps les plus reculés, de cette âme enfin qui fait l'essence et la partie noble de l'homme.

LANCELLE.

Mon chien, cependant, cherche aussi les moyens de parvenir à son but.

ANATOLE.

Oui, sans doute, au but que son instinct seul lui indique. Mais je consens à vous accorder l'égalité d'intelligence dans les animaux, quand vous m'en aurez trouvé quelqu'un qui ait inventé quelque chose, qui se soit même simplement approprié l'industrie d'autres espèces.

FRANÇOIS.

Oui, qui aient bâti des habitations nouvelles et commodes, fait des vêtements plus chauds pour la saison d'hiver, fondu des cloches, ou fabriqué des instruments de musique pour se divertir.

SANS-SOUCI.

Planté la vigne, par exemple, et fait du vin, pour ne pas toujours boire de l'eau.

ROBERT.

Mais, c'est vrai, on n'en voit pas se réunir en ordre de bataille, montés sur d'autres animaux, ou se fabriquer des armes et de la poudre pour se faire la guerre.

ANATOLE, *souriant*.

Pas même se servir de lunettes d'approche pour découvrir de loin leurs ennemis; enfin, tous nos arts, qui montrent tant de génie, prouvent l'incontestable supériorité que donne à l'homme sur les animaux son intelligence, sa raison, son âme enfin. Voulez-vous une idée de son pouvoir : voici ce qu'en dit un auteur moderne [1].

» Voyez ces forêts profondes;
» Il va les lancer sur les flots;
» Et de ses fragiles vaisseaux
» Il règnera sur les deux mondes.
» . . . .
» Tout cède à son esprit vainqueur.
« . . . .

Aimé MARTIN.

[1] Aimé MARTIN, *Lettres à Sophie*. Nous aimons à citer cet auteur.

« Sur un grain de sable [1] qui tourne, il a mesuré les cieux; il vous dira la grandeur des astres, leur vitesse, leur distance et leur route dans l'immensité de l'espace. Sa pensée, plus étonnante encore, sait instruire ses pieds et ses mains; elle franchit les distances, sans que le corps qu'elle anime la suive dans ces lointains voyages; elle crée les arts, bâtit les villes, se donne un corps, se fixe sur le papier et chante sa gloire.

» L'homme peut encor plus : par un sublime effort,
» Je l'ai vu vivre en paix dans sa retraite obscure,
» Braver ses passions comme il brave la mort,
» Et régner sur son cœur comme sur la nature.

Aimé MARTIN.

Enfin le monde entier est un monument éclatant de son génie.

JULIEN.

Parbleu, moi, j'accorde que nous avons un peu plus d'esprit que les bêtes ; et c'est si vrai, que quand quelqu'un nous paraît avoir peu d'esprit, de génie, on dit par comparaison que c'est une bête.

MATHURIN.

Il ne serait pas soutenable de prétendre que l'homme n'a pas une intelligence bien supérieure à l'animal.

LANCELLE.

Assurément, et supérieure même à tous les animaux, dont il a dompté et assujéti ceux qui lui sont le plus utiles, ayant relégué les autres au fond des forêts et des déserts... L'homme est sans contredit le premier dans la série des êtres; mais si le hasard lui assigne la prééminence, s'il est le maître de la nature et des éléments, qu'il fait concourir à ses fins, nous soutenons qu'il ne doit cet avantage qu'à son organisation.

ANATOLE.

Ces deux points convenus, la supériorité de l'homme, et l'existence de son intelligence, prouvée par les merveilles qu'il produit, je conclus que ce n'est

[1] La terre n'est considérée que comme un point dans l'immensité de l'espace.

pas à son organisation qu'il la doit ; car, d'abord,
l'organisation n'est qu'une forme de la matière, et n'est
pas inséparable d'elle, puisqu'elle cesse avec la vie,
et peut lui être enlevée. La matière ne peut pas plus
se donner cette forme, qu'elle ne s'est donné l'existence ; et elle ne peut se la conserver, quand des causes
étrangères la lui enlèvent. Or, il est constant que la
matière ne pouvant s'organiser d'elle-même, ni puiser
chez elle la force organique, cette force ne lui est pas
innée, ne lui est pas essentielle, n'est pas une condition nécessaire de son existence. Donc il doit exister
hors d'elle une force particulière quelconque qui lui
a imprimé la vie ; ce qui n'existait pas primordiale-
ment dans la matière : la vie ne lui est pas plus essentielle ; aussi à la mort a-t-elle cessé sans retour,
quoique la matière conserve encore son organisation [1].
Or, pour nous en tenir à ce fait, en ce moment,
comment des organes matériels seraient-ils cause de
la supériorité de l'homme ? Peuvent-ils se rendre in-
telligents, eux qui ne peuvent se donner la forme
organique, le mouvement, ni la vie ?

O homme insensé ! qui veux te ravaler au niveau des
bêtes, et dont l'étrange ambition aspire à descendre
jusqu'à elles ! tu n'arrêteras même pas là ton abaisse-
ment. Selon ton système fantastique, Dieu eût été plus
libéral pour mon chien ou mon chat que pour moi. La
nature a abondamment revêtu les animaux de poils,
de fourrures, de plumes et de cuirasses, tandis que
l'homme est nu. Le coursier, le lièvre, le cerf, etc.,
sont plus agiles ; le bœuf, les animaux féroces sont plus
forts et mieux armés pour leur défense ; le tigre, le
lévrier, le chat l'emportent pour la finesse de leur vue,
la souplesse de leurs membres ; le braque et le barbet
ont l'odorat plus sensible ; le moucheron, le papillon,
le moindre insecte est plus richement orné qu'une
princesse dans ses habits les plus somptueux et tous

[1] André Sniadecki, Théorie des êtres organiques, traduit par
Ballart et Dessaix. *St-Omer*, in-8° p. 44 à 55.

d'emprunt : toute la force, toute l'adresse de l'homme, ne l'empêcheront pas de fuir devant le terrible aiguillon de la guêpe, l'attaque des abeilles ou des moustiques ; le singe a des mains comme les nôtres, une organisation analogue ; sa souplesse, son agilité, sa rusticité physique l'emportent sur l'homme, dont cependant il n'a jamais su imiter que quelques gestes, en un mot, faire des singeries. Les animaux sont donc mieux organisés que nous, et nous leur sommes généralement inférieurs à cet égard ; c'est donc en vain qu'on s'appuie sur l'excellence de son organisation, pour trouver la raison de la supériorité de l'homme sur eux ; il faut recourir à une autre cause ; car, vous admettrez avec moi, *que tout effet naturel doit reconnaître une cause qui lui a donné naissance* ; et cette cause, nous la trouvons dans l'intelligence, dans la pensée, dans l'âme de l'homme enfin.

JULIEN.

Ah ! je ne veux pas qu'on dise de moi que je n'ai pas plus d'âme que mon oison.

SANS-SOUCI.

N'avoir pas d'âme ! c'est n'avoir ni cœur, ni courage, ni honneur. Quant à moi, je regarderais comme une insulte qu'on pût seulement penser que je sois sans âme. C'est, en effet, nous ravaler au-dessous des bêtes ; l'homme a sûrement une âme.

ANATOLE.

L'homme existe, mais a-t-il toujours existé ? Quand nous examinons ce qui nous entoure, nous voyons bien l'homme maître et dominateur de la nature ; mais nous le voyons, comme tout ce qui a vie, naître, croître, dépérir et mourir. L'homme naît, étonné de vivre, sans savoir d'où il vient, par qui et pourquoi il a été jeté sur cette terre de désolation. S'il jette un regard inquiet autour de lui, les épitaphes de ceux qui l'ont précédé lui révèlent son sort : il soutient sa fragile existence par la mort des animaux ; la mort alimente sa

vie, et à son tour il alimente la mort. Pleurer un instant le sort des autres, être pleuré à son tour l'instant
d'après, tel est son partage. Le monde est un vaste
tombeau fécondé par la destruction; donc l'homme n'a
pas toujours existé, l'homme n'est point éternel : en
remontant d'âge en âge, de générations en générations, quelque loin que l'on aille, il faut nécessairement rencontrer le premier homme, lequel n'a pu,
plus que nous, se faire lui-même.

LANCELLE.

Je vois où vous en voulez venir, mais supposant que
tout a toujours été ce qu'il est, que la matière est éternelle dans ses molécules, que sa forme seule varie, et
que successivement elle parcourt toutes les formes,
toutes les couleurs, enfin tous les êtres, pour recommencer ensuite de nouveau, il me semble que votre
raisonnement tombe à plat : non, l'homme n'a pas
toujours existé ; mais l'espèce humaine, comme toutes
les espèces, ont toujours été et se conserveront toujours.

ANATOLE.

Il y a long-temps qu'on a avancé cette bêtise, qu'on
rougit presque de réfuter ; ainsi la matière sera tantôt
brute et informe, tantôt polie et animée ; sous telle
forme et telle couleur elle sera passive et inerte , et
sous telle autre, active, intelligente et sage ; dans ce
dernier cas , elle donnerait à d'autres portions de matière des formes, des couleurs, des qualités qu'elle
n'a pu se donner à elle-même, et l'homme et le caillou seraient une seule et même chose diversement
modifiée.

Considérons l'ordre qui règne dans ce bel ouvrage
que nous nommons l'univers : nous y lisons partout
et sans peine la sagesse qui a présidé à sa formation.
Chaque pièce de cet assemblage magnifique a son but,
sa destination qu'elle remplit exactement ; et elle est
formée dans des proportions si admirables, qu'elle

concourt merveilleusement à la beauté et à l'harmonie de l'ensemble.

Or, prétendre que la matière aurait produit cet étonnant ouvrage, c'est lui donner la faculté de se mouvoir elle-même, de penser, de réfléchir, de juger ; c'est enfin lui donner le génie et l'intelligence. Peut-elle donc être savante ? peut-elle régler des proportions, combiner un plan, avoir un but, une sagesse bien supérieure à celle de l'homme doué des plus vastes connaissances ? Que d'absurdités il faudrait admettre ! L'homme, d'après ce principe, est le *nec plus ultra* de l'intelligence matérielle que vous supposez. Mais alors, dites-moi d'où vient cette terre ? d'où viennent ces milliers d'astres brillants ? sont-ils éternels aussi ? ou, ont-ils eu des pères successifs et des générations régulières ? Les étoiles sont-elles les enfants du soleil, qu'elles devraient remplacer dans des temps très-reculés ? (*Robert sourit ici de la plaisanterie d'Anatole*) et quoique vous en puissiez penser, dites-moi, au moins, qui a imprimé à tous ces astres le mouvement et tracé la route régulière dont ils ne sauraient s'écarter, sans que l'univers s'anéantît aussitôt ? Dites-moi comment ils ont pu seulement se détacher de son bloc immobile ? Que de folies dans une semblable assertion ! autant vaudrait dire que la pierre pense, réfléchit ; en d'autres termes, c'est vouloir que le monde soit l'auteur du monde et de l'ordre qui y règne. Il faut avouer que c'est courir à l'incrédulité, par les excès de la crédulité la plus niaise et la plus stupide.

SANS-SOUCI.

Le patron qui a avancé cette bêtise-là, était un fier imbécile.

JULIEN.

Mais vous avez dit qu'un astre ne pourrait s'écarter de sa route.

ANATOLE.

Nul doute. Supposez que le soleil s'approche trop

près de la terre, elle sera brûlée ou desséchée par
sa chaleur; qu'il s'en éloigne trop, au contraire, elle
sera gelée, durcie, et dans l'un ou l'autre cas, également inculte et stérile; dans le premier, les eaux
s'évaporeraient toutes; dans le second, elles seraient
toujours glacées et réduites à la solidité des pierres;
notre sang, tous les fluides ne circuleraient plus.

JULIEN.

C'est assez; il vaut mieux que tout reste comme il
est.

ANATOLE.

Tout a été coordonné avec une sagesse infinie.

LANCELLE.

Soit. Mais nous ne connaissons pas toute l'énergie
de la nature; sa puissance est bien grande.

ANATOLE.

La nature est un mot qu'on met toujours en avant
sans le définir, qui fait fortune près des sots, précisément parce qu'ils ne le comprennent pas. La nature
n'est et ne signifie autre chose que l'ensemble de tous
les êtres qui existent. Or, dire que la nature a formé
les êtres, c'est dire que les horloges ont fait les horloges. C'est ne rien dire.

SANS-SOUCI.

Allons donc, c'est par trop ridicule!

LANCELLE.

Mais le hasard n'aurait-il pas pu faire que toutes
choses se fussent successivement, et par un long laps
de temps, formées et arrangées telles que nous les
voyons, et se seraient ensuite maintenues dans cet état?

ANATOLE.

Le hasard, comme la nature, n'est qu'un mot dont
on se sert pour embrouiller les idées et propager des
erreurs. Ce mot exprime une rencontre fortuite, imprévue et accidentelle de quelques circonstances par-
ticulières, rencontre qui ne se reproduit pas, et dont

les résultats sont incertains et loin d'être constants.

Mais je veux faire une question à Robert et à Sans-Souci, et je leur demanderai si, à la vue d'une armée campée, ou marchant en ordre de bataille, ils n'ont jamais éprouvé une sorte d'admiration ?

SANS-SOUCI.

Oh! que c'est une belle chose à voir ! quel ordre ! quelle discipline !

ANATOLE.

Eh bien, si je prétendais que cet ordre, cette discipline sont l'effet du hasard, qui a voulu que cela fût ainsi? que tous les corps fussent réunis et placés à des distances convenables? que la cavalerie, par exemple, marchât la première en avant-garde, puis l'infanterie, ensuite l'artillerie et les bagages au centre, l'arrière-garde n'arrivant qu'après; que le hasard, enfin, a mis les éclaireurs sur les flancs ?

ROBERT.

Par là, sambleu, si vous disiez ça sérieusement, je vous déclarerais fou, archifou.

ANATOLE.

J'ajouterais que ce singulier hasard est cause que les hommes de chaque corps sont habillés et armés de la même manière; que c'est lui qui fait que chaque fantassin porte et manie son arme, de même que son voisin; que le hasard fait qu'un canon est chargé, porte un boulet, que le même hasard fait atteindre au but; et que si cette réunion d'hommes ainsi disposés, est conduite par des chefs auxquels elle soumet ses volontés individuelles, ce n'est encore que par l'effet du hasard.

SANS-SOUCI.

Pour le coup, cela serait par trop fort, je signerais que vous auriez le cerveau détraqué.

ANATOLE.

Cependant les opinions sont libres, et en pensant

ainsi, je ne ferais tort à personne qu'à moi-même;
car je donnerais une triste opinion de mon bon sens;
mais si, non content d'être visionnaire à ce point,
j'avais la manie d'aller prôner mon merveilleux hasard
dans les camps, dans les casernes.

ROBERT.

Halte-là, s'il vous plait, vous seriez bientôt arrêté,
jugé et fusillé. Savez-vous bien que si les soldats
avaient des idées pareilles, il n'y aurait plus personne
qui voulût obéir, tous voudraient commander; dès
lors, plus d'ordre, plus de subordination, partant,
plus d'armée. Tenez, votre hasard est un impertinent,
et ceux qui mettent en avant de pareilles fadaises
sont de vrais imbéciles, ou....

ANATOLE.

Vous le voyez cependant, avec de pareilles doctrines, on bouleverserait la société. Car si le hasard a
pu former l'univers, tout ce qui existe, la société elle-
même est son ouvrage; l'ordre, le désordre, le vice,
la vertu, les crimes, les honneurs, les rangs, tout
est produit par lui. Quelle désorganisation produirait
une pareille doctrine, s'il était possible qu'elle fût
admise! Les gouvernements ont donc un intérêt direct,
et il est de leur devoir, pour le bien général, d'en
poursuivre les propagateurs. Quant à moi, j'enverrais
ces cerveaux malades à l'hôpital de Charenton, où je
les ferais enfermer jusqu'à parfaite guérison.

Ce qui me surprend le plus, c'est que nos campagnards, avec leur gros bon sens, qui vaut souvent
bien mieux que tout l'esprit de la ville, n'aient pas
senti le ridicule de ces assertions, renfermées dans les
livres infâmes qu'on cherche à répandre jusque dans
les moindres chaumières.

Cependant, quand nous nous promenons dans nos
champs, attribuons-nous au hasard l'ordre que nous
apercevons dans nos cultures? Est-ce le hasard qui a
placé ces bois sur ces collines et ces prairies dans les

vallons? qui a réuni tous ces blés dans cette pièce, et le trèfle ou le sainfoin dans cette autre? Ici je vois des fèves, et là des carottes. Est-ce le hasard qui a placé des rames à côté de ces pois, et qui a donné à ceux-ci des vrilles filamenteuses, précisément pour qu'ils s'y accrochent? Le hasard a montré beaucoup d'esprit et de jugement, en donnant au mouton sa toison qu'il porte si bien, au lieu d'en charger le brochet qui n'eût pu la traîner, appesantie par l'eau qui l'eût pénétrée. Il est heureux le hasard qui a si ingénieusement arrangé les lettres qui, dans la correspondance de Robert, exprimaient si bien à Mathurin ses sentiments de piété et d'amour filial.

ROBERT.

Laissons ces absurdités; il y a trop de ridicule, et c'est leur faire trop d'honneur que de s'en occuper; le hasard n'est rien et pour rien dans l'univers.

ANATOLE.

Et voilà cependant ce que nous débitent en docteurs les philosophes, ce qu'on ose imprimer; le soleil, la lune, la terre et tout ce qu'elle contient et ce qui l'habite, l'ordre général, tout enfin est l'effet du hasard : or, d'après la définition même, il ne peut avoir un but, un dessein, et encore moins choisir entre plusieurs voies la plus sûre et la plus sage pour y arriver.

Il faut donc reconnaître une intelligence supérieure qui y a présidé. Si l'ordre se maintient, l'intelligence est toujours présente; nous nommons *Providence* celle qui, ayant formé l'univers, y maintient l'ordre que nous y admirons.

SANS-SOUCI.

Il ne faut que du bon sens pour sentir tout ça. Eh bien! Lancelle, qu'as-tu à y redire?

FRANÇOIS.

Il soutiendra que c'est le hasard qui a fait le tournebroche du père Mathurin, lequel nous a cuit si à propos et à point nommé l'excellent dindon que nous

avons mangé aussi par hasard avec tant de plaisir ;
Dieu sait s'il ne soutiendra pas même que ce dindon
est venu aussi par hasard se faire embrocher, pour se
faire rôtir et puis manger.

LANCELLE.

Trève de plaisanteries, François, j'ai bien d'autres
objections à faire, mais ce n'est pas le moment ; je
conviens que le hasard ne peut rien produire de fixe.

JULIEN.

Pour moi, je vous assure qu'une charrue ne s'est
jamais faite d'elle-même ni par hasard ; qu'il faut du
talent pour bien tourner un essieu, un moyeu, et
monter proprement et solidement une roue. Mais,
dites donc, avant de nous séparer, ne boirons-nous
pas bien un coup, par hasard ?

PAULINE.

Pourquoi pas, croyez bien cependant que ce n'est
pas le hasard qui vous l'offre.

SANS-SOUCI.

Nous savons bien que c'est le bon cœur.

MATHURIN.

A demain, n'est-ce pas ?

Nos gens se séparèrent ; Lancelle, un peu étourdi
de la tournure que prenait la discussion, s'apercevant
bien qu'il n'avait pas les rieurs pour lui, courut feuil-
leter ses ouvrages compacts, afin de donner le lendemain un peu plus de fil à retordre à son adversaire.

Après leur départ, Pauline applaudit à Anatole ;
Robert trouva ses raisons péremptoires ; Sans-Souci,
qui avait son logement chez Mathurin, trouva que
l'amitié de Robert l'avait mieux servi que le hasard,
et prouva, par mille raisonnements, qu'Anatole avait
parlé raison, avouant qu'il n'avait pas cru que celles
de Lancelle et des savants fussent aussi ridicules. Mathurin souriait en lui-même, et, augurant bien de la
suite de ces débats, semblait s'applaudir de les avoir
provoqués.

DEUXIÈME SOIRÉE.

L'architecte de l'univers est invisible ;
mais son ouvrage le fait connaître.
*Ità rerum naturam instruxit, ut ipse
invisibilis ex operibus suis agnoscatur.*

(Athan. contrà Idolol.)

MATHURIN s'entretenait avec Pauline, Robert et Sans-Souci. Pauline exprimait les craintes que lui avait fait concevoir la subtilité de Lancelle, qu'elle s'attendait à voir bien autrement redoutable. Sans-Souci observa très-bien que son adversaire l'avait cerné de manière à ne lui pas laisser les mouvements libres ; mais Robert fit remarquer que l'attaque était de bonne guerre, que Lancelle choisissait son terrain, que battu sur un point, il se réfugiait sur un autre, où Anatole n'hésitait pas de le suivre pour l'en débusquer ; qu'au surplus Anatole avait raison de ne pas lui laisser faire une guerre de voltigeur, où l'on ne pourrait jamais l'atteindre ; que Lancelle se défendait pas à pas, ne cédant ses positions que lorsqu'elles n'étaient plus tenables. « C'est, ajouta-t-il, comme dans un combat corps à corps ; où l'on serre le fer à son ennemi, ne le lui laissant point dégager ; on lui tient la pointe au corps, évitant surtout les coups fourrés. »

L'arrivée des champions interrompit Robert ; on remarqua que Lancelle avait l'air plus assuré, s'étant retrempé, dit-il, comme il faut, et s'adressant à Anatole qui entra presque immédiatement, « qu'espérez-vous gagner, lui demanda-t-il, aux concessions

que vous avez obtenues? Que l'homme soit supérieur
aux animaux par sa raison, par son intelligence, par
son âme enfin, puisqu'il vous plait de l'appeler ainsi?
Il n'y a nul doute qu'il n'ait pas toujours été, qu'il
ne se soit pas fait lui-même, non plus que la matière;
soit, il est concevable qu'une chose qui n'est pas encore ne puisse faire qu'elle soit et se donner l'existence; que la matière ne soit pas intelligente et ne
puisse l'être, on peut vous l'accorder; que le hasard,
la nature, ne soient que des mots qui expriment des
faits et renferment une idée complexe, nous en con-
viendrons; les définitions que vous nous en avez don-
nées sont exactes et claires; mais où, s'il vous plait,
prétendez-vous nous conduire? Car il me semble qu'il
y a peu de loyauté à cacher vos armes, à ne nous pas
faire connaître votre plan.

ROBERT.

Le reproche, ce me semble, est peu fondé; est-ce
que nous annonçons à l'ennemi, nous, quand, par où
et comment nous allons l'attaquer? C'est à lui, s'il est
habile, d'en juger par nos manœuvres; n'avons-nous
pas nos batteries masquées? C'est où il faut un chef
adroit pour apprécier et bien employer à propos ses
moyens de défense.

ANATOLE.

Je ne prétends à autre chose qu'à vous éclairer et à
vous faire reconnaître l'erreur où vous êtes; je veux
que vous vous applaudissiez plus que moi du résultat.

Nous sommes convenus que l'ordre dans nos cultures, et partout où il se rencontre, démontre une
intelligence, moindre à la vérité, dans les objets de
peu d'importance (comme serait l'ordre dans une maison), mais supérieure dans les grandes choses, puisqu'on ne peut disconvenir qu'il n'y a pas d'effets sans
causes; il suit que quand je vois l'horloge de notre
clocher marquer l'heure avec tant de précision et de
régularité, et recommencer chaque jour avec une

exactitude admirable, je ne fais point au hasard l'honneur de sa confection, mais je dis qu'elle est l'ouvrage d'un ouvrier intelligent, qui en a calculé toutes les pièces et les mouvements ; moins elle sera sujette à se déranger, plus j'aurai une haute idée de l'habileté de celui qui l'a faite ; quelques légères variations produites par le chaud ou le froid, par l'agitation ou le calme de l'air, ne diminueront rien de mon admiration pour son auteur.

JULIEN.

C'est très-juste, mais c'est que notre carillon, au moins, ne manque jamais de jouer son air à chaque demi-heure, et il change d'air tous les ans.

FRANÇOIS.

Vous n'en avez pas moins une haute idée, quoique cependant vous ne connaissiez pas tous les ressorts qui font mouvoir une horloge, ni les moyens que l'ouvrier a employés pour parvenir à ses fins.

ANATOLE.

La réflexion de François est très-juste. Les arts offrent chaque jour à notre admiration des choses étonnantes en ce genre ; mais toutes sont sujettes cependant à se déranger plus ou moins, et ne durent d'ailleurs qu'un temps souvent très-court. Nous regarderions, sans contredit, comme un très-habile ouvrier, comme un génie supérieur, celui qui ferait un ouvrage parfait, devant toujours durer et ne jamais se déranger ; une horloge, si vous vous voulez, qui n'aurait jamais besoin d'être remontée ni réparée.

ROBERT.

Un fusil qu'il ne faudrait jamais recharger, qui ne raterait pas, et qui porterait toujours ses coups sûrement au but. Oh ! l'habile homme que cela ferait !

ANATOLE.

Eh bien, quand je considère l'ordre des saisons, le cours régulier des astres, de reproduction constante

des biens de la terre, à des époques réglées et toujours
proportionnées à nos besoins , puis-je méconnaître
une intelligence bienfaisante dans l'auteur de ce bel
ouvrage? Eh quoi! nous recevrions des bienfaits, et
nous nierions le bienfaiteur? Tout serait réglé dans
un ordre admirable autour de nous , et il n'y aurait
pas de régulateur? Nous verrons cette grande , cette
magnifique horloge marquer les jours , les nuits , les
mois et les saisons d'une manière uniforme , régulière,
constante et invariable, et nous dirons que cet ouvrage
s'est fait seul ! (car on a été jusqu'à cet excès de dé-
mence). Non , mes amis , et nous en avons démontré
l'impossibilité ; toutes ces choses ne se sont point faites
et ne se sont point coordonnées d'elles-mêmes. Nous
avons prouvé que le hasard n'a pu en être l'auteur ;
l'homme, la plus intelligente des créatures, n'a pu les
produire ; il faut donc qu'un être plus grand, plus
puissant , les ait faites.

JULIEN.

Rien de plus juste ; car, pour aller du petit au grand,
notre église ne s'est pas faite toute seule.

ANATOLE.

Il y a plus . quand on étudie bien la nature, on
admire à chaque pas la sagesse qui a présidé à la confection de son ensemble : voyez ce soleil , qui, par sa
présence éclaire et colore diversement de ses rayons
tous les objets terrestres, pour que je puisse les connaître et les distinguer , mais qui se retire le soir
pour me laisser entrevoir la beauté des cieux. Ce n'est
pas sans raison qu'il a été placé à la distance où il
est de la terre, qu'il échauffe de ses rayons ; plus près,
il l'eût embrasé de ses feux ; plus loin , elle eût été
abandonnée au froid , rendue inculte et déserte. Le
soleil à cette distance évapore doucement les eaux sans
les épuiser, les élève en nuages , qui, transportés par
les vents , parcourent l'atmosphère , rafraîchissent
l'air , fécondent la terre sur laquelle ils retombent en

pluie et en rosée ; d'autres nuées, transportées plus loin, s'arrêtent au sommet des montagnes où elles se précipitent en neige et en grèle, pour y être tenues en réserve et alimenter, lors des chaleurs de l'été, par une fonte graduée et successive, nos fontaines et nos rivières, qui se rendent de nouveau à la mer. Après avoir dans leur cours arrosé nos vallons, nos prairies, fourni à notre boisson et à nos autres besoins, comme à transporter nos marchandises, elles sont rendues au grand réservoir, pour recommencer de nouveau et et sans fin leur même circulation. Quelle sagesse a réglé ainsi le cours des eaux? et quel moteur que le soleil ! qu'ils sont donc ingrats ceux qui nient l'Auteur de tant de bienfaits ! Ce sont, hélas ! des insensés qui s'obstinent à tenir leurs yeux fermés, pour ne pas être obligés de savoir gré au Créateur du soleil du bienfait de sa lumière. Oui, je le répète, il ne faut qu'ouvrir les yeux pour reconnaître la Sagesse qui a formé l'univers; mais combien d'aveugles volontaires, qui ne la nient que pour se dispenser de la reconnaissance !

JULIEN.

Vraiment, je n'avais jamais pensé si loin, moi ; oui, il est clair qu'il y a une intelligence supérieure qui a fait tout ça.

ANATOLE.

L'homme voit Dieu dans ses ouvrages, autant qu'il est donné à l'homme de le connaître ; il peut à toute heure y lire la gloire, la sagesse, la puissance et l'immensité de leur divin Auteur; c'est un livre ouvert à tous, au savant comme au simple, à l'érudit comme à l'ignorant, et qui sert de préface et de commentaire à nos divines Ecritures. Qui peut contempler la majesté des cieux, voir ces torrents de lumière tomber de tous ces astres, et ne pas reconnaître leur Auteur ? Oui, cette voûte étoilée prêche Celui qui l'a faite et la conserve ; ouvrage inconcevable, plein de beautés de magnificence, espace plus étonnant encore, qu

voit tous ces globes rouler ensemble dans son immensité ! gouffre sans fond et sans limites , où la pensée
se perd et s'abîme, tu m'annonces l'infini de Celui
qui a tout créé !

Que de richesses, que de beautés dans ces masses
qui circulent dans l'étendue ! quelle variété de nuances
dans leur lumière, dans leur volume, et dans la route
qu'elles parcourent ! quelle force de projection a pu
leur imprimer une telle vitesse de mouvement ! quelle
harmonie dans leur ensemble et dans leur succession!
quel dessin merveilleux dans le plan général ! quelle
justesse de proportion dans les moyens ! quelle grandeur dans le but d'une telle conception. L'enfer même
en est étonné, et l'impie seul, plus aveugle et plus
opiniâtre, refuse d'en reconnaître l'Auteur, pour se
donner une sorte de droit à l'ingratitude, et ne pas
être obligé de louer et d'adorer. Quel orgueil !!!

Plus fidèles que l'homme aux lois de leur Auteur,
tous ces corps suivent invariablement la route qui leur
est tracée ; ils obéissent en silence et avec recueillement quand l'ingrat murmure ; ils glissent doucement
sur sa tête , ne laissant échapper qu'une douce lumière sur ses yeux , pour ne point troubler son sommeil. Quel temple pour que l'homme y reconnaisse
et y adore le Créateur, le sublime Architecte !

> » Et ces vastes pays d'azur et de lumière,
> » Tirés du sein du vide et formés sans matière,
> » Arrondis sans compas , soutenus sans pivot,
> » Ont à peine coûté la dépense d'un mot.

Aimé Martin.

Concevoir comment cela s'est fait , est chose impossible à l'homme ; ce serait vouloir pénétrer dans le
secret de la création elle-même.

LANCELLE.

Mais n'est-il pas absurde de croire ce que l'on ne
conçoit pas ? La raison répugne à s'imposer cette obligation.

ANATOLE.

La raison orgueilleuse et vaine de nos beaux esprits
y répugne sans doute ; mais la raison éclairée par
la religion s'humilie et croit :

» Il vaut mieux s'accuser de sa propre faiblesse,
» Que de penser qu'un Dieu peut manquer de sagesse.

La raison elle-même nous oblige à croire mille
choses aussi inconcevables et toutes aussi certaines ,
dès que le témoignage et d'autres motifs de crédibilité nous y obligent : ainsi, je crois qu'il est un pays
que l'on nomme le Pérou , où il y a beaucoup d'or ,
quoique je ne l'aie point vu ; qu'il y eut un nommé
Alexandre , qui a fait la conquête d'une grande partie
du monde ; qu'il est des montagnes qui vomissent
des torrents de feu, et d'autres des torrents de boue.

Quoique je ne conçoive pas comment cela puisse se
produire , je crois qu'un grain de blé qu'on met en
terre peut en produire deux cents et plus en s'y pour-
rissant ; que l'herbe que le bœuf mange se trans-
forme en sa chair, comme la fève dont le porc se nourrit fait le lard.

Expliquez à un aveugle-né ce que c'est que la lumière, ce que sont les couleurs ; faites-lui comprendre,
si vous pouvez, ce que c'est qu'un tableau, sur lequel
on voit des arbres , des maisons, des rochers , des
eaux ; comprendra-t-il les effets d'un miroir ? Cependant n'est-il pas fondé à croire que le ciel est bleu, le
feuillage des arbres vert ; qu'un portrait qui ne lui présente au tact qu'une surface plane, ainsi que le miroir,
reproduit l'image parfaite de l'éminence du nez ou du
menton , etc., et si, malgré qu'il ne conçoive pas comment cela peut se faire, il ajoute foi à votre témoignage,
qu'il trouve d'accord avec celui de tous ceux qu'il in-
terroge, le traiterez-vous d'imbécile et de visionnaire ?

ROBERT.

Bien loin de là , il le serait, s'il n'y croyait pas.

ANATOLE.

Voilà cependant la folie de ceux qui nient le Créateur de toutes choses, que le genre humain atteste
par un sentiment unanime, ce qui est la preuve de
la plus forte vérité. Ces fous nous traitent de fous : de
quel côté est la folie ? Oui, malgré les vains efforts de
quelques prétendus philosophes, qui se disent *Esprits-
forts*, cette voix du genre humain s'est toujours fait
entendre, et cette vérité éternelle et indélébile d'une
première création n'a jamais pu être altérée par leurs
hypothèses aussi monstrueuses qu'invraisemblables.

Je le répète, la contemplation du ciel, de la terre,
du moindre animal, me révèle celui qui a pu seul établir les rapports surprenants qui existent entre le
soleil, astre immense, un million de fois plus gros que
la terre, et l'œil imperceptible de l'insecte qui rampe
quelque part à sa surface ; à cette vue je me dis :

« Le voilà donc ce Dieu que devinait mon cœur !
» O puissance divine ! ô sagesse ! ô grandeur !
» Il met en harmonie un globe de lumière
» Avec l'œil d'un ciron perdu dans la poussière ;
» Et dans l'espace étroit dont se forment nos yeux,
» Renferme les tableaux de la terre et des cieux ;
» Sait peindre les forêts, les côteaux, les bocages,
» Et jusque dans notre-âme en porter les images.
» Ah ! si cet univers est sans un créateur,
» Il est donc des bienfaits, et point de bienfaiteur.
» Je vois l'infortuné gémissant sur la terre ;
» Le Ciel n'écoute plus le cri de sa misère ;
» Je vois le monde entier sans sagesse, sans loi,
» L'homme sans espérance, et l'univers sans roi.

Aimé MARTIN.

PAULINE.

Les passions ont intérêt d'embrouiller ces vérités, si
simples et si claires, qu'elles frappent tous les esprits.

ANATOLE.

Rebelles contre la raison, elles commencent à nous
aveugler, pour pouvoir ensuite nous dominer plus facilement; séductrices de l'âme, elles sont comme les
liens avec lesquels le démon nous enlace pour nous
gouverner à sa fantaisie, et nous précipiter enfin dans
les derniers malheurs, après nous avoir dominé avec
tyrannie.

LANCELLE.

Mais nos philosophes cependant ont prétendu....

ANATOLE.

Qu'il n'y avait point de Dieu, n'est-ce pas? A quelques insensés près (et ils sont en bien petit nombre),
tous, plus ou moins, lui ont rendu hommage. Voltaire même, le patriarche des apôtres de l'incrédulité,
lui qui, mu par l'orgueil qui l'animait et poussé par
la manie de se voir préconisé comme le chef de la secte
de l'impiété, a distillé le venin le plus subtil dont
s'abreuvent tant de malheureuses victimes d'une admiration irréfléchie; Voltaire, disons-nous, a aussi
confessé Celui devant qui tout genou fléchit au ciel,
en terre et jusque dans les enfers; et son cœur a laissé
échapper cette belle vérité : *Si Dieu n'existait pas, il
faudrait l'inventer* pour le bonheur des hommes. Remarquons bien cette expression : *S'il n'existait pas,*
il confessait donc qu'il existait. Oui, Voltaire, votre
oracle, l'oracle des athées modernes, a reconnu un
Dieu, et la nécessité qu'il y en ait un; vous n'ambi-
tionnerez pas, sans doute, d'être plus impie que votre
maître. Tous les philosophes ont laissé échapper de
leur cœur ces vérités[1], que leur esprit pervers et
leur orgueil cherchaient à anéantir dans leurs infâmes ouvrages. C'est ainsi que Satan, dans sa rage

---

[1] Voyez l'excellent ouvrage intitulé : *Trésors de la poésie et
de l'éloquence, ou témoignages, unanimes rendus à la morale,
par les poètes, les orateurs, les philosophes et les savants les
plus célèbres.* Lille, LEFORT.

infernale, voudrait pouvoir anéantir ce Dieu dont il éprouve à chaque instant les rigueurs de la justice éternelle. Plutarque a dit, il y a long-temps, qu'on trouverait plutôt sur la terre une ville sans soleil, que sans Dieu et sans religion.

En résumé, rien ne pouvant faire que quelque chose soit, et ce qui n'existait pas ne pouvant faire qu'il existe, il faut donc qu'une cause étrangère, préexistante par elle-même et antérieure à tout, ait tout formé, et c'est cette cause puissante qui a tout créé, qui, éternelle, n'a pas dû se créer elle-même ; cette cause infinie dans ses perfections, que nous nommons Dieu. Tenez, demandez à cette enfant (montrant Angeline) ce qu'il est ? Elle en sait sur ce point beaucoup plus que tous vos maîtres, que tous les philosophes ensemble.

JULIEN.

Ça serait un peu fort, par exemple.

ANATOLE.

Voyons , ma petite amie , dites-nous ce qu'est Dieu ?

ANGELINE.

Dieu est une intelligence souveraine, éternelle, toute-puissante, infinie, indépendante, immuable, parfaite ; il est le créateur du ciel et de la terre, et le maître absolu de toutes choses ; c'est un pur esprit, qui n'a ni corps, ni figure, ni couleur, ni rien qui puisse tomber sous nos sens ; il est partout, au ciel, sur la terre et dans les enfers ; il remplit tout de sa présence ; ainsi il voit tout, entend tout, et connaît tout, même jusqu'aux plus secrètes pensées de nos cœurs.

LANCELLE.

C'est bien, voilà du catéchisme ; mais, comment concevoir qu'il puisse être ici et là, en plusieurs lieux, enfin partout à la fois ?

ANATOLE.

Voilà encore cette manie, cette prétention de tout concevoir! Nous avons cependant démontré qu'il faut croire mille et mille choses que l'on ne peut comprendre, et l'homme est un être trop borné pour concevoir ce que les anges même ne conçoivent que bien imparfaitement. Les œuvres de Dieu leur sont seules connues, et quant aux infinies perfections de Dieu, lui seul peut en avoir une complète connaissance; et, comme saint Paul, ils disent : O grandeur! ô profondeur! ils se prosternent et adorent.

Mais voyons si nous ne pouvons avoir quelqu'idée de son immensité et de sa présence en tous lieux. Dites-moi d'abord, concevez-vous l'existence d'un être quelconque, de la terre et de tout ce qui lui est propre, du soleil, des astres, etc., etc., sans qu'il soit placé en un lieu quelconque de l'espace, sans qu'il en occupe un point, sans même qu'il en soit environné; non, sans doute. Eh bien! quand nous n'aurions de Dieu d'autres idées que celles que nous avons de l'espace, il nous serait démontré qu'il est infini, immense et en tous lieux, la nuit comme le jour, au ciel comme en terre, etc., enfin qu'en lui seul nous vivons et nous nous mouvons; et que nous sommes en lui, et toujours, et partout en sa présence, ce qui a fait dire à saint Augustin que si nous voulons l'offenser, nous devons d'abord chercher un lieu où il ne soit pas, et cela pour nous démontrer, par l'impossibilité de le trouver, que l'offense ne doit jamais avoir lieu.

LANCELLE.

Eh bien, admettons son existence, elle est réelle, lui seul a pu faire l'univers; mais il n'en reste pas moins une foule de difficultés que je remets à demain, vu que l'heure est avancée; je ne pense pas qu'il vous sera aussi facile d'y répondre.

ANATOLE.

Je l'espère, Dieu aidant.

PAULINE.

Voilà parler. Les philosophes ont un peu plus d'assurance ; ils ne doutent de rien ; de ce qui vient d'eux, s'entend ; et ils doutent de tout, hors de léur esprit et de leur savoir.

TROISIÈME SOIRÉE.

« *Nihil majus mente humanâ , nisi Deus.*
                              Saint Augustin.

» Il n'y a rien de plus grand que l'âme humaine
  » si ce n'est Dieu.

» *Omnis homo sinè notitiâ sui Creatoris, pecus est.* »

» Une Creature qui refuse de reconnaître son
  » Créateur, est une bête à figure humaine.
                              Saint Jérôme.

La nuit approchait, déjà le soleil avait disparu
sous l'horizon, et Anatole était encore auprès du vénérable M. Dupont, puisant dans ses lumières les
moyens de soutenir son entreprise. Lancelle, cependant, était au rendez-vous, et là, par de futiles mais
spécieuses objections, et quelques doutes jetés en
avant, il tentait d'atténuer, dans l'esprit de ses amis,
les effets des raisonnements d'Anatole. Il voyait la
conviction pénétrer dans leurs âmes, et sentait qu'ils
allaient lui échapper. Julien et Sans-Souci lui applaudissaient, lorsqu'Anatole arriva fort à propos pour
soutenir François et Mathurin, qui, quoique secondés
par la timide Pauline, étaient des adversaires trop
faibles pour lutter avantageusement contre Lancelle;
aussi, François s'empressa-t-il de lui reprocher son
retard.

ANATOLE.

J'en conviens, dit-il, mais j'étais occupé à par-

» *Dixit insipiens in corde suo, non est Deus.*

5

courir l'histoire des peuples, pour voir si j'en trou-
verais un seul chez lequel la connaissance d'un Dieu
créateur, maître et souverain arbitre de toutes choses,
n'eût pas existé. Mes recherches ont été vaines. Chez
toutes les nations du monde, j'en ai trouvé des notions plus ou moins claires, plus ou moins précises
et complètes; partout, sans s'être pu concerter, on
s'est accordé à le reconnaître comme l'Être des êtres,
le souverain Dominateur, et enfin comme étant infiniment au-dessus de ce que le genre humain a pu produire et imaginer de plus grand.

L'existence d'un Dieu suprême forme donc la foi du
genre humain tout entier ; c'est une de ces vérités
éternelles généralement senties, universellement reconnues, et que n'ont pu altérer, par leurs ouvrages
impies, ces esprits orgueilleux qui veulent, malgré
tout, s'ériger en docteurs, en réformateurs et en insti-
tuteurs des sociétés.

LANCELLE.

Cependant le mouvement n'aurait-il pas pu produire les corps de la nature? Ainsi un atome en attire
un autre, et ceux-ci un troisième; on sait qu'il y a
des attractions et des répulsions inhérentes aux corps,
sans qu'il fût nécessaire d'un agent étranger pour leur
imprimer le mouvement. Tel serait un aimant qui
attire une masse de fer. Celle-ci, dans sa route pour
s'unir à l'aimant, a pu choquer un autre corps, lequel
en a fait autant à son voisin ; ainsi de proche en proche,
le mouvement s'est perpétué. Les corps semblables se
sont attirés, se sont unis, les autres se repoussent ; la
fermentation s'établit, tout se meut, se combine, les
êtres se forment et donnent ensuite naissance à de
nouveaux, et le monde est fixé.

ANATOLE.

On veut que le mouvement, qui n'est qu'un déplacement de matière, ait fait que les corps, que les
atomes s'attirant, s'accrochant entre eux aient produit

l'univers. C'est une subtilité pour revenir sur un point convenu et arrêté ; mais ce créateur de nouvelle espèce ne sera pas plus heureux que ses prédécesseurs, le hasard, la nature, etc.

Que l'aimant attire le fer, c'est un fait ; mais qui a fait le fer et l'aimant ? qui leur a donné cette propriété de s'attirer ? Il faut, pour répondre à ces questions, revenir à une première cause créatrice. Si vous dites qu'ils ont toujours été ce qu'ils sont, nous voilà retombés dans l'éternité de la matière, à laquelle vous avez renoncé après en avoir senti le ridicule. Il y a plus, vous faites d'un simple déplacement de matière, un être intelligent et sage, qui a un but, qui établit l'ordre. Autre absurdité.

Mais si le mouvement a une fois fait des choses si admirables, alors qu'il se produisait, pourquoi ne crée-t-il plus rien ? Il y a encore du mouvement, de grands mouvements dans le ciel, dans l'air et sur la terre. La lumière seule a une telle rapidité de mouvement, dit-on, qu'elle parcourt plus de trente millions de lieues en quelques secondes ; la terre a une vitesse qui surpasse de beaucoup celle d'un boulet lancé hors du canon, et nous ne voyons se former aucun nouvel être. Il y a donc un Dieu créateur et conservateur, comme nous l'avons reconnu, malgré votre nouvelle objection et toutes celles qu'on pourrait y ajouter.

JULIEN.

Le patron qui a avancé cela était bien imbécile ; le vent le plus terrrible n'a jamais produit que des désastres et des naufrages ; le mouvement ne produit rien. Pour cela, tenons-nous en Dieu, c'est le plus court, le plus sûr et le meilleur.

MATHURIN.

C'est revenir sur une chose prouvée. Cent mille objections ne pourront détruire les preuves de son existence.

LANCELLE.

(*N'osant plus insister, revient sur les attributs de*

Dieu.) Puisqu'il y a un Dieu qui a tout fait avec tant de sagesse, dites-moi donc si c'est par bonté qu'il permet tant de maux et envoie tant de fléaux sur la terre? Pourquoi la grêle qui ruine nos moissons? Ne pourrions-nous pas nous passer de bêtes féroces, des loups, des renards qui dévorent nos moutons et dépeuplent nos poulailliers?

SANS-SOUCI.

Bon, celle-là! bien tapé ça; ajoutez aussi pourquoi des riches et des pauvres?

JULIEN.

Sans doute; je ne suis pas égoïste, mais je voudrais que tout le monde fût riche; alors tous seraient heureux, et il n'y aurait plus de misère.

ANATOLE.

Voilà bien des griefs à la fois; vous en triomphez, sans doute? Cependant votre raison seule va les faire évanouir, comme elle dissiperait mille autres que vous eussiez pu accumuler: examinons-les par ordre. D'abord, sans considérer ces fléaux comme une punition de nos crimes et de nos blasphèmes, nous avons déjà fait voir l'utilité générale qui résulte du transport des nuages, depuis la mer jusqu'au sommet des plus hautes montagnes, où formant des amas de neiges et de glaces, ils remplissent ainsi les réservoirs qui alimentent nos rivières et nos fontaines par leur fonte successive pendant l'été. Or, si parfois dans leur route ils font quelques dégâts, Dieu a ses vues et ne doit pas, pour un petit mal particulier, changer ses lois générales.

PAULINE.

Sans doute: c'est comme le feu, qui est si utile; faudra-t-il s'en priver parce que par-ci, par-là, il brûle quelques maisons? Non, assurément. Se plaindre des intempéries de l'air, c'est faire comme ce voyageur qui, l'autre jour en relayant ici, pestait contre la pluie qui réjouissait nos campagnards, dont les champs desséchés et les fontaines taries faisaient couler les larmes. Cette pluie nous a valu une excellente récolte, qui eût été nulle sans elle ; et cependant elle contrariait ce voyageur.

ANATOLE.

Je demanderai à Mathurin s'il se croit le maître de ses chevaux ?

MATHURIN.

Nul doute, je pense ; la plupart sont mes élèves et, graces à Dieu, ils sont bien à moi.

ANATOLE.

C'est bien, je n'en doutais pas ; mon oncle est donc propriétaire, et par suite maître de ses chevaux ; il en peut disposer, et faire ce qui lui plaît.

JULIEN.

Nul doute ; comme je puis faire de mon bois des roues, des charrettes, une table et une armoire ; le brûler même, si cela me fait plaisir.

ANATOLE.

Ainsi, mon oncle Mathurin peut prendre celui-ci pour sa monture, mettre celui-là à la charrue, soigner cet étalon pour en tirer de beaux élèves, faire courir la poste nuit et jour à cet autre, et enfin vendre ou tuer pour sa peau ce cheval rétif et indomptable.

SANS-SOUCI.

Assurément, puisqu'ils lui appartiennent. Ainsi fait-on aux armées : on tue les chevaux attaqués de morve ou de farcin ; on réforme les rétifs et les vicieux ; on donne les bons aux soldats, les fins aux officiers, et les meilleurs sont pour les généraux.

ANATOLE.

Mais pourquoi cette différence ? Je vois presque tous les jours l'étalon et le bidet dans la pâture, où ils s'en donnent à loisir, ayant bon temps ; tandis que celui qui court la poste et celui qui traîne la charrue ont un mal terrible, supportant l'ardeur du soleil, la pluie,

le vent, et cela sans qu'on leur fasse grace d'une course
ou d'un sillon. Ça n'est pas juste, ils devraient, comme
les autres, être bien soignés, bien nourris, et se reposer à l'ombre quand le soleil est trop chaud, et à
l'écurie quand le temps est mauvais. Ah! s'ils pouvaient se plaindre !

MATHURIN.

Est-ce que je les ai élevés ou achetés pour ne rien
faire ?

ROBERT.

Mais alors que deviendrait la culture? qui labou-
rerait nos terres, et qui transporterait nos voyageurs ?

MATHURIN.

Je les soigne, les nourris; ils sont à moi; je puis
disposer d'eux comme je l'entends; et si je mets l'un
au travail, plutôt que l'autre, j'ai mes vues.

ANATOLE.

Nul doute ; vous les dirigez avec intelligence ;
votre étalon ne serait pas aussi propre à la monture que votre bidet, et celui-ci conviendrait peu au
labour.

JULIEN.

Nous voilà dans les chevaux, et bien loin de notre
affaire.

ANATOLE.

Pas si loin, nous ne nous en sommes pas écartés le
moins du monde. Dieu nous a créés, donc nous lui
appartenons comme des enfants à leur père; nous lui
appartenons encore parce qu'il nous nourrit, et en
troisième lieu parce qu'il nous a rachetés au prix du
sang de son Fils; il peut donc disposer de nous en
maitre, et nous donner telle destination qu'il juge
convenable dans sa sagesse; nous devons croire que
c'est celle qui nous convient le mieux, nous soumettre
avec confiance en sa bonté, et ne pas imiter cet ani-

mal rétif qui ne peut être dompté qu'avec le mors et
l'éperon [1].

ROBERT.

Mais la comparaison est très-juste au moins. Si tout
le monde était riche, qui cultiverait les terres ?

ANATOLE.

Vous voyez donc qu'il y a folie de se plaindre de
l'ordre établi par Dieu, qui, du reste, ne nous doit
rien, et à qui nous devons tout. Mais je vais plus
loin, et je prétends que la plupart des maux dont nous
nous plaignons sont, au contraire, des bienfaits de
Dieu et ne sont point des maux réels ; que quant aux
maux véritables, ils proviennent de nos fautes et de
nos vices ; et enfin, que ce qu'on appelle bonheur et
plaisir, ne sont en réalité que peines et misères.

Cette manière de juger les choses, qui détermine le
choix des hommes, a fait dire à un homme de grand
sens, que la terre n'était qu'un vaste hôpital, où sont
tous les fous de l'univers, la raison y jouant souvent
le rôle insensé de la folie, et où l'homme trouvant sa
vie trop longue se hâtait de l'abréger par ses désirs,
son ambition, son intempérance et tous les vices.

LANCELLE.

Voilà, ce me semble, un fier paradoxe ; vous vous
enferrez, mon cher Anatole ; vous vous en tirerez difficilement.

ANATOLE.

C'est possible. Voyons d'abord les maux ; les biens
viendront ensuite.

JULIEN.

Oui, voyons d'abord les maux ; c'est l'objection de
Lancelle.

ANATOLE.

La plupart des biens et des maux n'ont de réalité

[1] *Nolite fieri sicut equus et mulus, quibus non est intel-
lectus.* Ps. 31. v. 9.

que dans notre imagination, et tel murmure contre
la Providence, qui s'aperçoit bientôt qu'il a des graces
à lui rendre. L'homme en général est le propre artisan
de ses peines; il souffre de ses folies, de ses erreurs,
et surtout de ses vices, et il ose en accuser un Dieu
de qui tout ce qui nous vient est bon.

Ainsi les peines nous avertissent d'être vertueux; la
faim nous prévient de manger, la satiété d'arrêter; la
douleur nous avertit de ce qui nous blesse : la mort,
en terminant nos misères et notre exil, nous immor-
talise et nous jette dans le sein de notre Créateur pour
l'éternité. Le vent et l'orage purifient l'air et balaient
l'atmosphère; les pluies arrosent et fécondent nos
guérets; l'hiver, le triste hiver est aussi nécessaire
que le printemps, et nous avons vu l'utilité des frimas
cumulés sur nos montagnes.

Quant aux maladies, elles sont la plupart les fruits
de nos vices : ainsi l'ivrognerie, et l'intempérance qui
fait la félicité du porc, produisent la goutte, la pierre,
la gravelle, l'apoplexie, etc.; la volupté traîne à sa
suite la honte avec les plus affreux tourments. La
paresse amène la pauvreté; elle est la mère d'une
foule de maux et la sœur de la luxure; elle rend
nulle l'œuvre du Créateur. Le paresseux n'est bon à
rien pendant sa vie ni après sa mort; ce qui le range
au-dessous d'un vil animal [1]. La colère nous fait faire
des folies; elle brouille les amis, occasionne des querelles, des duels, des meurtres et des guerres; elle
altère la santé, bannit la paix, trouble la société et la
raison, et rend l'homme semblable à une bête féroce
ou enragée. Elle ne donne pas même l'apparence d'un
plaisir. Parlerons-nous de ce vice infernal qui semble
être passé du démon dans Adam, quand celui-ci envia
la science de Dieu. L'envieux est d'autant plus malheureux, que son malheur s'augmente du bonheur des
autres, et ne peut être soulagé que par la ruine d'au-

---

[1] *Homines, nil agendo, malè facere discunt.*

trui, dont même il ne profite pas ; lui qui a faim quand les autres mangent, et qui regarde comme un vol qui lui serait fait, le bien qui arrive à son prochain. Je ne finirais pas si je voulais seulement citer les maux que produisent chacun de nos vices.

ROBERT.

Il n'est que trop réel que les vices produisent la plupart de nos maux ; mais il est aussi des personnes que l'infortune poursuit, sans qu'il y ait de leur faute.

ANATOLE.

Dites au moins que les causes de leur infortune nous sont inconnues ; mais il reste toujours, qu'un Dieu sage et juste ne fait rien qui puisse être blâmé. D'abord, admettons que, tout d'un coup, un individu perde honneur, rang, fortune et santé, que ses enfants même lui soient enlevés, de quel droit (supposant qu'il n'y ait nullement de sa faute) oserait-il murmurer contre la Providence. Dieu lui devait - il quelque chose plutôt qu'aux autres hommes ? En les lui donnant, s'était-il engagé à les lui conserver toujours ? Non, sans doute, ces biens comme la vie ne nous sont que prêtés pour un temps ; nous devons tout quitter nous-mêmes à la mort ; et si Dieu nous les redemande par parties, et après un temps qu'il a jugé convenable, nous ne lui devons que des actions de graces pour celui pendant lequel il nous a permis d'en jouir.

ROBERT.

Ceci est très-exact ; c'est comme un homme à qui j'aurais prêté, sans y être obligé, une somme d'argent, ma maison ou mes terres, et qui se plaindrait, quand je viendrais les réclamer, sous prétexte qu'il croyait en jouir toujours ; je le regarderais à coup sûr comme un ingrat.

ANATOLE.

Si nous ne considérions Dieu que comme un bon

père, nous verrions souvent dans ces prétendues infortunes des marques de sa bonté divine, ce sont ordinairement des avis salutaires qui, nous faisant connaître nos vrais amis, nous reportent vers lui, quand tout nous abandonne ; c'est l'invitation au festin de Dieu [1]. La pauvreté est même plus avantageuse que les richesses [2]; elle est souvent une heureuse nécessité de faire notre salut ; elle est d'ailleurs au-dessus de l'envie, l'ami de la santé, la mère du travail, l'hôte de la tempérance, la compagne inséparable de la tranquillité ; elle ne craint ni les voleurs, ni la guerre et ses horreurs : libre, elle passe partout inaperçue, exempte des embarras et des maux de la grandeur ; son sommeil est tranquille et exempt d'inquiétude ; l'appétit assaisonne ses repas ; elle porte la livrée de la Providence ; les pauvres sont appelés frères de Jésus, qui, comme eux, n'avait pas même où reposer sa tête.

SANS-SOUCI.

Il y a du vrai dans tout cela au moins, c'est pourquoi la vie militaire a tant de charmes ; on est sans soucis ; on vit au jour le jour, sans s'inquiéter du lendemain ; chaque jour amène sa ration : on dort tranquille et exempt de soins, on porte tout son bagage, son avoir avec soi et sans s'inquiéter de la pluie ou du beau temps, des bonnes ou des mauvaises récoltes ; on passe gaiement son temps. Les plus malheureux ce sont les ivrognes et les bambocheurs ; ils sont de vrais piliers d'hôpital.

LANCELLE.

Vous avez fait de la terre un hôpital de fous.

ANATOLE.

Nous avons déjà démontré la folie de ceux qui, pour se dispenser de la reconnaissance, nient le Créateur ; est-il plus sage, celui qui veut se ravaler jusqu'à la

---

[1] *Exi in vias , et compelle intrare ut impleatur domus mea.* Evang. Matth. 22. 9.

[2] *Felix necessitas quæ salutem operatur.* St Aug.

brute? Celui qui fait son Dieu de son ventre ou de
son or, est-il plus sensé ? N'y a-t-il pas de la folie à
des malheureux, également condamnés à la mort,
d'employer le peu de jours qu'ils ont à passer ensemble à se déchirer, à se dévorer les uns les autres?

> » Hélas! quelle est notre folie !
> » Pourquoi haïr dans une vie ,
> » Où les hommes, dès le berceau,
> » Objets de douleur et d'envie ,
> » Marchent tous ensemble au tombeau?

Aimé MARTIN.

Est-il plus raisonnable celui qui passe sa vie pour
connaître par où un insecte respire, tandis qu'il né-
glige d'apprendre la science qui doit lui procurer un
bonheur éternel !

JULIEN.

Et les animaux malfaisants? vous n'en dites rien,
sont-ils aussi le produit des vices de l'homme?

ANATOLE.

Ingrats que nous sommes ! jugerons-nous donc
toujours des œuvres de Dieu d'après notre ignorance ?
Ah ! ne voyons plutôt en tout que sa sagesse et sa
bonté ! quand même nous ne pourrions nous expliquer ses desseins.

N'est-il pas vrai que les animaux les plus utiles à
l'homme se plaisent auprès de lui? Eh bien ! supposez
que le cheval, le bœuf, le mouton, le chien et les
autres animaux de la basse-cour se dispersent dans
les bois, que devient l'homme ainsi abandonné à lui-
même? La timide brebis qui lui livre sa toison et ses
petits, la poule qui lui fournit presque toute l'année
ses œufs délicats et ses poulets, etc., tous seront
bientôt détruits ; le cheval, le bœuf devenus indomp-
tés, lui refuseront leurs services. Le chien dévorera
l'agneau dont il était naguère le fidèle gardien ; tous
se partageront la subsistance qui servait à l'homme,

réduit dès lors à sa propre faiblesse. Mais il n'en peut
être ainsi ; Dieu, dans sa bonté, a placé à la lisière
des bois, à l'entrée du désert, des gardes pour re-
fouler vers la demeure de l'homme les animaux domestiques qui seraient tentés de s'en écarter ; ainsi
la génisse s'éloigne peu ; la brebis aventureuse craint
de s'éloigner du troupeau ; la poule ne perd point de
vue le toit protecteur du poulailler où elle rentre
avant la chute du jour : tous savent que les loups,
les renards et autres animaux féroces les ramene-
raient bientôt, ou les puniraient de mort, s'ils ou-
bliaient leur destination ; la timide colombe arrive à
tire-d'ailes, et je vois l'épervier aux serres cruelles,
la forcer à précipiter son vol vers le pigeonnier protecteur. Ainsi, des limites ont été posées, et ces
gardes des bois et du désert n'oseraient les dépasser
elles-mêmes : l'homme, maître de la nature, est là
avec ses chiens fidèles pour les faire retourner à leur
poste, et les punir d'avoir osé troubler son domaine.

ROBERT.

J'entends, ils sont comme les gendarmes qui gar-
dent les avenues du camp, et sont chargés d'y faire
rentrer les déserteurs, et d'empêcher que personne ne
s'écarte.

SANS-SOUCI.

Justement ; par là sambleu, que c'est bien arrangé,
j'avoue que je ne m'attendais pas à celle-là, par
exemple.

ANATOLE.

Ajoutons que les animaux utiles multiplient le plus.
Le porc, la poule, le canard, la dinde, etc., ont de
dix à vingt jeunes, une fois au moins l'année ; la perdrix qui détruit les fourmis, la mésange qui se nourrit de chenilles, ont des couvées de vingt petits ; le
pigeon n'en a que deux, mais il couve toute l'année.

Les animaux nuisibles, au contraire, multiplient
très-peu, n'ayant qu'un ou deux petits, comme les

oiseaux de proie ; dans les bêtes féroces, les portées sont plus longues, les fécondations plus rares, ayant des repaires isolés ; et s'ils deviennent trop nombreux, ils finissent par se dévorer les uns les autres, comme font les loups.

LANCELLE.

Je n'avais, j'en conviens, jamais entendu d'explication aussi satisfaisante ; elles prouvent l'utilité de tout ce que Dieu a trouvé bon de créer.

ANATOLE.

Je n'ai donné cependant qu'une faible esquisse du tableau. Le temps ne me permet pas d'entrer dans des détails que vous trouveriez de plus en plus admirables, et mes connaissances d'ailleurs sont trop faibles et trop incomplètes ; j'ai voulu seulement vous faire remarquer que le but de la Providence est sensible, et qu'au lieu de nous plaindre, nous devons la bénir de sa bonté. Remarquez encore que la poule, la dinde, la perdrix, etc., ont les ailes courtes et le corps pesant, afin qu'elles ne puissent pas trop s'éloigner de l'homme qui a besoin d'elles, tandis que la maigre hirondelle, le sec héron, ont comme les oiseaux de proie le vol facile et rapide, au moyen de leurs longues ailes et de leurs corps sans chair. (Une mésange entière, avec ses plumes, ne pèse pas même une demi-once.) C'est ainsi que, dans un autre ordre, le froment nourricier se plaît dans les plaines que l'homme habite, et dépérirait dans les bois, etc ; tout est donc prévu dans l'univers. L'impie seul ne voit pas que tout y est tellement enchaîné par une sagesse infinie, qu'on n'en saurait soustraire un atome sans qu'il s'écroule.

JULIEN.

Mais la bonté de Dieu serait-elle moins évidente, si tout le monde était riche ? il me semble que cela eût été un peu mieux.

ANATOLE, *souriant.*

Vous tenez donc beaucoup aux richesses.

JULIEN.

Ecoutez donc, on aime d'être heureux, et quiconque est riche....

ANATOLE.

Est souvent très-malheureux; car telle est la nature
de l'homme, qu'il ne peut être parfaitement heureux
sur la terre. Souhaiter des richesses est encore une
de ses folies. Salomon fit un souhait plus raisonnable,
aussi fut-il regardé comme le plus sage des hommes,
et sa gloire s'étendit au loin.

Ce souhait, considéré en lui-même, prouve que
l'homme s'attache à son existence matérielle; toujours
désirant, il n'est jamais satisfait; au désir des richesses succédera bientôt celui de la santé; puis celui
d'une longue vie, peut-être celui de l'immortalité;
au moins, il voudra des héritiers de son nom; bientôt
il appellera le plaisir; le plaisir si fugace, si passager,
que la vie, toute courte qu'elle soit, l'est encore bien
moins que lui; plaisir qui flatte nos désirs, tant qu'il
ne nous appartient pas, et qui, à peine arrivé, nous
paraît une fatigue. Supposons ce désir satisfait, et
même tous les autres, la mort arrive, et toujours trop
tôt, toujours inattendue, tout s'evanouit; et nous dé-
couvrons alors que tous ces biens prétendus n'étaient
que des fantômes, des illusions, des vanités [1].

La richesse amène souvent à sa suite l'orgueil, l'avarice, la dureté; or l'avare prostitue son honneur, son
âme et sa vie à son or; inquiet de conserver ce qu'il
a amassé avec tant de peine, il n'ose y toucher; il se
croit maître de ses biens, il n'en est que l'esclave et
le gardien; il n'aime personne, personne ne l'aime;
il se défie de tout, il ne s'aime pas lui-même, et se
condamne souvent à la misère au sein de l'opulence;
enfin la mort arrive, il faut tout quitter; nu, il est
venu au monde, simple usufruitier, il n'emporte rien,
et le quitte à-peu-près de même.

[1] *Vanitas vanitatum, et omnia vanitas.* Sap. Lib.

» Tant de peine à bien amasser,
» Puis mourir et puis tout laisser.

C'était bien la peine; mais supposant que ces vices ne s'emparent pas de nous, resteront toujours la satiété et tous les maux qui assiègent l'opulence. Senèque avait bien raison de dire que les richesses ne font que changer nos misères en d'autres [1].

Or, abandonner son Dieu, perdre son âme et son salut pour une chose aussi vile, aussi passagère! quelle folie! ô le triste bonheur que celui qui entraîne le riche dans un malheur sans fin [2].

SANS SOUCI.

Mais si tout le monde était riche, il n'y aurait plus de sujet d'orgueil ni de dureté.

ANATOLE.

En ce cas, tout le monde serait misérable, et personne ne serait content.

JULIEN.

Pour cela, c'est un peu fort.

ANATOLE.

Cela est cependant, car tout le monde serait pauvre. Admettons que cela soit, dès ce moment, vous voilà obligé de vous servir vous-même; il vous faut vous bâtir votre demeure, être votre propre maçon, votre charpentier, etc.; il vous faut aller abattre et amener le bois dont vous avez besoin, faire vos briques, vos tuiles, etc.; il vous faut filer et tisser vos habits, laver vous-même votre linge, enfin faire tous vos ouvrages, et suffire à tous vos besoins; car, dès lors, plus de domestiques, plus d'ouvriers, plus personne, en un mot, pour vous rendre le plus mince service; partant, plus de société établie sur les services mutuels, tout le monde est maître.

[1] *Divitiæ multæ, non finis, sed mutatio sunt miseriarum.*

[2] *O infelix felicitas quæ divitem ad æternam infelicitatem trahit!*

ROBERT.

Personne ne pourrait suffire, à moins de se réduire à la condition des bêtes sauvages, de se couvrir de peaux, et d'habiter dans les antres et les tanières.

MATHURIN.

Quand vous vous réduiriez là, un plus fort ou plus hardi vous en chasserait, s'il trouve votre caverne plus commode que la sienne; et qui vous protègera?

SANS-SOUCI.

Les bêtes seraient plus heureuses que nous.

ANATOLE.

L'adresse, la force et le génie seraient les mieux partagés, et avec tout l'or possible, vous ne pourriez rien vous procurer; il n'y aurait plus de commerce, et d'ailleurs les richesses n'empêcheraient pas les querelles; et si vous êtes attaqué, qui vous défendra? Qui sacrifiera son repos, ses veilles et sa vie pour votre sûreté; vous n'avez rien à lui donner, tous sont riches, et par ce seul fait, comme vous le voyez, tous sont également pauvres.

JULIEN.

Que je suis donc simple, je croyais avoir demandé une belle chose, et je n'ai dit qu'une bêtise.

PAULINE.

L'inégalité de rangs et de fortune nous rend tous nécessaires les uns les autres; le riche ne peut se passer du pauvre en aucun instant de sa vie; le pauvre se passerait aussi difficilement du riche, et si tous le devenaient également, que deviendrait le charme de la bienfaisance? cette douce jouissance du cœur qui nous fait ressembler en quelque sorte à Dieu [1].

ANATOLE.

Renonçons à ce désir d'une opulence qu'on acquiert avec peine, qu'on possède en tremblant, et qu'on perd

---

[1] *Accipere humanum est, inopi donare Deorum.* Cicéron.

avec douleur. Si nous la possédons, et qu'elle nous quitte, ne nous en affligeons pas, puisque, si elle ne nous prévenait, nous la laisserions nous-mêmes, quelques jours plus tard , à la mort.

Servons-nous-en plutôt, comme dit Pauline, à nous procurer le plaisir de la bienfaisance; car les riches ne sont point les propriétaires, mais bien les dispensateurs des biens que Dieu leur a confiés.

Chacun applaudit; Julien, avant de se séparer, demanda à boire, pour ravaler, dit-il, sa sottise. Lancelle sortit un peu soucieux, à ce qu'il parut, commençant à douter de l'infaillibité de ses patrons.

QUATRIÈME SOIRÉE.

La philosophie moderne renverse les lois de la société, laisse l'homme enchaîné par un fatal destin, sans secours, sans espérance, comme sans règle et sans appui; Dieu n'étant plus qu'un vain mot qui frappe nos oreilles.

ANATOLE avait su tellement faire croître l'intérêt, dans les soirées précédentes, que nos champions étaient réunis de bonne heure. Lancelle avait épuisé toute sa science contre l'existence de Dieu et ses attributs; la création était un point contre lequel avaient échoué toutes ses objections. Il débuta donc par s'avouer vaincu, en s'adressant à Anatole.

LANCELLE.

Il y a un Dieu tout-puissant, infiniment sage, qui a tout fait et conserve tout dans un ordre admirable, mais quel a pu être le but de la création? Un Dieu bon n'a pu créer l'homme pour le rendre malheureux? et il y en a tant qui le sont! S'il est juste et sage, il a dû faire connaître à l'homme sa destinée.

ANATOLE.

Votre question est raisonnable, il est dans la nature de l'homme de chercher le bonheur et de désirer connaître son sort....

ANGELINE.

Pardon, je voudrais bien vous demander quelque chose.

ANATOLE.

Parlez, ma bonne amie.

ANGELINE.

C'est seulement pour un mot ; c'est qu'il me semble que vous n'êtes pas d'accord avec M. le curé, car il nous défend, lui, de consulter le sort, d'être curieuses, de nous faire tirer les cartes, de nous faire dire la bonne aventure.

ANATOLE.

M. le curé a raison, il vous défend toute curiosité indiscrète sur les secrets ou les affaires d'autrui ; il vous défend de consulter les devins, de faire tirer les cartes, etc., parce que les personnes qui se mêlent de ces superstitions diaboliques commettent un énorme péché, en recourant au démon pour tâcher de découvrir ce que Dieu n'a pas jugé à propos de nous faire connaitre. L'Eglise les a frappées de ses anathèmes, et les regarde comme des âmes qui ont renoncé à Jésus-Christ, pour se livrer à l'esprit infernal. Les consulter, c'est concourir à leur malheur, à leur damnation, c'est recourir soi-même à Satan et se rendre coupable d'un très-grand péché.

Mais il est une curiosité véritablement louable, Dieu l'ayant mis lui-même en nous, c'est celle qui nous porte à chercher quelle est notre destination. Nous avons intérêt de connaître Dieu, de nous connaître nous-mêmes, de savoir la fin pour laquelle nous avons été créés, et enfin ce que Dieu demande de nous, c'est aussi ce que l'homme ne pouvait savoir de lui-même, et n'a pu apprendre que de Dieu par la révélation.

MATHURIN.

Comme tout est admirable en Dieu et dans ses œuvres ! Je ne puis concevoir comment l'homme a pu s'élever jusqu'à leur connaissance.

ANATOLE.

Angeline va nous dire comment et pourquoi Dieu a créé le monde.

ANGELINE.

Dieu a créé le monde par sa parole et sa volonté, et pour sa gloire.

ANATOLE.

Par sa volonté et *pour sa gloire*, remarquons-le bien. Dieu n'avait pas besoin de la création pour être parfaitement heureux : il lui a plu, dans le temps, de tirer du néant le ciel, la terre et ses créatures. Cet ouvrage étonnant est digne de Dieu, mais toute la création matérielle est incapable de sentiment et d'intelligence, car l'intelligence est le propre des esprits : or Dieu a aussi créé des esprits capables de le connaître, de l'aimer et de le glorifier ; les uns, purs esprits, sont toujours prosternés devant le trône de sa gloire, l'adorent et exécutent ses volontés, ce sont les anges ; les autres sont des intermédiaires entre le ciel et la terre, ils sont renfermés dans des corps matériels, ce sont les hommes. Le but de la création est donc l'homme que Dieu a placé à sa tête par son génie et son courage ; et la fin de l'homme est Dieu.

Oui, celui qui, entre toutes les créatures terrestres, peut seul s'élever par la pensée jusqu'à Dieu ; celui dont le cœur est si grand, les désirs si insatiables que rien de créé ne peut les remplir, ne peut aussi avoir qu'un Dieu pour fin ; et son plus beau titre de gloire est d'appartenir à son Dieu.

Nous savons, par la révélation et les livres saints, inspirés de Dieu même, que le corps du premier homme fut formé de terre ; par cette partie de son être l'homme participe aux qualités de la matière, avec laquelle il est en rapport, et lui fait rendre hommage à son Créateur. Dieu lui donne en même temps *une âme* faite à *son image* et à *sa ressemblance ;* remarquons bien ces termes : Dieu n'ayant point de

corps, ce n'est donc point par le sien que l'homme est
l'image de Dieu , c'est donc par son âme qui en est
distincte, qui est immatérielle, intelligente et immortelle, ne pouvant plus jamais s'anéantir. Or , si
l'homme par son corps appartient à la matière dont il
partage les imperfections, il est par son âme dans
un rapport bien plus direct avec Dieu, vers lequel il
doit tendre de toutes ses forces. Une image est d'autant plus parfaite qu'elle ressemble plus à son modèle;
de même l'âme n'est belle que lorsqu'elle approche le
plus possible, par ses vertus, des perfections de Dieu,
son auteur [1], dont elle est comme une émanation.

Ainsi l'homme touche du pied à la terre, et par son
génie, sa raison (qui émane de la raison universelle
de Dieu), par son intelligence, par son âme enfin, il
s'élève jusqu'à l'Auteur et le Maître de toutes choses,
et dépose au pied du trône de sa divinité ses hommages et ses adorations; c'est ce qui résulte des saintes
Ecritures.

LANCELLE.

On a beaucoup contesté sur l'authenticité de ces
livres, et on est loin d'être d'accord sur leur contenu.

ANATOLE.

Etes-vous allé à Cadix?

LANCELLE.

Non, je n'ai jamais mis le pied en Espagne.

ANATOLE.

Croyez-vous que cette ville existe, et que l'armée
française y soit allé?

LANCELLE.

Si je le crois, il faudrait être fou pour en douter,
tant de personnes l'ont vu ; son existence est aussi
certaine que celle du soleil.

ROBERT.

J'en viens, moi, et cinquante mille Français qui s'y

[1] *Estote ergo perfecti , sicut et Pater vester cœlestis per-
fectus est.* St Matth. 5. v. 48.

trouvaient en même temps, tous les Espagnols, et les
négociants des quatre parties du monde qui commer-
cent avec cette ville, l'attesteraient comme moi ; on
ne peut, à moins de folie, donner un démenti à une
telle masse de témoins.

ANATOLE.

Fort bien : ainsi donc, il faut avoir perdu l'esprit
pour nier des choses et des faits aussi bien attestés ?

SANS-SOUCI.

Oh ! bien certainement.

ANATOLE.

En ce cas, pourquoi vouloir contester les livres de
Moïse ? puisqu'ils ont une masse de témoins oculaires
des faits qui y sont contenus, des documents historiques circonstanciés, une tradition suivie de plus de
4000 ans, des monuments publics, et plus que cela,
des millions de Juifs, descendant des premiers témoins,
attestent encore l'exactitude de tous les faits qu'ils
contiennent, par l'ensemble de leur législation, de
leurs mœurs, de leurs usages, tous établis d'après
ces livres ; ces témoins vivants, par un miracle particulier, prédit long-temps avant l'évènement, sont dis-
séminés et répandus parmi toutes les nations, au
milieu desquelles ils ont conservé leurs cérémonies
religieuses, toutes gênantes qu'elles soient, et ne se
sont point confondus avec aucune d'elles, comme l'ont
fait tant de peuples fameux : en effet, les Assyriens,
les Grecs, les Romains, les Goths ont disparu sans
retour de la surface de la terre ; tandis que les Juifs,
quoique n'étant plus en corps de nation, subsistent
avec leurs livres, leurs traditions et leur religion au
milieu des autres, couverts d'avanies, chargés d'hu-
miliations et d'opprobre, haïs et méprisés partout, et
conservant toujours cependant des caractères ineffa-
çables qui les distinguent en tous lieux. Exemple
unique et terrible des jugements de Dieu.

LANCELLE.

Mais ces livres n'ont-ils pas pu être altérés?

ANATOLE.

Impossible; quand? où? et par qui? c'est ce qu'on ne saurait démontrer. Il n'y a jamais eu de réclamation parmi eux à ce sujet; ce qui n'eût pas manqué d'avoir lieu, si cela fût arrivé. D'ailleurs, par une permission de Dieu, ce peuple, témoin oculaire et traditionnel des faits de son histoire, a, pour éviter toute altération possible, poussé son respect et son enthousiasme pour ses livres, jusqu'à en compter tous les mots, toutes les lettres, et jusqu'aux accents; tenant note exacte du nombre de fois que chaque mot, chaque lettre étaient contenus et répétés dans chacun des chapitres et des versets qui composent chaque livre, et même par quelle lettre chacun d'eux commence et finit; enfin son investigation à cet égard a été portée jusqu'à la superstition.

SANS-SOUCI.

Que de précautions! c'est presque incroyable. Cela étant, aucune histoire n'est plus certaine.

ANATOLE.

Dites *aussi* certaine. Observez de plus que chacune de leurs fêtes est une commémoration d'un fait merveilleux, établie à perpétuité. Ainsi tout s'accorde, même les annales des faits contemporains, pour les confirmer. Quel fait historique, cru cependant par tous, a jamais eu autant et d'aussi fortes preuves en sa faveur?

ROBERT.

Aucun assurément; il faut convenir que les Juifs, qui sont partout, sont des témoins irrécusables de la vérité de leur histoire. Tes patrons, mon cher Lancelle, ne sont que de mauvais chicaneurs.

ANATOLE.

Nous savons par ces livres, les plus anciens qu'on

connaisse, toute l'histoire du monde. Adam, le premier homme, avait été créé immortel : dans cet état,
il ne devait connaître ni le besoin, ni la fatigue, ni la
douleur; les animaux le respectaient comme leur roi;
les saisons n'avaient point leurs rigueurs, ni l'air son
intempérie; une température suave, un ciel délicieux
ne nécessitaient pour lui ni abri, ni vêtements; un
tapis de fleurs formait son lit; un tertre de gazon
son trône; la terre, les végétaux fournissaient splendidement sa table; il vivait heureux près de son heureuse compagne, *ils étaient innocents*. Dieu, dans sa
bonté, leur avait soumis et abandonné toute la création pour en jouir. Mais, afin que l'homme immortel
n'oubliât point par la suite son origine et son créateur,
Dieu exigea de lui une seule marque de soumission et
de dépendance.

SANS-SOUCI.

Oui, c'est comme le soldat qui doit porter les armes
à son colonel, ça ne coûte pas.

ANATOLE.

Si ce soldat y manquait, il serait puni, et si à ce
manque de soumission il joignait l'ingratitude, la
révolte ?

SANS-SOUCI.

Il serait puni d'autant plus sévèrement que l'officier
serait plus élevé en grade.

ANATOLE.

Dieu avait donc défendu à Adam de manger du fruit
d'un seul arbre qu'il s'était réservé, lui abandonnant
tous les autres; et, *dans sa justice*, il l'avait prévenu
des suites funestes de sa désobéissance, dont la mort
serait un des résultats. Adam, devenu ainsi l'arbitre
de sa propre destinée, ne pouvait donc s'en prendre
qu'à lui seul, si, volontairement, il la rendait malheureuse : c'est cependant ce qu'il fit, s'exposant à
toutes les conséquences de son crime, il goûta du fruit

de l'arbre fatal, et ouvrit ainsi la porte à tous les vices, comme à tous les maux.

Dieu, juste et fidèle, chassa Adam et sa complice hors du Paradis; il les condamna au travail, à la douleur et à la mort. Adam s'était révolté contre son créateur; les animaux, la nature entière se soulevèrent contre lui, de là les chaleurs brûlantes de l'été et le froid rigoureux de l'hiver; de là les ouragans et les tempêtes; de là toutes nos misères; le seul péché d'Adam nous explique ce qui, sans lui, serait pour nous une énigme éternelle. Peut-il se plaindre de son arrêt? Non, il le connaissait d'avance et s'y était volontairement exposé.

LANCELLE.

Mais Dieu savait bien qu'Adam succomberait: pourquoi ne l'a-t-il pas empêché?

ANATOLE.

Dieu, dans sa prescience, ne l'ignorait pas, mais Adam, créé libre, avait des moyens suffisants pour éviter le péché; sa reconnaissance pour les bienfaits reçus, l'espoir des récompenses promises à sa fidélité, et la terreur que devaient produire en lui les châtiments dus à son crime. Ces trois motifs satisfont la justice. Dieu, pour contraindre Adam à ne le pas offenser, n'avait pas besoin de lui faire de défense; mais alors quel hommage Adam eût-il pu rendre à Celui de qui il tenait la vie et le bonheur! Sans cette preuve obligée de sa soumission, il l'eût bientôt oublié. Admirons plutôt la bonté de Dieu, qui a restreint toute sa loi à une si facile observance.

SANS-SOUCI.

Il me semble toujours que Dieu n'eût pas dû laisser pécher Adam.

ANATOLE.

Songez que, pour que l'obéissance d'Adam fût méritoire, il fallait qu'elle fût libre, la justice le veut ainsi, car, sans liberté, pas de mérite; et dès lors quels

7

titres aurait eus Adam aux récompenses promises ?
Un homme enfermé et enchaîné peut-il être loué de
n'avoir pas quitté son poste ? L'horloge de notre clocher
et le coq qui le surmonte, ont-ils des droits à ma reconnaissance, parce qu'ils m'indiquent l'heure et le
vent ? Non, sans doute ; ce ne sont que des machines
qui obéissent à une impulsion donnée ; mais je saurai
gré à un passant qui m'aidera à relever ou à recharger
ma voiture qui aura versé, parce qu'il était libre de
ne rien faire et de continuer sa route. Or, pour que
l'homme pût rendre à Dieu un hommage digne de lui, il
était nécessaire qu'il fût libre de le refuser.

C'est cette liberté qui distingue son âme de son
corps ; l'âme réfléchit, compare, juge, se détermine et
exécute, voilà l'intelligence ; elle peut vouloir, ou ne
vouloir pas exécuter dans la sphère de son pouvoir. Il
n'en est pas de même du corps, en tant que matière, il
est essentiellement passif ; il ne dépend pas de lui d'être
fort ou faible, d'avoir faim ou soif ; le cœur bat, le
sang circule, etc. ; il ne peut ni le vouloir, ni l'empêcher ; mais l'âme peut le dompter, malgré ses plaintes
et sa révolte ; ainsi, quelle que soit l'horreur qu'il a de
sa destruction, l'âme le contraint de s'immoler pour
sa gloire au salut de son pays, ou pour le service du
prince ; les âmes des martyrs ont livré leurs corps aux
bourreaux, pour se réunir plus tôt à leur Dieu, objet
de leur amour ; elles ont prouvé qu'elles étaient libres
de choisir entre leur Créateur et les idoles, entre le
Ciel et l'enfer.

JULIEN.

La liberté était de toute justice, et Adam était aussi
libre de ne pas manger la pomme, que moi de boire
en ce moment ce verre ; et j'en sais gré à Mathurin,
parce qu'il était libre de ne pas me le donner, tandis
que je ne remercie pas le tonneau qui me l'a fourni,
parce qu'il n'était pas libre de me le refuser.

ANATOLE.

Comme Robert n'eût point mérité de porter la dé-

coration de l'honneur, s'il n'eût été libre de faire ou
non l'action héroïque qui la lui a valu : ainsi, sans
liberté, point de mérite ; sans mérite, point de récompense : ôtez la liberté, les anges et les hommes ne sont
plus que des automates, des machines, incapables de
louange et de blâme ; le juste et l'injuste disparaissent,
il n'y a plus ni vertus ni vices ; l'assassin qui m'é-
gorge n'est pas plus punissable que le couteau dont il
se sert ; il n'y a plus de parricides, plus de traîtres ;
mais aussi il n'y a plus de héros, l'honneur et la gloire
ne sont plus que des chimères.

ROBERT.

Je frémis de ces conséquences, et cependant on n'en
peut contester la rigoureuse exactitude. Les juges n'appliquent les lois que conséquemment à ce principe de
liberté, qui est en nous ; c'est pourquoi les crimes ré-
fléchis et médités sont plus rigoureusement punis, que
ceux produits par une brusquerie ou un premier mouvement.

ANATOLE.

L'homme a donc dû être libre dès le premier moment de la création, et il l'est encore en dépit de nos
faux sages, qui n'ont eu d'autre but, en cherchant à
altérer cette vérité, que le bouleversement et la destruction des lois et de la société, et de se donner à eux-
mêmes la liberté d'être vicieux impunément. Car, remarquez une autre conséquence de ce funeste principe ;
si l'homme n'est pas libre, il n'y a plus de vertus,
comme il n'y a plus de crimes ; toutes les actions sont
dès lors indifférentes et devant Dieu et devant les
hommes ; dès lors aussi quelle porte ouverte à tous
les débordements ! Mais il y a plus, si l'homme est nécessité dans toutes ses actions, Dieu, les déterminant,
serait l'auteur de tous les forfaits ; dès lors, c'est un
Dieu méchant, cruel, qui ne mérite ni notre reconnaissance, ni nos hommages ; mieux vaudrait qu'il n'y en
eût pas ; car, que pourrait-on attendre d'un pareil Dieu ?

je vous vois frémir, et je frémis moi-même de ces blasphèmes ; tel est cependant le Dieu que voudraient nous donner les impies, ou pour mieux dire, tels sont les moyens qu'ils prennent pour nous détourner de Celui qui nous a donné l'être, pour nous pervertir et le détrôner lui-même, autant qu'il est en eux ; il me suffit de vous avoir dévoilé leur but, l'indignation que j'aperçois sur vos traits m'assure que ce ne sera plus parmi nous qu'ils feront des dupes.

ROBERT.

Non certainement (regardant Lancelle) ; ce qui m'étonne, c'est de voir des gens qui se piquent de raison, se rendre les échos de tels monstres ; car il n'y a que des scélérats ou des fous qui puissent avancer et soutenir de pareilles propositions.

ANATOLE.

Déplorons plutôt le mauvais usage qu'ils font de leur raison. Sans la foi, la raison se déprave ; si elle s'arrête, malgré les preuves qui la portent à s'élever jusqu'à son Auteur, elle cesse d'être raison : ce qui déprave la raison, c'est l'abus de l'esprit, et cet abus naît du dérèglement du cœur ; prions Dieu pour qu'il daigne les éclairer, et réservons notre mépris pour les productions empoisonnées dont ils cherchent à infester jusqu'au simple habitant de nos hameaux.

JULIEN.

Ils n'ont qu'à se frotter à moi, tous ces colporteurs de livres ; à présent que je connais ce qu'ils veulent, je me charge de les rembarrer et de les ramener à leur catéchisme. Oh ! pour aujourd'hui, M. Anatole, vous m'avez éclairé sur bien des choses, j'espère que demain j'en apprendrai d'aussi intéressantes.

MATHURIN.

Aussi instructives et aussi utiles.

Cette soirée n'avait pas été flatteuse pour Lancelle, il avait sur le cœur l'apostrophe un peu énergique de

Robert, qui s'était exprimé un peu militairement. Cependant il fit bonne contenance, et se retira avec François et Sans Souci qui le reconduisirent un bout de chemin. Cette prévoyance le rendit à lui-même, et il se promit de soutenir la lutte jusqu'à la fin, quoiqu'il en pressentît déjà l'issue.

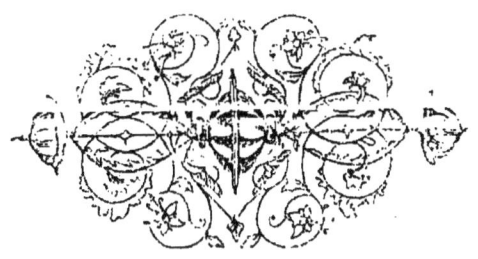

CINQUIÈME SOIRÉE.

Apud Dominum misericordia, et copiosa apud eum
redemptio. Ps. 129.
Le Seigneur est miséricordieux, en lui est une
abondante rédemption.

Mathurin s'entretenait, avec sa famille et Sans-
Souci, des choses admirables qu'Anatole avait dévelop-
pées dans les précédentes soirées. Sans-Souci , ha-
bitué à l'ordre dans le service militaire , avait parfaitement saisi les explications relatives à l'ordre de
l'univers et à la subordination de l'homme à son
Créateur; aussi la faute d'Adam le surprenait moins
que ses rigoureuses conséquences à l'égard de ses
descendants. Robert observait avec raison que les
branches d'un arbre, plantées en bouture, forment,
à la vérité, des arbres nouveaux, mais qui ont toutes
les qualités bonnes ou mauvaises de la souche mère,
dont ils ne sont en quelque sorte que le prolonge-
ment et une espèce de continuation ; ainsi, dans ce
sens, dit-il, tous successivement engendrés, ont bien
réellement été contenus dans leur premier auteur,
ainsi de même, concluait-il, les descendants d'Adam,
tous contenus en lui, ont dû participer à sa nature
pure et immortelle , ou altérés par son péché, et devenir mortels comme lui. Anatole et Lancelle arrivèrent en ce moment, et l'explication de Robert ne
fut pas poussée plus loin , car chacun était désireux
d'entendre les objections du docteur, et les raisonnements pleins de justesse de son adversaire.

ANATOLE.

Nous avons vu la justice de Dieu dans la défense faite à Adam, et dans l'arrêt porté contre lui après son péché ; voyons maintenant ce que nous devons à sa bonté.

FRANÇOIS.

Je suis sûr de sa miséricorde.

ANATOLE.

Et vous avez raison ; Dieu avait puni, dans toute la rigueur de sa justice, les anges rebelles, parce qu'étant de purs esprits, des intelligences plus élevées, ils avaient sans doute plus de lumières pour ne pas pécher. Mais ayant égard à la fragilité de l'homme, qui avait péché avec moins de malice que les anges, il résolut de faire servir le péché d'Adam à sa propre gloire. Sa justice étant satisfaite, voici les ressources qu'il trouva dans sa bonté inépuisable.

L'arrêt prononcé contre Adam, sans adoucissement, l'eût livré au désespoir, il n'eût pu supporter la vie ; Dieu le consola donc en lui annonçant que son exil n'aurait qu'un temps, que sa mort ne serait point éternelle, qu'il ressusciterait un jour ; *que de la femme naîtrait pour lui et sa race un Sauveur,* et qu'en ce Sauveur et par lui toutes les nations seraient bénies ; que ceux qui observeraient sa loi et auraient foi au Rédempteur promis, ne périraient point, mais auraient la vie éternelle [1].

FRANÇOIS.

Et ce Sauveur, c'est le Messie.

ANATOLE.

Jésus, le Fils de Dieu, et Dieu lui-même avec son

[1] Ce développement n'est pas textuellement dans le chap. 3 de la Genèse ; mais il y est implicitement renfermé dans la promesse d'un Rédempteur, et a été ensuite rendu clairement, tel que nous le présentons ici, conformément à l'Écriture. D'ailleurs, même après son péché, Dieu ne se retira pas entièrement d'Adam, et lui parla encore plusieurs fois.

Père, qui, sachant que l'homme n'avait aucun moyen
de satisfaire à la justice de son Père, eut pitié de
nous, et s'offrit dès lors comme une victime d'un
prix infini, afin que la réparation fût proportionnée
à la grandeur de l'offense et à la dignité de l'offensé ;
aussi les créatures ne peuvent convenablement glorifier Dieu que par son Fils ; comme ils n'ont de salut
à espérer que par lui. C'est pourquoi il a été constamment le signe du salut, depuis l'origine des choses,
et les livres saints nous le représentent dans Abel le
juste, tué par son frère ; dans l'arbre de vie du paradis, symbole de l'arbre de la croix ; dans le serpent
d'airain qui guérissait ceux qui le regardaient avec foi.
Le sacrifice du pain et du vin offert par le grand prêtre
Melchisédech est le symbole de celui que nous offrons
chaque jour à Dieu sur nos autels ; la manne nour-
rissait les Israélites dans le passage du désert à la terre
promise, comme le pain eucharistique nous soutient
pendant notre passage sur cette terre d'exil. Promis
à Adam, le Sauveur le fut encore à Abraham, à
Isaac et à Jacob. Le sacrifice d'Isaac, symbole des
plus frappants....

LANCELLE.

Ah! voilà où je vous attendais ; des sacrifices de
sang humain commandés, d'après vos livres, par un
Dieu que vous dites si bon....

ANATOLE.

Vous êtes dans l'erreur, jamais pareils sacrifices
n'ont été offerts au vrai Dieu, ils ne pouvaient plaire
qu'aux divinités infernales : Dieu a déclaré positivement les avoir en horreur, et il commanda aux Israélites d'exterminer les Chananéens, en punition de
ce qu'ils se livraient à ces abominations. Il est vrai
que, pour éprouver la foi d'Abraham, Dieu lui commanda, à un âge où il ne pouvait plus espérer d'enfants, de lui sacrifier son fils unique, l'espoir de sa
postérité. Abraham n'hésite pas ; son fils Isaac porta

le bois de son sacrifice, et fut la figure de Jésus-
Christ. Comme lui, il se laissa lier et placer sur le
bûcher avec la douceur et l'innocence d'un agneau,
quelle foi! quel père! quel fils! En vain chercherait-
on aujourd'hui un Abraham, un Isaac parmi les chrétiens, parmi nous, qui trouvons l'obéissance au moindre précepte si difficile, et mille raisons pour nous en
dispenser. Dieu récompensa la foi de l'un et de l'autre ; il arrêta le bras déjà levé d'Abraham, substitua
un bélier à Isaac et jura avec l'un et l'autre une
alliance éternelle. L'effet suivit la promesse ; de la
race d'Abraham et d'Isaac naquit le Sauveur du monde,
qui, pour exprimer le bonheur des saints dans le ciel,
dit qu'ils y jouissent en paix de toutes sortes de délices
dans le sein d'Abraham.

MATHURIN.

Cette histoire est admirable! Y a-t-il encore d'autres figures du Sauveur?

ANATOLE.

Nous en avons encore une bien remarquable dans
l'Agneau pascal, dont le sang sauva de la mort les
premiers nés des enfants d'Israël, lorsque l'ange ex-
terminait ceux des Egyptiens. David, Salomon, Job,
etc., en étaient également des figures frappantes; enfin,
d'âge en âge, jusqu'à sa venue, nous le voyons promis, prédit et représenté sous des symboles si clairs,
jusque dans chacune des moindres circonstances de sa
vie et de sa mort, qu'il a fallu tout l'aveuglement
(prédit) des Juifs pour ne pas le reconnaître lorsqu'il parut précisément dans le temps marqué pour
sa venue.

LANCELLE.

Vous assurez qu'on a connu d'avance et d'une manière précise le temps de la venue du Messie et tout
ce qui le concernait : n'aurait-on pas arrangé toutes
ces prédictions après l'évènement?

ANATOLE.

Nous avons prouvé l'impossibilité de l'altération des Livres saints, par les précautions extraordinaires qui ont été prises pour l'empêcher. Ces prophéties n'ont donc pu être inspirées que par Dieu, n'ayant pu être ajoutées après les évènements, ni prédire des choses aussi nombreuses, long-temps d'avance et avec une si grande précision; qu'en lisant ces prédictions, on croit lire une narration de faits bien antérieurs; de plus, il est constant que les auteurs de ces prophéties vivaient au temps où elles sont rapportées, et qu'ils étaient alors généralement reconnus pour être inspirés de Dieu, et comme tels, consultés dans toutes les affaires importantes, soit publiques, soit privées. Dieu lui-même s'est fait entendre plusieurs fois, notamment au milieu du tonnerre et des éclairs, à tout le peuple d'Israël, sur le mont Sinaï, où il lui donna sa loi gravée sur deux tables de marbre.

ANGELINE.

M. Anatole, n'est-ce pas ce qu'on appelle le Décalogue ou les dix Commandements de Dieu?

ANATOLE.

Précisément; c'est parce qu'ils nous viennent directement de lui, qu'ils sont obligatoires pour tous les hommes indistinctement. Les grands et les puissants, ne pouvant pas plus que les plus petits et les derniers s'abstenir de les garder religieusement, nul ne pouvant s'en dispenser, nous y reviendrons; je veux auparavant demander à M. Robert s'il aime sa patrie?

ROBERT, *vivement.*

En douter, serait me faire injure.

ANATOLE.

Pardon, vous savez que ce ne peut être mon intention; quels sont les motifs de votre dévouement?

ROBERT.

J'aime mon pays parce que j'y suis né, que j'y trouve asile et protection ainsi que ma famille.

ANATOLE.

La reconnaissance est le sentiment des cœurs géné-
reux ; en manquer, c'est se dégrader au-dessous des
animaux ; eh! quoi, le chien lèche la main de celui
qui lui donne un os inutile, et l'homme bannirait la
gratitude de son cœur! Ingrat, il se rendrait la plus
indigne des créatures. Il est donc beau d'être reconnaissant, et on doit l'être d'autant plus que les bienfaits sont plus grands, plus nombreux, plus gratuits,
et la distance plus grande entre le bienfaiteur et
l'obligé.

SANS-SOUCI.

Oh! il n'y a pas de doute, mes obligations seraient
plus grandes envers un prince qui daignerait s'exposer pour me tirer d'un péril, qu'envers un simple
particulier, mon égal.

ANATOLE.

Ainsi, si nous devons l'hommage de notre reconnaissance pour tout bienfait; si nous montrons tant
d'affection pour nos parents, pour notre patrie; si
l'ingrat nous paraît un être si vil que nous rougi-
rions de nous montrer tels, et nous croirions, par
cela seul, indignes de nouveaux bienfaits; comment
ne craignons-nous pas de nous souiller de la plus
noire ingratitude envers le Roi du ciel, envers un
Dieu à qui nous devons chaque instant de notre existence, de qui nous tenons tout, jusqu'à nos bienfai-
teurs ici-bas? Sera-ce parce que les biens qu'il nous
procure sont plus nombreux? Sera-ce parce qu'il
nous en promet d'impérissables et d'éternels comme
lui, qu'il aura de moindres droits à notre amour et
à nos hommages? Suffira-t-il enfin de le dédaigner,
ou de le nier, pour acquérir le droit honteux de nous
montrer ingrats tout à notre aise!

ROBERT.

Mais c'est une monstruosité! Je n'avais jamais si bien
connu tout ce que je lui dois. Oh! je veux désormais

le servir de tout mon cœur. Mais , que puis-je faire pour
lui ? l'homme est incapable de le savoir ; mais il sent
seulement que les bienfaits infinis demandent une reconnaissance proportionnée, et ici se montre son impuissance.

ANATOLE.

De tout temps, et chez tous les peuples, on a senti
la nécessité d'honorer d'un culte l'auteur de tous les
biens. Mais les nations , aveuglées par les passions,
ont bientôt perdu la connaissance du vrai Dieu : alors
ils adressèrent leurs adorations aux créatures par l'intermédiaire desquelles Dieu leur prodiguait ses dons.
Les uns adorèrent le soleil , d'autres la terre ; ceux-ci
un bœuf, un chien , un serpent, ou un oignon ; les vices
mêmes furent déifiés, la prostitution eut ses autels ,
et l'enfer ses dieux et ses adorateurs ; l'idolàtrie en-
vahit ainsi toute la terre. Dieu, le tout-puissant , se
choisit alors un peuple parmi les descendants d'Abraham, afin qu'il conservât sa conscience et sa loi. Cette
loi lui fut donnée, comme nous l'avons dit , par Dieu
lui-même ; l'observation de cette loi est tout ce que
Dieu demande de notre reconnaissance.

JULIEN.

Mais cette loi est difficile à observer.

ANATOLE.

Très-difficile ? vous allez en juger : Angeline, dites-
nous le premier Commandement de Dieu.

ANGELINE.

Tu aimeras le Seigneur, ton Dieu, de toute ton âme ,
de tout ton cœur, de toutes tes forces, tu n'auras point
d'autre Dieu que lui [1], tu aimeras ton prochain comme
toi-même pour l'amour de lui [1].

[1] *Dominum Deum tuum adorabis , et illi soli servies.*
Matth. 1. v. 10.

[1] *Diliges Dominum Deum tuum ex toto corde tuo, etc.*
Matth. 22, 37 et 39.

ROBERT.

Ce Commandement est de toute justice ; ce qui est infiniment bon, infiniment aimable, doit être aimé au-dessus de tout, et par raison, et par reconnaissance ; le simple bon sens suffit pour le sentir ; et une chose doit étonner, c'est qu'il eût fallu un commandement exprès pour amener un sentiment si juste, si simple et si naturel aux bons cœurs, qu'il n'y a que le penchant de l'homme à l'ingratitude qui puisse en rendre raison.

ANATOLE.

Admirons-y l'extrême bonté de Dieu ; lui qui nous a aimés le premier nous demande notre amour, en reconnaissance du sien, nous le commande dans notre propre intérêt seul, et pour nous rendre heureux. En preuve de notre affection, il veut que nous nous aimions les uns les autres pour l'amour de lui Quel Commandement plus doux, plus aisé à remplir, pouvait-il nous faire ? C'est la loi d'un bon père à ses enfants. Notre amour pour Dieu doit être sans bornes et sans mesure ; son objet étant infini, et ses perfections sans limites, l'amour de nos frères n'en doit avoir d'autres, que l'amour que nous nous portons à nous-mêmes.

SIXIÈME SOIRÉE.

L'homme a été conçu dans le péché: c'est
pourquoi son esprit, ses pensées et son
cœur sont portés au mal dès sa jeunesse.
Gen. 8. 21. *Ps.* 50. 7.

CE jour fut encore un de ceux où chacun fut exact à
la réunion. Anatole seul était en retard, et Lancelle,
en l'attendant, se plaignait de n'être que faiblement se-
condé par Julien, tandis que Robert était souvent
contre lui; à quoi Robert observa, que la discussion
roulait principalement entre lui et Anatole; qu'ils
étaient les plus forts champions; que les autres n'é-
taient en quelque sorte que les juges de la lutte; qu'ils
applaudissaient en conscience aux arguments exacts
des deux partis, qu'il ne devait pas abandonner le
champ de bataille, d'après le proverbe, *qui quitte la
partie, la perd.* Lancelle se ranima donc, et à la vue
d'Anatole, qui entra en ce moment, il reprit toute
son assurance avec la parole.

LANCELLE.

Nous admettons tous les faits établis dans nos précédentes discussions, même ceux rapportés par Moïse,
mais qu'y aurez-vous gagné? Il restera toujours à accorder la bonté inconcevable de Dieu avec la sévérité
dont il use envers la malheureuse postérité d'Adam.
Comment, pour une faute aussi légère, pour un misérable fruit, nous condamner nous autres à tous les
maux qui nous accablent! Pourquoi étendre le châti-

ment sur toute la postérité du coupable ? nous n'étions point nés, nous ne pouvions, ni participer à son crime, ni l'empêcher.

SANS-SOUCI.

Voilà ce que je me suis déjà dit bien des fois.

JULIEN.

Tiens, c'est drôle, j'ai souvent eu aussi la même idée.

ROBERT.

Nous avons déjà entamé, hier cette question avant l'arrivée d'Anatole ; je me rappelle de vous avoir démontré, par l'exemple des arbres, que, contenus tous dans Adam notre premier père, nous devions nécessairement participer de sa nature, belle et pure, ou altérée et corrompue ; je laisse à Anatole le soin de compléter mon idée.

ANATOLE.

Tout se ressent de son origine. Pour avoir de bons blés, vous ne sèmerez pas de grains provenus de plans dégénérés : des graines de ronces ne donneront jamais que des ronces, et un enfant bien sain ne saurait naître de pères et mères dont la débauche ou les excès ont altéré la constitution et les organes ; tous les jours l'expérience nous prouve que ces pauvres créatures naissent accablées par les maux résultants des vices de leur naissance, sous lesquels la majeure partie succombe dès ses premières années. Mais, puisqu'on insiste, attaquons l'objection à fond.

Il y a un Dieu, et nous l'avons prouvé : dès qu'il est reconnu, vous ne pouvez le considérer que comme infiniment juste : cette conséquence est rigoureuse, car il ne serait plus Dieu, s'il en était autrement. Considérons d'abord l'état respectif de l'offensé et du coupable ; puis ce que peut être la faute d'Adam en elle-même ; connaissant la grandeur de cette faute, nous aurons une idée nette de celle dont nous-mêmes nous nous rendons chaque jour coupables, et nous reconnaîtrons, j'espère, la justice des peines auxquelles nous

nous exposons volontairement avec une facilité si déplorable.

D'abord, le simple bon sens nous indique qu'une faute acquiert plus ou moins de gravité, selon les circonstances, les temps, les lieux et les personnes : posons des exemples, ils établiront nos principes.

N'est-il pas vrai que vous vous croiriez offensé si, racontant un fait, quelque trait de vos campagnes, par exemple, quelqu'un vous donnait un démenti formel ?

SANS-SOUCI.

Nul doute, et une telle insolence a coûté la vie à plus d'un.

ANATOLE.

Si cette insulte vous était faite par un homme infiniment au-dessous de vous, un homme de rien, comme on s'exprime dans la société ?

ROBERT.

En ce cas, le bâton seul ou le mépris en ferait justice.

ANATOLE.

C'est-à-dire que vous le regarderiez comme trop au-dessous de vous, pour vous mesurer avec lui ; si cet insolent était ivre ou insensé, vous dédaigneriez de relever son impertinence, comme vous la supporteriez si elle vous venait d'un supérieur, il n'y a pas de doute ; mais si le coupable était un malheureux que vous auriez arraché à la misère, comblé de bienfaits, après lui avoir sauvé la vie en exposant la vôtre et dont le sort dépendît entièrement de vous ?

ROBERT.

Il serait alors plus qu'un insolent, un impertinent ; il serait un ingrat que je chasserais à l'instant et abandonnerais à son malheureux sort, lui défendant de jamais reparaître devant moi.

ANATOLE.

Et cependant l'insulte aurait eu lieu presque d'égal

à égal, n'étant vous-même qu'un simple particulier ; et son insolence eût été plus grande, si vous eussiez été un personnage éminent, un prince, un potentat....

JULIEN.

Oh ! ne t'y frotte pas à ceux-là ; ils sont trop puissants.

ANATOLE.

Cette faute deviendrait bien plus grave , si elle était commise envers la majesté royale , en présence de la cour , en face de l'armée.

ROBERT.

Le prince qui , par excès de bonté , aurait pu pardonner une faute particulière, est alors contraint, dans l'intérêt de son autorité et de l'ordre général , de se montrer plus sévère.

LANCELLE.

Voilà bien des suppositions , et je n'en vois pas le rapport parfait avec notre pomme.

JULIEN.

Oui , qu'on mange ou qu'on ne mange pas ; car enfin, ce qui entre dans le corps ne saurait souiller l'âme ; c'est comme la viande qu'on nous défend de manger les vendredis et samedis, qu'est-ce que cela fait à Dieu , il ne saurait être offensé parce que l'on se nourrit de chair ou de poisson.

ANATOLE.

Je conviens que matériellement parlant, ces choses sont indifférentes en elles-mêmes ; on en pourrait dire autant de ma supposition, puisqu'il ne s'agit que d'une parole, d'un mot , d'un son en l'air ; or, les paroles, en tant que paroles, n'ont jamais tué ni blessé personne ; peu importe , pourrait-on dire que ma voix profère tel ou tel son , tel ou tel cri Un proverbe a dit sensément cependant, qu'un coup de langue était souvent pire qu'un coup de lance ; ainsi, si l'on s'en tenait à la superficie des choses, elles seraient souvent

8

indifférentes ; il n'y aurait plus d'insultes, de mensonges, de médisances, de calomnies, de jurements, d'impiétés, de blasphèmes et d'imprécations, comme, hélas ! on en voit tant aujourd'hui, où l'on ne respecte plus rien. Mais, il n'en est pas ainsi ; la perversité, toute grande et déplorable qu'elle soit, n'est pas encore arrivée à ce point de nous faire confondre le bien avec le mal, le juste avec l'injuste ; et la conscience publique crie plus haut que les impies et les philosophes du siècle. Vous en avez la preuve dans ma supposition ; un reproche injuste, un démenti blessent ceux à qui ils sont adressés, dans leur honneur, dans ce qu'ils ont de plus cher; c'est une intelligence qui en blesse une autre, et ces sortes de blessures ne sont pas les moins sensibles. Quant à l'objection de Julien, touchant la défense de manger de la viande, il en jugera lui-même par celle faite à Adam de manger ce qu'ironiquement il appelle une pomme.

Si une même faute acquiert, comme nous l'avons vu, plus de gravité, selon ses circonstances, combien n'était pas énorme le péché d'Adam, commis à la face du ciel et de la terre, surtout si nous considérons la distance infinie entre lui et Dieu, le créateur de l'univers et le sien; elle est plus grande que celle qui existe entre le néant et la création; de plus, l'homme prévaricateur manquait à sa destinée, rendait, en quelque sorte, en lui l'œuvre de Dieu inutile,

Je vais plus loin et je soutiens qu'un péché volontairement commis n'est jamais simple, mais que fécond de sa nature, il en renferme un grand nombre d'autres [1]. Examinons celui d'Adam, et nous y trouverons d'abord le péché de curiosité. *Eve considéra le fruit de l'arbre défendu, le trouva beau, agréable à la vue,* dit l'Ecriture, et considéra *qu'il était bon à manger :* concupiscence funeste, gourmandise [2]; et

_____

[1] *Abyssus abyssum invocat.* Ps. 41. 8.

[2] *Vidit quod bonum esset ad vescendum, et pulchrum oculis aspectuque delectabile.* Gen. 3. 6.

cependant ils n'en étaient que les gardiens, il était laissé à la bonne foi d'Adam, il lui était donné en garde [1]; abus de confiance et trahison. Ils jouissaient de tous les biens de la création, *un seul* est excepté, réservé, ils trouvent leur part trop petite; tout pour eux, rien pour leur bienfaiteur, ils lui convoitent donc la sienne; l'envie, l'égoïsme, l'avarice, se réunissent dans leur faute.

PAULINE.

C'est comme ce juif du village voisin, qui, riche à millions, a encore envahi la cabane de ce pauvre Nicolas, pour un baliveau de dix sous qu'il prétendait avoir été coupé par lui dans ses bois, et pour lequel il lui fit un procès qui le ruina.

ANATOLE.

De quel bien s'empare Adam? de celui de son bienfaiteur, de son père, de son créateur. Quelle noire et révoltante ingratitude! dans quel but s'en empare-t-il? pour devenir savant et aussi grand que Dieu [2]; c'est bien là l'orgueil et l'esprit d'indépendance. Que prend-il? une chose, la seule défendue; désobéissance, insubordination et révolte, trouvant cette défense injuste. Quelle récompense était promise à son obéissance? un bonheur sans fin, l'immortalité, la jouissance de Dieu même; il n'en fait aucun cas, il les dédaigne; l'orgueil et le mépris se retrouvent ici: quel châtiment doit punir son attentat? des maux sans nombre, et la mort; il les brave, il brave la colère de son Dieu, il se rit en quelque sorte de ses menaces; rien ne l'arrête, ni le devoir, ni l'amour, ni la reconnaissance; la crainte n'a pas plus d'empire sur lui, son intérêt ne le touche plus, il s'expose volontairement à tout pour satisfaire une passion du moment, il sacrifie son bonheur, il insulte à son Dieu, qu'il regarde comme un trompeur, un jaloux, qui

---

[1] *Ut custodiret illum.* Gen. 2. 15.
[2] *Eritis sicut dii, scientes bonum et malum.* Gen. 3. 5.

lui a menti, en lui disant qu'il mourrait, pour l'empêcher de se donner des jouissances qu'il attend de son
action [1]. Que préfère-t-il à Dieu pour lui transporter
sa foi? Satan, le père du mensonge, fut son oracle;
quel horrible échange ! quel affront pour le Créateur !
Tel est le péché d'Adam, telle fut son énormité. Après
cela, peut-on s'étonner qu'il ait ouvert la porte à
tous les vices, et à tous les maux qui devaient en être
la punition.

MATHURIN.

Il faut bien que le péché d'Adam les renfermât tous,
puisqu'on les vit bientôt inonder en quelque sorte
toute la terre, et que Dieu fut obligé de les punir par
un effroyable déluge.

PAULINE.

Tout bien considéré, M. Lancelle, vous voyez qu'il
y a autre chose qu'une pomme, et que ce n'est pas
matériellement qu'il faut voir les fautes, car alors la
plupart d'entre elles cesseraient de l'être; ainsi, celui
qui mange de la viande un jour défendu, pèche réellement par orgueil, mépris de l'autorité, désobéissance, insubordination, rebellion, etc.; c'est en quelque sorte renouveler le péché d'Adam.

LANCELLE.

Je conviens qu'on peut trouver un peu de tout cela
renfermé implicitement dans le péché d'Adam ; mais
ses descendants ?

ANATOLE.

Avaient leur sort nécessairement lié au sien; nous
eussions trouvé doux de partager le bonheur dû à
sa félicité, nous devons partager son désastre; nous
sommes à cet égard comme des matelots embarqués;
fortune ou naufrage, tout leur est commun avec le
pilote, dont la science ou l'impéritie les enrichit ou
les perd; tel que des soldats, qui partagent la gloire

---

[1] *In quocumque die enim comederis ex eo, morte morieris.*
Gen. 2. 17.

de leur général victorieux, ou la honte de ses défaites, le genre humain était solidaire dans Adam.

Quant à la transmission successive des suites de sa faute, nous ressemblons assez à cet enfant de la Guinée qui déplorait sa couleur : vous descendez de père en fils, lui dit-on, de parents nègres, donc votre couleur ne peut être blanche : en vain alléguez-vous que vous n'avez rien fait pour être noir, que ce n'est pas votre faute, si un de vos aïeux, que vous ne connaissez pas, est venu se fixer en Afrique, que vous n'étiez pas né pour l'en détourner : il a subi l'influence du climat et l'a transmise à ses descendants, qui vous l'ont communiquée avec leur sang, comme vous la léguerez à vos enfants.

Dans la société même, il est une foule de cas où la justice humaine suit celle de Dieu ; des criminels sont exilés, eux et leurs familles, pour des crimes particuliers ; les enfants suivent la bonne fortune de leur père, s'il est en sa faveur auprès des grands, comme ils participent à sa disgrace ; les enfants d'un failli tombent avec lui dans la misère, quoiqu'ils ne l'aient pu empêcher de faire mal ses affaires ; le fils du bourreau n'est-il pas condamné, par le seul fait de sa naissance, à subir l'état de son père, qui l'avait volontairement embrassé ? Et à combien d'exemples, que l'on pourrait ajouter, contre lesquels personne ne s'avise de se récrier ; mais s'agit-il de la justice de Dieu ? c'est une autre affaire, il n'y a pas assez de voix pour blasphémer contre elle ; de combien d'accusations ne l'ont pas chargée les impies ? Dieu est patient parce qu'il est éternel, et l'on croit, en raison même de sa longanimité, pouvoir insulter à sa bonté, à sa sagesse, à sa justice. Hélas ! au grand jour des jugements, que de faux docteurs seront confondus !

Oui, nous portons tous en nous, et dès en naissant, le péché de notre premier père, et toutes ses conséquences : d'une source empoisonnée, un pur ruisseau ne peut sortir ; mais consolons-nous dans le Sauveur promis, et espérons de ses mérites une éternité qui nous dédommage des misères de cette vie ⁱ.

LANCELLE.

Vous attendez donc une autre vie ?

ANATOLE.

Eh' sans doute, je compte m'en expliquer demain, si cela vous fait plaisir.

ⁱ *Momentaneum quod delectat, æternum quod cruciat.* St Jean Chrys.

SEPTIÈME SOIRÉE.

Celui qui croit en moi vivra, et ne mourra pas pour toujours. St Jean.

QUAND Anatole entra, il trouva Lancelle aux prises avec François; il parlait d'anatomie, de modification du cerveau, de vibrations de nerfs produites par l'impression des corps étrangers sur les sens, pour prouver la matérialité de l'âme. Le pauvre François avouait son ignorance sur ces matières; ce qui cependant, disait-il, ne pouvait infirmer le témoignage de l'Ecriture, ni les raisonnements d'Anatole à ce sujet ; qu'ainsi il se croirait toujours une âme spirituelle différente de son corps matériel. Mathurin écoutait en silence; ainsi que Robert et Pauline, ils se croyaient trop peu instruits pour raisonner sur ces matières. Sans-Souci souriait, et Julien applaudissait aux belles démonstrations et aux grands mots dont se servait Lancelle, quoiqu'il n'y comprît absolument rien; ainsi font les sots et les imbéciles. Telle fut la situation où Anatole trouva son monde.

LANCELLE.

Nous analysions l'âme au sujet de laquelle vous avez avancé un paradoxe, mon cher Anatole, en la faisant immatérielle. Sa nature est maintenant bien connue; l'âme est seulement une matière plus subtile, et nous la considérons comme un composé des fluides galvanique et électrique unis au calorique. Or, ceci bien

prouvé et reconnu, que devient votre espoir d'une
autre vie, votre immortalité ?

ANATOLE.

Je répondrai en peu de mots à votre difficulté. Pre-
mièrement : *Quand même ceci serait bien prouvé et
reconnu*, il ne s'ensuivrait rien contre l'espoir d'une
autre vie et l'immortalité. Que l'âme soit matérielle
ou immatérielle, toujours est-il vrai qu'elle pense,
qu'elle est intelligente et raisonnable, qu'elle a la
connaissance du bien et du mal, qu'elle peut choisir
librement entre le vice et la vertu, et par conséquent
mériter ou *démériter*. Or cela suffit pour établir son
immortalité ; quelle que soit sa nature, Dieu peut la
rendre immortelle. Le nier ce serait nier sa toute-
puissance ; il ne lui en coûtera pas plus pour conserver cette âme, qu'il ne lui en a coûté pour la créer.
S'il peut ressusciter nos corps tout grossiers qu'ils
sont, et les rendre immortels, à plus forte raison
peut-il préserver de l'anéantissement une âme com-
posée selon vous de matière plus subtile et douée des
plus nobles facultés. La spiritualité de l'âme n'est pas
la seule preuve de son immortalité ; cette immortalité
repose encore sur la vérité de la religion et sur l'existence de Dieu. La religion chrétienne est un fait établi
sur des preuves victorieuses ; cette religion enseigne
que nous sommes immortels ; il faudrait donc avant
tout la convaincre de fausseté ; prouver que tous les
miracles rapportés dans l'ancien et le nouveau Testament n'ont pas eu lieu ; que toutes les prophéties
consignées dans la Bible sont fausses, et que les Juifs,
qui en sont les dépositaires, se sont entendus avec
les chrétiens, et les ont fabriquées pour favoriser
l'établissement du christianisme ; expliquer comment
douze pauvres pêcheurs, sans talents humains, sans
crédit, sans fortune, ont pu convertir le monde, malgré
la puissance des empereurs, malgré les préjugés et
les vices de toute espèce ; malgré la science des philosophes ; comment ils ont pu se déterminer à verser

leur sang pour attester des miracles qu'ils auraient crus
faux, porter tant de martyrs à les imiter, et fonder
une religion qui subsiste depuis dix-huit siècles, qui,
comme une colonne inébranlable voit tout changer,
tout crouler autour d'elle, et seule demeure debout
au milieu des ruines et des débris des empires, des
monarchies, des républiques, des trônes, des dynas-
ties, des peuples et de leurs institutions ; qui, battue
sans cesse par les orages et les tempêtes, brave tous
les efforts de l'enfer, et demeure ferme et inébranlable comme un rocher immuable au milieu des flots
et des vagues qui frémissent autour de lui, et viennent
se briser sur ses flancs. Il faudrait détruire encore
toutes les autres preuves de la religion. De plus,
l'existence de Dieu, comme nous l'avons prouvé, est
une vérité que tout homme sensé est forcé de reconnaître. Or cette vérité est inséparable de l'immortalité de l'âme. Dieu est nécessairement bon, juste
et incapable de tromper ; autrement il ne serait pas
infiniment parfait, il ne serait pas Dieu. Si l'âme,
quelle que soit sa nature, périssait avec le corps, il
s'ensuivrait que Dieu ne serait ni bon ni juste,
puisqu'il laisserait la vertu sans récompense et le
crime impuni ; il s'ensuivrait aussi qu'il aurait trompé
l'homme en imprimant dans son âme le désir et le
sentiment de l'immortalité. Ainsi, en supposant même
que notre âme est matérielle, il ne s'ensuit rien contre
l'espoir d'une autre vie et l'immortalité. Mais je ré-
ponds en second lieu, que bien loin que l'âme soit
matérielle, il est prouvé au contraire qu'une âme matérielle serait une absurdité.

Nous avons établi précédemment que l'âme a été
faite à l'image et à la ressemblance de Dieu. Puisque
Dieu est esprit, il faut donc que l'âme soit aussi un
esprit. Si l'âme était matérielle, elle serait étendue,
elle aurait longueur, largeur et épaisseur ; on pourrait dès lors la diviser en deux, en trois, en dix, etc.,
ce qui est absurde. Si l'âme était un composé de flui-

9

des galvanique et électrique unis aux caloriques, il
s'ensuivrait que ces trois fluides qui ne *pensent* pas
plus l'un que l'autre, pas plus qu'une botte de paille,
ou une motte de terre, formeraient par leur mélange
un fluide pensant, intelligent, libre, etc. Peut-on
imaginer une pareille extravagance? S'il en était ainsi,
les chimistes pourraient découvrir le moyen de fabriquer des âmes; en combinant ensemble ces trois fluides, pourquoi ne rencontreraient-ils pas la combinai-
son qui pense en nous? Qui empêcherait aussi de sou-
tirer l'âme hors du corps par quelques procédés physi-
ques comme on soutire l'électricité d'une machine
électrique, de la mettre dans un vase pour l'examiner? On pourrait aussi doubler, tripler, centupler
l'âme d'un homme, puisqu'on possède et qu'on connaît la matière dont elle est faite

ROBERT.

Comme tout cela est ridicule ! Est-il possible qu'on
puisse croire de pareilles folies ?

ANATOLE.

Si la matière pense, pourquoi une pierre, pourquoi
une plante au moins ou un arbre, qui ont une certaine
organisation, ne pourraient-il pas penser. Tout cela
serait absurde, parce que la pensée, l'intelligence,
le jugement, la réflexion, le sentiment, n'ont aucun rapport avec la matière, pas plus avec le feu
qu'avec la glace. Toutes les opérations de notre âme
sont simples et indivisibles; il faut donc que le principe qui les produit, soit simple et indivisible comme
elles. Une âme matérielle serait nécessairement com-
posée de parties. Si toutes les parties pensent séparé-
ment, la partie qui pense à droite ne saurait pas
ce que pense celle qui est à gauche, et réciproquement; l'une pourrait vouloir ce que l'autre ne veut
pas; celle-ci, vouloir nous faire marcher dans un sens,
et celle-là dans un sens opposé; que fera le corps?
Tout cela est absurde; admettra-t-on que la même

pensée est commune à toutes les parties de cette
âme ? Voilà une pensée qui a son côté droit et son
côté gauche, sa partie haute et sa partie basse.
Alors on pourra avoir la moitié, le quart, le dixième
d'une pensée, d'un jugement, etc. Oh! la plaisante
école que celle qui enseigne de telles absurdités !

LANCELLE.

Je conviens que les opérations de l'âme, la pensée
le jugement, la réflexion, le sentiment et la liberté
surtout, s'expliquent beaucoup mieux par une âme spirituelle que par une âme matérielle : mais j'ai encore
une difficulté à vous proposer. L'âme naît, croit, vieil·
lit avec le corps, elle se développe avec les organes,
elle s'affaiblit avec le corps : ne semble-t-il pas qu'elle
doive mourir avec lui ?

ANATOLE.

Le corps est à peu près pour l'âme comme un instrument pour l'artiste. Un musicien déploiera plus ou
moins facilement son talent, selon que son instrument
sera plus ou moins bon. Si l'instrument est usé, si les
cordes sont détendues, il ne pourra presque plus rien
exécuter. Il en est de même de l'âme par rapport au
corps ; si le corps est faible, languissant, affaibli par
les années, les opérations de l'âme seront entravées,
et l'âme paraîtra participer à la faiblesse du corps ;
mais ce n'est pas elle qui est en défaut, pas plus que
le musicien, lorsque son instrument est détraqué.
Donnez à ce musicien un autre instrument neuf et bien
conditionné, il jouera avec son talent ordinaire ; il en
serait de même de l'âme du vieillard, si vous pou-
viez changer son corps décrépit en un corps de vingt-
cinq ans.

SANS-SOUCI.

Je comprends, l'âme est dans le corps comme un
voyageur dans une voiture. Si la voiture est solide et
bien graissée, et si les chevaux sont jeunes et vigou-
reux, on va comme l'éclair. Mais tout ce qui est défec-

tueux, et si les chevaux sont des rosses, ça ne va pas;
et si les roues ou l'essieu se brisent, il faut déloger:
l'âme en fait autant, sans doute, quand le corps ne
peut plus lui servir.

ANATOLE.

Votre comparaison est assez juste; la mort n'est que
l'abandon que l'âme fait du corps, comme nous aban-
donnons une maison qui tombe en ruine, et cette expression, *rendre l'âme* sert à confesser que le corps
rend au Créateur, à son Dieu, une âme qui ne lui avait
été donnée que pour un temps [1], un esprit immortel
qui retourne à son Auteur. La foi à l'immortalité, si
naturelle en nous, et si générale que toutes nos actions
en découlent et que la société, qui n'est fondée que
sur cette croyance, cesserait d'exister avec elle.

Toute vertu serait bannie de la terre, où règneraient,
au contraire, tous les vices; en effet, tu es un fou,
pourrait-on dire à celui qui veut réprimer ses passions, tu t'épuises à combattre des chimères; tu t'im-
poses des privations pour poursuivre des fantômes de
vertus; va, il n'y a de crimes que ce qui s'oppose à
tes penchants; pourquoi cette folie? Tu cours, dis-
tu, au secours de ton pays; insensé! tu oublies que
la vie est tout pour toi; eh! laisse ta patrie périr,
sauve-toi seulement; et si ton salut le demande, trahis
ton prince et ton pays; égorge ton père et ta mère qui
te retiennent trop long-temps ton héritage; que tes
enfants qui te coûtent tant à élever, que tes amis,
que l'univers périssent, si leur ruine peut assurer ton
bonheur: ainsi plus de tendres affections, plus d'amitié, de piété filiale; c'en est fait de toutes les vertus
qui distinguent l'homme de la brute; tous les doux sentiments disparaissent à la fois; la société entière s'é-
croule, l'enfer seul établit son règne sur la terre avec
l'affreux égoïsme.

[1] *Tradidit spiritum....* Joan c. 19. 30. *Expiravit...*, Luc.
23. 46. *Commendo spiritum meum....* ld. *Emisit spiritum....*
Matth. 27. 50.

Ainsi, travailler, dévorer, penser, souffrir et mourir, serait la fin de l'homme, le vice et la lâcheté son refuge, quel renversement d'idées !

> » Admirez les succès de leur doctrine impie,
> » Ils déifient le crime, et l'univers l'expie.

Aimé MARTIN.

Oui, *que mon être s'anéantisse*, s'écrient tout d'une voix les impies : souhait absurde, orgueilleux blasphème du crime, auquel la conscience répond :

> » Vain espoir! le néant est sourd à ta prière;
> » Et lorsqu'au bout de ta carrière.
> » Ta faible voix l'appellera.,
> » Il sera sourd au cri de ta misère....
> » L'éternité te répondra.

Aimé MARTIN.

Un aussi horrible vœu n'a pu se former que dans un cœur mort à toutes les vertus ; il n'a pu sortir que de la bouche d'un être infernal : car c'est vouloir, du même coup, se délivrer du remords de ses crimes et du Dieu qui les punit ;

> » Et plein d'orgueil, le vice triomphant
> » Contre le Ciel lève son front impie;
> » Mais une voix à chaque instant lui crie :
> » Un Dieu vengeur dans la tombe t'attend.

Aimé MARTIN.

Les misérables, ils les sentent bien ; comme de nouveaux Samson, il vont de l'une à l'autre tâter toutes les colonnes du temple de la vérité; voyez leurs efforts et leur inconséquence ; tantôt ils prêchaient l'éternité de la matière, et maintenant ils voudraient rendre l'âme mortelle pour l'anéantir ; Dieu a tout créé, eux dans leur délire satanique voudraient défaire son ouvrage. Si l'âme pouvait mourir, l'être le plus noble de la création serait donc le plus avili ? Non ; Dieu n'a point fait de l'homme, un mensonge qui trompe l'homme ;

la vertu, la sagesse, le mérite et l'héroïsme n'iront pas
s'engloutir dans le néant et se souiller de sa corruption , avec le vice hideux et les crimes atroces ; la mort
même n'anéantit rien, elle ne fait que désunir les parties
du corps , tiré de la poussière [1] ; mais il n'est pas
anéanti , ses molécules se réuniront et il ressuscitera
un jour [2] ; car si cela n'était pas, il n'y aurait point de
Dieu ; tant il est vrai que toutes les vérités s'enchaînent
et se lient.

Il y a un Dieu , juge suprême de toutes les actions,
qui scrute même les plus secrètes pensées des cœurs,
et auquel rien n'est inconnu [3]. Or , comment concilier
sa justice avec la prospérité, souvent constante , des
méchants ? Tandis que tant de cœurs honnêtes et vertueux gémissent dans la douleur de l'infortune, le
juste serait aussi dans l'opprobre et l'humiliation , et
un infâme scélérat l'écraserait de l'insolence de son
heureux triomphe ! aux yeux d'un Dieu juste, tout
serait donc indifférent ? Eh ! quoi ! il verrait du même
œil l'homme religieux et l'impie ! l'honnête homme
et le pervers, le défenseur et l'oppresseur de l'innocence, le soutien de l'infortuné, de son semblable et
son assassin. Cette idée répugne , qu'un Dieu tout-
puissant et souverainement juste laisse subsister un
pareil état de choses ; une telle inégalité avec des
mérites si différents ne se peut expliquer que par
l'immortalité ; un Dieu immortel et juste ne pouvait
dignement s'intéresser qu'à un être immortel ; cette
immortalité est la consolation du malheureux , et la
cause de sa résignation. Notre Dieu se dit le Dieu.
d'Abraham, d'Isaac, et de Jacob, (telle est la parole
de la vérité); or Dieu ne peut être le Dieu des morts,

---

[1] Memento, homo , *quia pulvis es , et in pulverem reverte-
ris.* Gen. 3 19.

[2] *Scio quia resurget in resurrectione , in novissimo die*
Joan. c. 11. v. 24.

[3] *Tu nosti solus cor omnium filiorum hominum.* III. Rég.
VIII, 39.

mais celui des vivants [1] ; et comment le serait-il , si ces patriarches étaient rentrés dans le néant ? L'âme remonte donc à son origine ; poussée par sa haute destinée , elle ira recevoir de son Créateur la récompense de son courage et de sa constance dans la vertu ; le crime trouvera aussi son châtiment , et il sera éternel. Tel est le cri de la conscience du genre humain, telles sont les notions sur la justice ; cette conscience, juste juge de nous-mêmes , prononcera elle-même notre arrêt. Si elle nous absout , attendons tout de la bonté de Dieu ; mais si elle nous condamne, son jugement sera infailliblement confirmé ; consultons-la. Témoin incorruptible et exact de nos actions, placée par Dieu lui-même au dedans de nous , elle ne nous trompera point ; elle nous dira qu'une autre vie nous attend , et que là toutes choses reprendront leur véritable place.

ROBERT.

J'entends, c'est comme une cour de cassation , où en dernier ressort on redresse tous les jugements injustes; c'est l'espoir et la ressource des opprimés , gare l'énormité des dépens pour les condamnés ; aussi mille fois , en voyant d'heureux coquins, des êtres dégoûtants de bassesse et d'arrogance , je me suis consolé, en me disant : Ca ne durera pas toujours.

MATHURIN.

Et tu avais raison , mon ami ; c'est au lit de la mort qu'il faut voir ces gens-là ; l'âme bourrelée de remords , à la veille d'aller rendre à Dieu un compte sévère de leurs crimes, que d'efforts ils font pour reculer ce terrible monument ! comme ils s'accrochent à la vie , dans laquelle ils faisaient consister leur bonheur ! que ne donneraient-ils pas pour le prolonger ! ils sentent qu'ils ont tout perdu, en perdant leur

---

[1] *Ego sum Deus Abraham , et Deus Isaac, et Deus Jacob. Non est Deus mortuorum, sed viventium.* Matth. xxii. 32.

âme ; que l'univers entier ne serait point un prix suffisant pour la racheter ; mais regrets superflus ! vœux inutiles ! efforts impuissants ! l'heure fatale a sonné; ils sentent, mais trop tard, combien il est terrible de tomber sous la main d'un Dieu irrité, qu'on a méconnu, renié ou bravé. J'ai vu, mes amis, oui, j'ai vu la mort d'un célèbre impie ; spectacle hideux et effroyable qui ne sortira jamais de ma mémoire ».

ANATOLE.

Quelle différence avec la mort du juste ! On dirait à sa dernière heure qu'il s'endort d'un sommeil paisible ; ses traits sereins semblent annoncer qu'il médite encore quelque bonne œuvre ; sa bouche paraît sourire ; on croirait qu'il veut consoler ses proches et ses amis, et leur dire qu'il n'est point mort tout entier; qu'il est allé recevoir sa récompense et les attendre au céleste séjour, vers lequel se sont élevés et son dernier regard et son dernier désir.

JULIEN.

Parbleu, voilà comme je voudrais mourir, moi ; car étant bien sûr de ça, il y a plus de profit à être un peu moins à l'aise dans ce monde, et puis, après tout, c'est que cela ne dure pas toujours.

La soirée ayant été prolongée, les assistants restèrent à souper chez Mathurin, et ne se séparèrent qu'avec le désir de se réunir le lendemain de bonne heure.

---

[1] « Je voudrais, écrivait un célèbre médecin témoin de la mort de Voltaire, que ceux que ses ouvrages ont séduits, eussent pu être témoins de sa mort; ah ! qu'ils seraient bientôt détrompés! »

—≎≎—

HUITIÈME SOIRÉE.

In dubio, pars tutior eligenda est.
Qualis est Deus noster ?
Quel est notre Dieu ?
Ps. II. v. 5.

La soirée précédente n'avait pas peu altéré l'assurance de Lancelle, il commençait à perdre de sa confiance dans ses maîtres ; il ne pouvait disconvenir que
les systèmes de ces apôtres de l'impiété étaient décou-
sus, sans liaison , et contradictoires entr'eux , et leurs
objections plus spécieuses que solides ; aussi, quoiqu'il n'en fût pas entièrement désabusé, il avait perdu
de sa confiance, et son ton et son maintien étaient bien
moins assurés , le dernier échec surtout l'avait fortement ébranlé. La modestie d'Anatole pouvait seule l'empêcher de se sentir humilié. Sans-Souci vint au secours
de Lancelle, et ouvrit la discussion.

SANS-SOUCI.

Vous nous avez hier parlé de la mort ; ce sujet n'est
pas très-gai ; cependant, et je ne sais pourquoi , je voudrais vous y ramener , car il me semble important de
savoir ce qui se passe par-là bas.

ANATOLE.

Rien n'est plus certain que la mort [1], et rien de plus
incertain que l'heure de son arrivé [2] ; chaque instant de

[1] *Sciens quoniàm omnes omnes morimur.* Eccli. viii. 8.
[2] *Nescitis diem neque horam. Quâ horâ non putatis, Filius
hominis veniet.* Matth. xxv. 13. Luc. xii. 40.

notre existence est un pas de plus vers elle. Le rang, la
fortune, la jeunesse, la beauté, rien n'en peut garantir;
semblable à la foudre, elle frappe à l'improviste, et
s'attaque aux lieux les plus élevés. En vain les
hommes cherchent à en éloigner d'eux la pensée ; tout
la leur rappelle, le son de la cloche annonce à chaque
instant qu'il y a un vivant de moins ; est-ce un bienheureux ou un réprouvé qu'il y a de plus? l'homme
peut vivre en insensé, mais il ne peut mourir tel. Dieu
a déposé la vérité dans sa dernière heure, l'approche
de la mort la lui révèle; bonne conseillère, si nous l'in-
terrogeons, elle nous répondra et ne nous trompera
pas ; voyons ce qu'elle a à nous dire.

« Insensé, dit-elle à l'homme, pourquoi t'attacher à
ta prison ; et, content d'y ramper, te complais-tu ainsi
dans tes misères? pourquoi veux-tu ensevelir sous la
poussière tes espérances infinies? Tu me fuis, eh! ne
sais-tu pas que tu ne peux m'échapper? crois-tu qu'en
ne pensant point à moi, je t'oublierai? d'où peut venir,
d'une autre part ta sécurité? ai-je fait une trêve avec
toi? mon glaive s'est-il arrêté? n'est-il pas plutôt sus-
pendu en ce moment sur ta tête [1]? Les faveurs, l'or et
les plaisirs après lesquels tu cours, t'offriront-ils un
asile contre moi? tu me crains, dis-tu, eh! qui suis-je
donc? Je suis partout, et l'on ne me trouve nulle part;
je suis toujours future ou passée; présente, je ne suis
déjà plus, tant mon vol est rapide. Comme un fantôme,
mon approche n'épouvante que les faibles et les vicieux; je fais connaître les choses telles qu'elles sont en
effet, en dissipant les voiles séducteurs des vanités du
monde ; j'arrache le masque à l'hypocrite ; je découvre
à l'athée, et le Dieu qu'il a blasphémé, et l'éternité qu'il
a niée et qui l'attend ; je termine les épreuves du juste,
et fais sonner pour lui l'heure de la récompense;
j'ouvre les portes du ciel à ses vertus, et son âme, dé-
livrée par moi de sa prison, dégagé des prestiges des

[1] *Uno tantum gradu ego morsque dividimur.* I. Reg. xx. 3.

sens, vole à l'immortalité dans le sein de son Dieu.
L'impie seul doit me craindre ; aussi, considérez son
farouche silence à mon aspect; là honte est sur son front,
la confusion dans tous ses traits ; les remords et le désespoir, en déchirant son cœur, commencent son supplice; la fragilité de sa vie, la vanité de ses joies, la
frivolité de ses plaisirs, tous ces biens enfin auxquels
il attachait toute son âme, qu'ils ne peuvent racheter [1]; tout s'est évanoui vanité des vanités [2] ! il ne
voit plus devant lui qu'un abîme de misères.

Tel est le langage de la mort, qui n'est en réalité
pour le juste qu'un mal imaginaire, qui le délivre des
maux bien plus réels de la vie. Sa pensée est un levier
puissant qui soulève l'homme de la poussière vers ses
destinées éternelles. Introduite par le péché du premier homme [3], un Dieu, en la subissant, nous a sau-
vés [4]. Oui, le criminel seul a pu motiver ou justifier
la mort du Sauveur; mais il faut que cette mort justifie à son tour le criminel, et celui-ci doit l'expier
par son repentir, s'il ne veut rendre inutile pour lui
le prix d'un si grand sacrifice.

JULIEN.

Mais tout cela est-il bien certain? peut-être aussi....

ANATOLE.

Nous l'avons prouvé assez clairement ; mais supposons pour un instant le doute, irons-nous follement
hasarder une éternité de bonheur sur un peut-être?

PAULINE.

Et nous exposer à une éternité de malheurs?

[1] *In multitudine divitiarum.... Non dabit Deo placationem
suam, et pretium redemptionis animæ suæ.* Ps. XLVIII. 7. 8. 9.
*Quid enim prodest homini, si mundum universum lucretur,
animæ vero suæ detrimentum patiatur?* Matth. XVI. 26.

[2] *Vanitas vanitatum et omnia vanitas.* Eccl. 1. 2.

[3] Gen. 2. 17.

[4] Isaïe, 14. 25. v. 8.

ROBERT.

Admettant même le doute, il est plus sage de prendre le parti le plus sûr.

ANATOLE.

Et vous avez raison, il n'y a qu'un fou qui puisse jouer son éternité contre des jouissances aussi futiles, aussi bornées et aussi fugaces que ce qu'on nomme bonheur dans le monde : voici un trait d'histoire que je me rappelle à ce sujet.

Deux jeunes gens qui avaient été liés d'amitié pendant leurs études, s'étaient ensuite perdus de vue pendant longues années, lorsqu'un jour l'un des deux, qui avait suivi la carrière des armes et était parvenu à un grade élevé, passant sur le pont royal à Paris, crut reconnaître son ami dans un religieux qui, accompagné d'un autre, traversait le pont en sens contraire. Le religieux, qui avait aussi cru reconnaître son ancien camarade, s'étant arrêté, ils s'accostèrent en s'appelant par leur nom, et se serrant les mains, ils se témoignèrent réciproquement le plaisir qu'ils avaient de se revoir. Notre colonel (car il avait ce grade), se complut à faire à son ancien camarade le récit le plus brillant de ce qu'il appelait ses bonnes fortunes, sa belle carrière et ses plaisirs, détaillant avec complaisance toutes les circonstances de sa vie et de ses prouesses : Quant à vous, mon cher, dit-il en terminant, je ne vous demande pas de détail des vôtres, l'habit que vous portez m'en dit assez sur la vie que vous menez ; et vous avouerez que vous vous serez imposé bien des privations, aurez été une grande dupe, et serez bien attrapé s'il n'y a pas de Paradis.—Chacun fait son lit comme il veut se coucher, reprit le religieux ; dans tous les cas, ce que vous appelez plaisir est si frivole, et la vie est si courte, que je n'aurai au total pas perdu grand'chose ; mais vous, mon cher colonel, vous serez bien plus à plaindre, et que de longs et cuisants regrets n'aurez-vous pas s'il y a

un enfer !.... Ils se quittèrent à ces mots. Le moine
retourna à son couvent. Ses dernières paroles, jointes
au ton dont elles furent prononcées, avaient frappé
son ami. S'il y a un enfer !.... se répétait souvent le
colonel. Comme c'était un homme de sens, il y réfléchit sérieusement, sentant bien qu'il y allait du tout
pour lui. Enfin, au bout de quelque temps, son ami
le vit arriver à son couvent, demandant avec instance
d'y être reçu, trouvant, disait-il, que même dans le
doute, le sage doit prendre la voie la plus sûre, surtout quand il s'agit d'aussi grands et d'aussi importants
intérêts.

ROBERT.

Il devint sage dès ce jour ; car je trouve que c'est
être fou que de s'exposer à de si grands risques sur un
peut-être.

PAULINE.

Sans doute, et à plus forte raison quand il n'y a
plus de peut-être et que la réalité est démontrée.

LANCELLE.

Mais cette immortalité présente quelque chose d'é-
trange et qui s'allie difficilement avec l'idée de l'homme,
être si borné dans son existence.

ANATOLE.

Est-il moins étrange d'exister un jour, une heure,
un seul instant ? Le miracle n'est pas de continuer
d'être, mais d'avoir commencé. Celui qui a pu forcer
le néant à enfanter tous les êtres, sera-t-il moins
puissant pour les conserver ? Exister est le triomphe
de nos âmes, le vœu de nos cœurs, le cri de la raison
générale, et l'espoir du genre humain. Tous nos désirs, notre orgueil même, nous portent à nous élever ;
les impies seuls se traînent avec effort et bassesse vers
le néant, quand nos âmes tendent sans cesse vers
Dieu.

LANCELLE.

Mais il me semble que vous venez de faire l'éloge de

l'orgueil, léger, à la vérité, mais enfin vous l'ayez
relevé.

ANATOLE.

Les vices ne sont la plupart qu'une perversion de
quelque principe louable, une sorte d'idolâtrie qui
transporte à la créature des sentiments qui n'appartiennent et ne doivent se rapporter qu'au Créateur;
ainsi nous pouvons nous glorifier de lui appartenir,
de le servir, être en quelque sorte orgueilleux de ce
qu'il daigne nous commander de l'aimer, et des nobles
destinées que sa bonté nous promet. Soyons avares
des dons de Dieu, ne les prostituons pas, songeons
qu'il nous en demandera compte [1]; plaçons notre trésor dans le ciel, dont nous pouvons convoiter les
biens [2]: ayons soif de la justice, de la gloire de Dieu
et du gain du paradis; soyons ambitieux de surpasser
les autres en vertus, en amour de Dieu et du prochain, d'être en un mot plus parfaits chrétiens; con-
quérons le ciel, prenons-le de force, et en quelque
sorte par escalade [3]. Aimez-vous à dominer, dominez
sur votre cœur, domptez vos passions, assujettissez-
vous tous vos sens; car prétendre au bonheur ici-
bas, c'est résister aux décrets de Dieu, qui a fait pour
nous de cette terre un lieu d'exil, de passage et d'é-
preuves; notre vraie patrie est le Ciel, où nous devons chercher nos joies et placer nos espérances.

LANCELLE.

Pour y arriver, faut-il donc se faire ermite comme
votre colonel et son ami? on ne verrait bientôt plus
partout que des moines.

ANATOLE.

Dieu n'exige point cela de nous; il ne nous de-

[1] Matth. xxv. 14. etc.

[2] *Simile est regnum cœlorum thesauro abscondito, etc.*
Matth. xiii. 44.

[3] *Regnum cœlorum vim patitur, et violenti rapiunt illud.*
Matth. xi. 12.

mande que notre amour ; nous connaissons déjà une
partie de ce dont nous sommes redevables au sien ;
notre existence, la jouissance et le domaine de l'univers, nos facultés, une âme immortelle et intelligente, qui soumet les éléments et la nature
entière, qui mesure le cours des astres, et s'élève
jusqu'à la connaissance de leur divin Auteur, de ses
attributs et de ses perfections, tant de bienfaits n'ex-
citeront-ils pas notre reconnaissance ? hélas ! à en
juger de la conduite de la plupart des hommes, on
croirait qu'il n'y a point de Dieu pour eux, vivant
sans religion comme les animaux, sans aucun acte qui
indique qu'ils ont connaissance de leur Créateur ; on
seroit porté à croire que l'ingratitude est leur nature,
et l'orgueil leur Dieu ; passionnés pour l'indépendance,
comme le premier ange rebelle, ils éloignent la pensée d'un Dieu, parce qu'elle leur rappelle celle d'un
Maître qui commande et veut être obéi [1]. Hé ! qu'ont
donc de si pénible ses commandements ? Un Dieu tout
d'amour nous demande le nôtre en échange ; n'est-il
donc pas naturel d'aimer qui nous aime et nous comble
de bienfaits ? Si l'on concevait bien ce qu'est l'amour
d'un Dieu ! oui, il a fallu toute la perversité de notre
nature souillée par le péché pour expliquer la nécessité d'un tel commandement.

PAULINE.

Aimer autant qu'on nous aime, paraît de toute justice ; aimer ceux qui nous font du bien, c'est reconnaissance, c'est nous aimer nous-mêmes.

ROBERT.

Quand l'amour est aussi désintéressé, et nous vient
d'un bienfaiteur si élevé, que nul ne peut lui être comparé, la reconnaissance ne laisse aucune borne au
dévouement.

ANATOLE.

Telle est cependant notre inconséquence ; nous exi-

[1] *Tu vero odisti disciplinam.* Ps. XLIX. 17.

geons la reconnaissance pour le moindre service que
nous rendons, et des bienfaits immenses, multipliés
et de tous les instants, et qui nous viennent d'un
Dieu, sont reçus avec la plus ingrate indifférence; ah!
consultons notre cœur, il nous dira qu'un ingrat est
un monstrueux abrégé de toutes les bassesses.

JULIEN.

C'est cela aussi qui empêche tant de gens de faire
du bien, car l'on n'est le plus souvent payé que d'ingratitude.

ANATOLE.

C'est pourquoi la reconnaissance doit se manifester......

LANCELLE.

Celle du cœur est la meilleure; elle doit suffire à
Dieu.

ANATOLE.

Si elle peut suffire à Dieu qui connaît le fond des
cœurs, elle ne peut suffire à un cœur vivement pénétré; eh quoi! ne saluez-vous pas, ne baisez-vous
pas affectueusement la main de vos parents, de vos
amis, de tous ceux qui vous font ou de qui vous attendez quelque bien? les expressions vous manquent-
elles, et vous éloignez-vous d'eux, ne les recherchez-
vous pas au contraire? si vous avez à en parler, le
ferez-vous avec irrévérence? si vous affectez de nier
leur bienveillance et de les méconnaître, croyez-vous
leur donner une haute idée de votre gratitude, et
qu'ils admettront celle qui vous sert d'excuse, celle
du cœur?

SANS-SOUCI.

Ce ne serait plus de la reconnaissance, ce serait du
mépris.

ANATOLE.

Il est donc nécessaire que ce sentiment se montre
au dehors et que sa manifestation provienne du cœur,
sans quoi, elle ne serait plus que grimace, hypocrisie,

fausseté et trahison, vices qui font horreur ; or que
penser maintenant des hommes qui tournent en dérision Dieu, son culte et ses ministres, qui nient ses
bienfaits, et le nient souvent lui-même pour se dispenser de la reconnaissance ?

JULIEN.

Que ce sont des ingrats.

SANS-SOUCI.

Allons, à demain ; mais il me semble que nos soirées sont bien courtes.

ANATOLE.

Le temps que j'ai à vous donner est aussi bien court ;
ainsi je suis obligé d'abréger mes développements, et
de restreindre mes explications au plus essentiel. Je
me contente donc de vous démontrer les vérités fondamentales et les principales conséquences qui en dé-
rivent ; mais je vous promets quelqu'un qui me rem-
placera, et dont je ne suis pas digne de me dire l'ami ;
c'est lui qui achèvera de vous éclairer par ses hautes
lumières, et qui surtout vous fera aimer la vérité.

NEUVIÈME SOIRÉE.

Quelle honte de donner tant de soins à une enveloppe
de boue, et de négliger son âme immortelle.

Si nous n'osons aimer Dieu les premiers, ne craignons
point , et ne rougissons point de lui rendre amour
pour amour ¹.

SANS-SOUCI.

Il est juste et raisonnable , comme nous en sommes
convenus hier , que la reconnaissance et l'amour se
montrent par des actes extérieurs; aussi j'aime Dieu,
dont vous nous avez fait si bien apprécier la bonté,
et lui suis reconnaissant; mais , je vous avoue, il me
semble, que les longues prières ne sont pas les meil-
leures; les offices sont si longs, et M. le curé fait quelquefois des prônes que cela n'en finit pas.

JULIEN.

Aussi, pendant ce temps-là, je vais toujours, moi,
me chauffer, ou me rafraîchir au cabaret, selon la
saison.

ANATOLE.

Oui , vous êtes encore de ces gens qui aiment,
comme on dit, les longs dîners et les courtes messes.

SANS-SOUCI.

Ecoutez donc, la vie est si courte, il faut se dépê-
cher de se faire un peu de bien.

JULIEN.

Et puis, d'ailleurs, c'est que ça ne fait de mal à
personne....

¹ *Si amare pigebat, redamare non pigeat.* S. Aug.

PAULINE.

Qu'à vous-même.

ANATOLE.

Laissons de côté le scandale et le mauvais exemple,
ce qui est déjà un grand mal. Si vous ne faites aucun
cas de votre bonheur, de votre âme et de votre salut,
vous avez raison; vous imitez en cela votre cochon,
auquel cependant vous vous êtes tantôt reconnu bien
supérieur.

JULIEN, *piqué.*

Ceci est un peu trop fort! grand merci de la comparaison.

ANATOLE.

Mon intention n'est pas de vous fâcher, mais je
veux vous faire convenir vous-même qu'en se condui-
sant ainsi, la comparaison, peut-être un peu dure,
n'est malheureusement que trop exacte. Dites-moi
d'abord quelle est la destinée de cet animal?

JULIEN.

Eh! mais c'est d'entrer au saloir, sans doute.

ANATOLE.

Il n'en a point d'autre, y songe-t-il? non, il l'ignore.
Vous ne vous inquiétez pas plus de ce qui vous attend.
À quoi s'occupe-t-il? à boire, à manger, à se faire du
bien, comme vous dites, pendant sa courte vie. Il ne
se plaît que dans son étable et à son auge; vos jouissances sont au cabaret ou à la table. Songe-t-il à remercier de la nourriture que lui donne celui qui peut
le laisser mourir de faim? nullement, et vous n'êtes
guère plus reconnaissant envers Dieu. Croit-il devoir
quelque chose à ceux qui le soignent? point du tout,
il cherche à se faire du bien. Vous en faites de même,
vous ne songez guère plus à celui qui vous comble de
bienfaits. Vous remercie-t-il? vous caresse-t-il comme
votre chien? aucunement. Vous demande-t-il la continuation de vos soins prévoyants? pas davantage. Ce

en quoi vous l'imitez parfaitement, n'en demandant
pas plus à Dieu. Il ne sait ni où, ni de quelle manière,
ni quand il doit mourir; vous n'êtes pas plus instruit à
cet égard. Il est condamné à mort dès sa naissance,
vous l'êtes également. Pour lui, du moins, tout se
borne à la vie; mais vous, qui avez d'autres destinées,
qui avez une âme à sauver, négliger votre salut, n'est-ce
pas vous réduire à la condition des animaux? L'hor-
rèur du néant qui est en vous n'est pas un rêve, une
illusion : oseriez-vous vous condamner à ce dernier,
en portant dans le cœur un amour si vif pour l'immortalité? L'idée de l'éternité ne ferait donc aucune
impression sur votre âme ! Le chien lèche la main qui
lui donne la nourriture, et vous ne rendriez aucune
action de grace à Dieu, votre protecteur et votre maître;
ne craignez-vous pas, qu'après l'avoir négligé ici-bas,
pour ne vous occuper que de votre corps, il ne vous
dédaigne à son tour, et ne prononce contre vous cet
effrayant anathème : *Malheur à vous qui vous êtes
rassasiés, parce que vous aurez faim, à vous qui riez,
car vous serez dans l'affliction*[1]. Cette faim comme
cette affliction seront *éternelles*. Oh ! insensés, qui vous
exposez à un tel malheur pour une satisfaction ani-
male ! Vous voyez, Julien, que la comparaison n'était
pas si fautive.

LANCELLE.

Mais Dieu nous demande bien de notre temps;
n'exige t-on pas que nous le priions à toute heure
et à chaque jour ?

ANATOLE.

Nous avons reconnu que nous appartenions à Dieu;
or celui qui nous a fait tout ce que nous sommes,
a droit d'exiger de nous que nous soyons tout à lui[2].
Il ne nous accorde le temps que comme un instru-

---

[1] *Væ vobis qui saturati estis, quia esurietis:* Luc. VI. 25,
etc.

[2] *Totum te exigit qui totum te fecit.* S. Aug.

ment que nous devons employer à son service et à notre salut, et non pour l'offenser [1]. En bons et fidèles serviteurs nous devons l'employer à faire ce qu'il nous commande, ou renoncer à la récompense promise. Dieu ne nous donne-t-il pas tous les jours la lumière de son soleil pour nous éclairer, la chaleur de cet astre, les pluies et les rosées nécessaires à nos moissons, qui nous nourissent? De quelle foule de biens ne lui sommes-nous pas redevables? Quand nos besoins se renouvellent sans cesse, ne devrions-nous pas demander sans interruption? Ah! que nous serions exacts à le faire et à le remercier, s'il n'accordait ses dons qu'à nos prières et à notre reconnaissance. Eh! quoi, parce que sa bonté prévient nos besoins, est-ce une raison pour être ingrats? Mais il n'est pas question d'être plus rigide que Dieu et ses ministres : quoique notre dépendance soit de tous les instants, il ne nous demande qu'un quart-d'heure d'élévation de cœur vers lui, le matin, pour lui demander ses graces, l'adorer et lui consacrer la journée; autant le soir pour le remercier : penser quelquefois à lui pendant la durée du jour, est-ce trop, comparé au temps qu'il nous laisse?

Quant au dimanche, il se l'est réservé tout entier pour que nous l'adorions et lui témoignions notre amour. C'est la réserve faite à Adam; irons-nous renouveler sa désobéissance? quel est le maître qui n'en exige plus de ses serviteurs? quel est celui qui accorderait le même salaire à ses ouvriers, et leur permettrait de travailler six jours de la semaine pour eux-mêmes ne s'en réservant qu'un pour lui, et quelques quarts-d'heure sur les autres jours? Ah! soyons justes, n'ayons pas deux poids et deux mesures; reconnaissons plutôt l'excessive bonté du Maître que nous servons, bonté que nous ne saurions imiter, ni reconnaître par trop de zèle.

---

[1] *Nemini dedit spatium peccandi.* Eccli. xv. 21.

JULIEN.

C'est toujours un assujettissement ; quant aux prières, on les oublie et l'oubli ne peut être un crime.

MATHURIN.

On n'oublie pas le travail, même le dimanche, comme si on voulait insulter à Dieu ; on n'oublie pas la taverne le soir et même souvent le lendemain ; or travailler le dimanche et se reposer le lundi, c'est braver la défense et l'autorité de l'Eglise, c'est offenser Dieu de gaieté de cœur [1].

ANATOLE.

C'est un assujétissement, j'en conviens, mais pourquoi ne nous plaignons-nous pas des assujétissements du corps, tels que le manger, le boire, le dormir ? N'est-il pas nécessaire de se reposer après le travail ? Nous aurions bien plus de raison de nous plaindre, si on exigeait que celui-ci fût continuel, sans repos, et sans un instant de relâche. C'est un assujétissement ! mais ceux que nous imposent nos passions sont bien plus durs, plus tyranniques, on ne se plaint de celui-ci que par orgueil, par esprit d'indépendance. Quant à l'oubli des prières, cet oubli n'est point excusable ; car alors le soleil devrait oublier de venir nous éclairer et la terre de produire ? l'artisan doit-il jouir du salaire et du prix du travail qu'il aurait oublié de faire ? cet oubli serait-il pour lui une excuse ? peut-il l'être pour nous, quand nous n'oublions pas notre corps ? En vain alléguerait-on l'oubli du devoir de l'observation du dimanche, quand on quitte la maison de Dieu pour ses plaisirs ; quand un saltimbanque ou un baladin vous amuse et vous arrête sur la place, tandis que votre Dieu, le Dieu du ciel placé sur son autel, sur son trône, n'attend que vos prières, que votre demande, pour vous combler de ses dons ineffables, et cela, hélas ! si souvent

---

[1] *Dixit injustus ut delinquat in semetipso.* Ps. XXXV. 2.

en vain ! Pourquoi faut-il que sa maison soit ainsi
déserté [1]; entre deux affaires, n'est-il donc pas naturel de se décider pour la plus importante ? Mais
que dis-je deux affaires, nous n'en avons qu'une,
une seule qui soit nécessaire [2]; celle-là manquée,
notre âme perdue, tout le reste n'est rien, ne sert
plus de rien [3].

JULIEN.

Tout cela est fort bien, mais ne peut-on prier et
adorer Dieu sans assister au prône, qui est si long et
parfois si ennuyeux qu'on s'y endort ?

ANATOLE.

Vous ne feriez point cette question si vous y as-
sistiez régulièrement, et surtout avec les dispositions
nécessaires. Un repas, quelque splendide qu'il soit,
répugne à celui qui n'a point d'appétit ; faute de santé
ou d'exercice, le seul aspect des mets lui soulève le
cœur; de même si l'on n'a faim du salut de son âme,
de la justice et de la gloire de Dieu, on s'ennuie, on
s'endort au prône, on refuse le pain de l'âme, le pain
de la parole de Dieu; on la laisse cette âme, dont on
ne s'inquiète guères, on la laisse tomber en langueur,
et enfin périr d'inanition, incapable par ses vices de
savourer sa nourriture, comme ces personnes dont
le palais blasé par des mets fortement épicés, ne sauraient déguster des mets doux ; et nous ne parlons ici
que de l'état passif de l'âme, que serait-ce donc si
nous repoussions les remèdes salutaires, ou ne re-
courions au médecin qui nous les indique, qu'avec
une prévention défavorable, un esprit de critique,
et dans la disposition formelle de ne point suivre ses
avis et ses conseils ? Quand je fais ces comparaisons,

[1] *Civitas Sancti tui facta est deserta; Sion deserta facta
est.* Is. LXIV. 10.

[2] *Porro unum est necessarium.* Luc. IX. 42.

[3] *Quid prodest homini, si mundum universum lucretur,
animæ vero suæ detrimentum patiatur.* Matth. XVI. 26.

ce n'est pas sans sujet. Vous trouveriez insensé celui
qui se laisserait mourir de faim, ne voulant pas se
procurer du pain, et le refusant, sous des prétextes
frivoles, quand il lui serait offert, quoiqu'il fût indispensable à sa santé et à sa vie ; de même, nous
devons tenir pour fou, celui qui laisse périr son âme
en lui refusant le pain de la parole de Dieu qui est
sa nourriture ; car l'homme ne vit pas seulement de
pain, mais aussi de la parole de Dieu et de ses dons,
a dit le Sauveur [1]. Recevons-la donc avec empressement et gratitude. Comme le corps, l'âme a aussi
ses jours de fête ; une nourriture plus abondante,
plus suave et plus solide lui est alors réservée: L'auteur même de la parole, le dispensateur de tous les
biens se donne lui-même à elle, pour être sa nourriture. Mais, pour que cet aliment céleste profite à
l'âme, il faut qu'elle soit en santé, qu'elle en soit
en quelque sorte affamée, et surtout qu'une prévention impie autant qu'injuste ne l'empêche pas d'en
user.

PAULINE.

C'est par les sacrements que nous recevons la nourriture de nos âmes dans ces grands jours, heureux
ceux qui peuvent participer au banquet sacré.

ANATOLE.

Il y a donc injustice criante à se plaindre de ces
jours consacrés à Dieu, puisqu'ils donnent au corps
un repos nécessaire, et profitent spécialement à nos
âmes qui sont vraiment en fête et doivent être alors
dans l'allégresse. Les mépriser à ce point, de ne rien
vouloir accorder à leur vie et à leur salut, c'est nous
comporter comme les plus vils animaux.

JULIEN.

Puisqu'il en est ainsi, je veux me conduire autre-

---

[1] *Non in solo pane vivit homo, sed in omni verbo quod
procedit de ore Dei.* Matth. iv. 4.

ment qu'eux. J'avoue que.... la comparaison avec....
ah! ça m'avait choqué, j'en conviens.... j'ai senti....
là.... oh! non, une bête n'a pas de ces mouvements-
là.... je me suis aperçu à cela que j'avais une âme,
et j'ai éprouvé, comme dit fort bien M. Anatole, que
mon intelligence pouvait être blessée.

SANS-SOUCI.

En effet, on dit d'un homme insensible à une
injure, qu'il n'a point de cœur, qu'il n'a point d'âme ;
et si les bêtes n'y sont pas sensibles, c'est qu'en effet
elles n'en ont pas.

ANATOLE.

Une parole ne blesse donc que parce qu'elle part
d'une intelligence pour aller à une autre, et celle-ci
s'émeut, se révolte, comme un membre se retire par
un mouvement brusque et involontaire, dès qu'il se
sent blessé, tel un doigt qui se sent piquer ou se
brûler.

JULIEN.

Oh! il ne faut pas lui dire de se retirer ; aussi quand
l'âme est vivement blessée, le rouge nous monte à la
figure, si elle veut résister ; et la figure pâlit, le cœur
se resserre, si l'âme est dominée.

ANATOLE.

L'analogie des effets, et la différence des sensations,
comme des causes qui les ont produites, établiraient
seules la distinction de l'âme d'avec le corps.

—◦◦◦◦—

DIXIÈME SOIRÉE.

Sanctificabo Aaron et filiis suis, ut sacerdotio fungantur mihi.
Exod. xxix. 44.
Je sanctifierai (dit le Seigneur) Aaron avec ses fils, afin
qu'ils exercent les fonctions de mon sacerdoce.

JULIEN avait éprouvé la même impression que Lancelle, des explications d'Anatole à la soirée précédente, mais l'ivrognerie était profondément enracinée
en lui. L'un et l'autre se regimbaient, mais en vain,
contre le frein salutaire dont ils sentaient la nécessité,
sans vouloir encore s'y soumettre. Robert n'était plus
de leur parti ; il avait subi les influences de sa famille. Quant à Sans-Souci, ils le considéraient comme
de peu de moyens ; ses habitudes de soldat lui ayant
fait saisir toutes les comparaisons qu'Anatole semblait
avoir tiré exprès de l'ordre et de la discipline des
armées. Ainsi ils comptaient peu sur lui pour la suite;
telles étaient les réflexions que se communiquaient nos
compagnons, en attendant l'arrivée des autres. Tous
étant enfin réunis, Lancelle attaqua Anatole, en lui
demandant quelle nécessité il y avait d'entretenir à
grands frais des églises, d'avoir des prêtres qu'il faut
payer et loger, des chantres au chœur, et autres acces-
soires, tandis que, comme au temps des patriarches,
chaque père de famille pouvait être le prêtre de sa
maison ; que, comme les repas, les prières se feraient
alors en commun, ce qui donnerait plus de considération à la paternité, et serait au moins aussi agréable
à Dieu.

ANATOLE.

Voilà, si je ne me trompe, de la philanthropie **toute** pure ; ces messieurs feraient mieux de nous dire que, ne croyant pas en Dieu, ils ne veulent pas de ses minis- tres. Quant à vous, M. Lancelle, à qui nous l'avons démontré et qui l'avez reconnu, votre objection se réduit à celle-ci : Pourquoi y a-t-il des prêtres ? De quelle utilité sont-ils ? Pourquoi chacun ne peut-il prier, quand et comme il lui plaît, ou ne le pas faire du tout ? Enfin, d'où les prêtres tiennent-ils leur autorité ?

LANCELLE.

Je conviens que ceci est plus claire ; mais j'ai voulu adoucir les termes.

ANATOLE.

Voyons d'abord les premières de ces questions ; les autres trouveront leur place. Nous avons reconnu la nécessité du culte. Ce culte doit être public, la pro- fession de foi étant la même, il faut qu'elle se fasse en commun pour se maintenir telle. Le culte public a plus d'éclat, est plus solennel.

ROBERT.

La comparaison est très-juste.

ANATOLE.

Une religion sans temple, sans ministres, sans céré- monies et sans sacrifices, ne serait plus une religion. Depuis que le monde existe, chez tous les peuples on a senti que les cérémonies étaient nécessaires pour élever les cœurs vers les choses spirituelles. Voyez dans les fêtes publiques, comme les esprits s'exaltent, comme l'enthousiasme se communique, comme l'exem- ple anime ; et en quelles occasions ces sentiments peu- vent-ils se manifester plus justement et avec plus de raison, que quand il s'agit de fêter le Roi des rois, un Dieu tout bon, tout aimable, et qui nous comble de bienfaits ? N'avez-vous point de temples : tout se passera donc en plein air ? Alors le lieu sanctifié par

les prières et les sacrifices est exposé aux profana-
tions des animaux ou du premier impie, qui se rira
de votre foi ; l'intempérie du temps interrompra souvent vos mystères, et empêchera même vos réunions:
d'où la nécessité des temples et des églises. Dieu, d'ailleurs, a fait connaître sa volonté à cet égard.

SANS-SOUCI.

Voilà , par exemple, ce que j'ignorais. Quoi! Dieu
lui-même ?

ANATOLE.

Dieu commanda d'abord à Moïse de lui dresser un
autel [1]; puis de construire une arche et un tabernacle
dont il lui détaille les formes et les proportions, afin,
dit le Seigneur, que j'habite au milieu de mon peuple [2].
Or vous observerez que Dieu avait défendu expres-
sément de lui offrir partout ailleurs des victimes, voulant que ce fût seulement en ce lieu qu'il s'était choisi
pour y habiter [3]. Enfin il ordonna à Salomon de lui
bâtir un temple, que sa magnificence a fait regarder
comme une merveille du monde. L'arche y fut placée,
et elle est appelée le marchepied de Dieu [4]. Notre
Sauveur rappelle aux Juifs (en S. Matthieu) que le
temple était la maison de Dieu, et serait appelée la
maison [5] de la prière, Dieu exauçant principalement
ceux qui l'invoquent en ce lieu.

Quant aux prêtres, il ont été choisis par Dieu
même, et il punit d'une manière terrible 250 hommes,
et Corée, Dathan et Abiron, qui osèrent s'élever
contre le grand-prêtre, et ensuite 14,700 séditieux et
blasphémateurs que Corée avait entraînés dans sa révolte [6]. Les prêtres de l'ancienne loi se sont toujours

[1] Exod. ch. xx. 24.
[2] Exod. ch. xxv. v. 8.
[3] *Sed ad locum quem eligerit Dominus ut habitet in eo,
venietis , etc.* Deut. xii. 5. et 6.
[4] Paralipom. i. 28. 2.
[5] *Domus mea , domus orationis vocabitur.* Matth. 21. 13.
[6] Nombres , ch. xvi.

succédé sous la protection de Dieu , jusqu'à la venue
du Sauveur, qui établit lui-même ceux de la loi évangélique. Ils vivaient d'offrandes et de la dixième partie
de tous les biens de la terre, que Dieu lui-même leur
avait assignée ; et cela est de toute justice , soit qu'on
l leur donne en nature ou l'équivalent; parce que,
1° si vous travaillez pour les ministres des autels ,
ils prient pour vous le Seigneur de bénir vos travaux ;
en second lieu , il faut bien qu'ils soient nourris ,
puisque vous les empêchez de travailler et de se livrer
à aucun commerce ; le luxe de la civilisation nous faisant moins estimer l'honnête artisan qui s'occupe
manuellement d'un travail utile (tels un laboureur ,
un cordonnier), qu'un fainéant qui , couvert d'or ,
n'a d'autre occupation que celle de digérer ses quatre
repas. Mais c'est la faute du temps , et non celle des
ministres de la religion ; l'apôtre saint Paul travaillait
à faire des paniers pour gagner sa vie.

LANCELLE.

Eh! qui empêche nos prêtres d'en faire autant ?
Ils se rendraient au moins utiles.

ANATOLE.

Il y a plus que de l'injustice dans ce que vous venez
de dire ; d'abord s'il n'y avait d'utiles que les artisans ,
il faudrait supprimer une foule de professions pré-
cieuses au bien de la société ; ainsi plus de juges ,
de magistrats , plus de généraux , plus de soldats , et
vous-même, M. Lancelle , vous vous réduisez à faire
des paniers ou des sabots.

ROBERT.

Ah! palsembleu , docteur, vous voilà dégradé , et
c'est vous qui l'aurez voulu. Mais Anatole a raison ,
chacun son métier; tous sont utiles au bien général ;
il faut que le prêtre vive de l'autel , comme le soldat
de sa ration : et puisqu'on les empêche l'un et l'autre
de travailler, il faut qu'ils soient nourris.

ANATOLE.

La comparaison de mon cousin est extrêmement juste ; le soldat veille à la sûreté publique, et le prêtre au salut des âmes. C'est le berger qui se promène la houlette sous le bras. Il semble ne rien faire, et cependant il veille sur son troupeau, et garde ses brebis de la dent des loups ravissants. Mais il y a plus, s'ils n'existaient plus, que deviendraient les malheureux que le prêtre, par le devoir de son ministère, secourt et console ? ces malades, qu'il visite et encourage ? ces enfants, qu'il élève dans la piété, instruit de leurs devoirs, et réprime dans leurs vices naissants ? Vos notables iraient en votre nom offrir vos hommages au prince qui daignerait vous visiter; eh bien ! votre pasteur est le notable établi pour offrir vos prières et vos adorations au Roi du ciel, et lui demander pour vous ses graces et ses faveurs. Ami commun, il reçoit l'homme au berceau, le conduit dans sa vie, et l'accompagne à sa tombe. C'est le plus fidèle, le plus constant, le dernier ami qui reste quand tout nous abandonne. Quelle plume éloquente tracera tout le bien qu'il fait ? Que de ressentiments n'a-t-il pas calmés ? Que d'ennemis réconciliés ? De ménages réunis ? Que de malheureux arrachés de l'abîme et rétablis en paix avec le Ciel et avec eux-mêmes ? Que de suicides et combien de crimes n'a-t-il pas prévenus et écartés ? Le vrai pasteur est comme le père commun, l'ami de tous, le conseil qui guide dans les moments d'embarras. Il est enfin le soutien de la veuve, l'appui et le défenseur de l'orphelin.

SANS-SOUCI.

Tel que vous le dépeignez, le prêtre serait l'être le plus utile et le plus respectable de la société.

LANCELLE.

Mais, ils sont si exigeants, ils savent si bien vous endormir.

ANATOLE.

Je conçois qu'il est dur pour quelques-uns de voir
qu'on veuille les sauver d'un malheur éternel, vers
lequel ils courent si gaîment, et cela en quelque sorte
malgré eux, et par une douce contrainte : votre plainte
est celle d'un insensé, qui reprocherait la violence
qu'on lui ferait en le tirant de la rivère où il serait
près de se noyer, ou qui se plaindrait qu'on l'arrêtât
dans sa course, au moment où il va se précipiter dans
un abîme.

MATHURIN.

On conçoit cela très-bien : il est si facile et si doux
de se laisser glisser sur la pente des passions; c'est
une fatigue et une peine d'autant plus grande, de remonter, que la pente est plus raide et qu'on a glissé
plus bas.

ANATOLE.

Ils savent bien vous endormir, ajoutez-vous; mais,
peu importe, si c'est pour vous sauver. Le reproche
est vraiment plaisant. Vous ne vous doutez pas que
vous faites leur éloge. C'est vous plaindre de la douceur de leurs remontrances, des ménagements qu'ils
ont pour votre amour-propre, et du soin qu'ils prennent de ne pas vous choquer. Vous aimeriez donc
mieux qu'ils y missent de la rudesse, de l'humeur, et
qu'ils fissent scandale; mais ils se manqueraient à
eux-mêmes, ils blesseraient les convenances, manqueraient leur but, et compromettraient leur caractère,
en oubliant ainsi leur devoir; leur ministère est un
ministère de paix et de douceur, et ils le remplissent
dignement.

SANS-SOUCI.

J'ai laissé dire que l'état de prêtre était un état bien
doux et agréable, et je le croirais assez.

ANATOLE.

C'est faute de connaître les obligations auxquelles
le prêtre est assujetti, et auxquelles vous ne voudriez

pas vous astreindre. Il lui faut d'abord une conduite
réglée et exemplaire, qui le tient éloigné des plaisirs
du monde, et dans un état de pureté, tel qu'il puisse
chaque jour offrir le saint sacrifice de la messe. Il est
de plus astreint à réciter journellement de longs offices qui durent plusieurs heures. Il doit régler son
intérieur, répondre à ceux qui ont besoin de son
ministère ; les baptêmes, les mariages et les inhu-
mations sont aussi de son office ; puis vient la visite
des malades. On le voit alors se porter dans les galetas, dans les réduits les plus obscurs avec le même
empressement que dans les hôtels : partout où il y a
un infortuné, il apparaît comme un ange consolateur ;
il descend dans les prisons, dans les cachots ; la mal-
propreté de ces lieux, l'air infect et malsain qu'on y
respire, la vermine, la contagion auxquelles il s'expose, rien ne l'arrête. Eh ! que lui importent les maux,
la vie même, s'il peut arracher sa proie à l'enfer ; aussi
le voit-on accompagnant le criminel que la justice des
hommes a frappé, le fortifier par son zèle, le consoler
comme un ami, et l'embrasser encore sur l'échafaud,
en lui faisant espérer dans le ciel la miséricorde qui
lui a été refusée sur la terre. Ni le mauvais temps,
ni la pluie, ni la grêle n'arrêtent son intrépidité ; dès
qu'il s'agit de la gloire de Dieu ou du salut d'une âme,
toute répugnance est vaincue. Le demande-t-on la
nuit ? il quitte son lit de repos, pour courir dans
l'ombre, par de mauvais chemins, au secours du malheureux qui le réclame. Le temps est humide, froid,
il gèle à fendre les pierres ; allez à l'église, vous le
verrez transi, mais immobile dans le confessionnal,
écouter et consoler. Il soutient le faible, relève celui
qui était tombé, anime le fort, et ne quitte que quand
il a rendu tout le monde content et réconcilié avec
Dieu. Lui reste-t-il du temps ? il faut qu'il compose
ses instructions pour éclairer ses ouailles sur leurs devoirs, qu'il catéchise les enfants, et les instruise des
vérités de la religion, qu'il visite leurs écoles, et enfin

donne ses soins à son église. Comme homme, il participe et compatit aux faiblesses humaines : comme prêtre, son ministère est tout divin, tout de charité. Il a reçu un pouvoir qui n'a pas même été donné aux anges, celui de remettre ou retenir les péchés, et de faire descendre du ciel une Victime d'un prix infini, qu'il offre à Dieu pour nos offenses. Ses soins ne tendent qu'à nous rendre heureux, en nous rendant plus vertueux. Médecin des âmes, il nous guérit de nos passions et de nos vices; ministre d'un Dieu, il nous enseigne en son nom toute vérité; ministre de paix, il prêche l'union, la concorde et l'amour de tous, même des ennemis; il donne l'exemple du pardon des injures, il souffre l'injustice et la calomnie, comme il saurait souffrir la mort, pour la confession de sa foi et pour son Dieu, et, à l'exemple de son divin Maître, il prierait pour ses bourreaux. Tel est le prêtre, telle est sa vie, tels sont ses services.

SANS-SOUCI.

Mais, c'est une vie bien pénible; ils n'ont pas une minute à eux.

LANCELLE.

Ils ne sont pas tous si malheureux que vous les faites; vous ne comptez pas tout ce qu'on leur donne; on ne voit qu'eux chez les riches.

PAULINE.

Et chez les pauvres, surtout.

ANATOLE.

C'est qu'il n'y a qu'eux aussi qui pénètrent dans les réduits de la misère. Ils connaissent tous les besoins, et seuls ils sont dignes par leur ministère et leur discrétion de s'interposer entre le pauvre honteux, qui craint de dévoiler son dénuement dans un siècle si égoïste, et le riche oublieux et si peu disposé à céder à son devoir. Le pasteur est l'avocat éloquent, le seul propre à plaider la cause du malheureux, et à intéresser à son sort, en faisant valoir les raisons d'humanité, de piété, de conscience et de devoirs ; c'est le seul qui, par son caractère, puisse dire aux riches : Les pauvres sont vos frères.

C'est le seul enfin qui puisse, par l'autorité de la religion, briser la dureté du cœur de l'homme opulent, en lui citant la parabole du mauvais riche, et l'anathème porté par la Vérité même, contre ceux qui lui ressemblent. Aussi, voyez ce malade naguère dénué de tout, le voilà maintenant couché proprement, et fourni de bouillon, de vin et de médicaments, qu'il fait chercher au château. Je le demande à Lancelle lui-même, qui l'engage à donner ses soins aux pauvres malades ? qui plaide leur cause en le priant de modérer le prix de ses sollicitations ? Mais ce n'est pas tout : pendant que ce père de famille gémit sur sa couche, sa famille meurt de faim, son gagne-pain lui manque ; qui fournira à ses besoins pressants ? La Providence et son ministre ; ils ne lui manqueront pas ; toutes les larmes sont essuyées, il n'en coule plus.

SANS-SOUCI.

Eh bien ! Lancelle, qu'en dis-tu ?

LANCELLE.

Pour ce qui me concerne, J'avoue que cela est exact, et je n'ai plus rien à dire ; mais tout autre que le curé, le maire, par exemple ?..... il a autorité, celui-là ; c'est le père de la commune.

ANATOLE.

L'un est le père administratif, nommé par l'autorité temporelle compétente ; l'autre est le père spirituel, nommé par une autorité également compétente. Le ministère du maire est souvent rigoureux ; il perd en influence morale, qui est la plus douce, ce qu'il est forcé d'employer en autorité ; comme père de famille, il doit son temps à ses propres affaires. Le ministère du prêtre est tout de douceur et de persua-

sion; c'est le mode le plus convenable, et celui qui
donne le plus de résultats. C'est ainsi que sa vie est
employée en œuvres de miséricorde. Il n'y a que la
perversité qui puisse, par la calomnie, le mensonge,
les perfides insinuations, le sarcasme et l'ironie, chercher à ternir l'éclat de tant de vertus.

JULIEN.

Je ne croyais pas, je l'avoue, que l'état de prêtre
fût aussi utile et aussi respectable.

ROBERT.

Je n'en connais pas qu'on puisse justement lui comparer. Le bien qu'il fait est immense, et sa vie rem-
plie de tracas lui procure bien peu d'avantages per-
sonnels; qu'on vienne dénigrer devant moi ces hommes
estimables, et l'on trouvera à qui parler....

ANATOLE.

Vous répondrez à ces insensés par la raison. En
attaquant ses ministres, c'est à la religion que l'impiété en veut; c'est toujours elle qui est le point de
mire des efforts des incrédules et des athées ; vous
ferez connaître leur but horrible, qui est le bouleversement et la ruine entière de la société. En niant et
contestant alternativement et l'existence de Dieu et
chacune de ses perfections, en cherchant à le remplacer par la matière, la nature, le hasard, ils tendent à ravaler l'homme, à le dégrader jusqu'au dessous
de la brute; et par un débordement inouï de sophis-
mes absurdes, de folies et d'horreurs, ils enorgueillis-
sent les méchants, entraînent les faibles, proclament
l'empire du vice, et déifient le néant : mais

> » Dans sa demeure inébranlable,
> » Assise sur l'éternité,
> » La tranquille immortalité,
> » Propice au bon, et terrible au coupable,
> » Du temps qui, sous ses yeux, fuit à pas de géant,
> » Défend l'ami de la justice

» Et ravit à l'espoir du vice
» L'asile horrible du néant.

Delille

Enfin vous ferez connaître que la destination, le devoir du prêtre, est de nous aider à supporter les peines
de cette vie et de nous ouvrir les portes du ciel; destination et devoirs qu'ils remplissent généralement
d'une manière si admirable, qu'il faut croire à une
vocation toute particulière du ciel, pour se consacrer
à un état dont la sainteté doit être telle, qu'il ne se
venge de ses ennemis les plus acharnés, que par le
pardon, la prière, et en cherchant par tous les moyens
possibles à leur procurer une gloire et un bonheur
sans fin.

ROBERT.

Si Anatole ne venait pas de nous en donner la
raison, je ne concevrais pas cet acharnement de nos
prétendus philosophes contre les prêtres; comme je
l'ai remarqué dans nos soirées précédentes, c'est
vraiment l'impiété et l'orgueil qui, oppressés de l'existence de Dieu, se retournent de mille manières, espérant s'en débarrasser. Malheur aux auteurs d'une
pareille iniquité, et aux fabricateurs de telles calomnies contre les ministres de ce Dieu qui les attend [1].
C'est leur orgueil philosophique qui les porte à parler ainsi et à vouloir s'ériger en législateurs du genre
humain [2]; ils n'aiment que le mensonge et ne se
complaisent que dans leur vanité [3]. Quel contraste
avec la noble simplicité et l'humble douceur du sacerdoce !

FRANÇOIS.

Je voudrais demander à M. Lancelle, ce qu'il pen-

---

[1] *Væ! qui condunt leges iniquas, et scribentes injusti-
tiam.* Isa. x. 1.

[2] *Os corum locutus est superbiam.* Ps. xvi. 10.

[3] *Ut quid diligitis vanitatem et quæritis mendacium.*
Ps. 4. 4.

sait réellement en nous présentant toutes ces objections des impies contre les ministres des autels ?
pourquoi on n'attaque qu'eux, et toujours eux ? pourquoi, par exemple, on ne s'acharne pas autant contre
ceux qui exercent l'art de guérir ? art qui rend des
services signalés, sans nul doute, mais qui est loin
de produire tous les bons résultats qu'on doit à la
religion ? Croit-il enfin qu'aucun état puisse subsister
long-temps contre des attaques aussi bien combinées,
aussi vigoureuses, aussi multipliées et si constamment réitérées, à moins d'une protection spéciale de
Dieu ?

LANCELLE.

Permettez, François, M. Anatole n'a fait que nous
répéter ici ce qu'il a lu dans les ouvrages de nos faux
philosophes. Son opinion n'était point établie ; et c'est
pour se la former qu'il a acquiescé à nos conférences.
Quant à ce que vous observez relativement aux attaques dirigées contre le sacerdoce et la religion, ces
attaques ont été prédites, ainsi que leur peu de succès.
On ne saurait détruire la vérité ; elle émane de Dieu,
comme la religion, et il a été dit que les portes de
l'enfer ne prévaudraient point contre elle [1]. C'est ce
qui distinguera toujours ce qui vient de Dieu, qui est
immuable, d'avec ce qui est d'institution humaine, et
par là sujet à s'altérer et à changer.

PAULINE.

Demain, vous nous démontrerez que le sacerdoce
est établi par Dieu.

[1] S. Matth. etc.

ONZIÈME SOIRÉE.

> ' L'humble religion se cache en des déserts:
> ' Souffrir est son destin, bénir est son partage.
> ' Elle prie en secret pour l'ingrat qui l'outrage.'

VOLTAIRE.

LANCELLE était déjà bien revenu de ses préventions contre les prêtres ; le tableau de leurs bienfaits, qu'Anatole avait déroulé à ses yeux, lui avait paru d'une vérité frappante. Il attendait son complément des discussions ultérieures. Les interpellations de François l'avaient piqué, et il savait un gré particulier à Anatole, qui, avec délicatesse, était venu à son secours, et lui avait épargné l'embarras d'une explication délicate pour son amour-propre ; aussi fut-il plus prévenant envers ce jeune homme, dont il commençait à prendre une idée avantageuse. Il demanda à Robert si, comme on en était convenu, il avait tenu note de ce qui avait été l'objet des conférences précédentes, voulant, dit-il, les copier pour son instruction. Il fut satisfait d'apprendre que Robert les possédait au complet. En ce moment, Anatole arriva avec Mathurin et Pauline ; Sans-Souci, accompagné de Julien, ne se firent pas attendre, et François les suivit de près. Tous étant ainsi réunis, Lancelle prit la parole.

LANCELLE.

Vous nous avez fait connaître que Dieu avait lui-même prescrit à Moïse le genre de culte qu'il agréerait,

choisi ses ministres , auxquels il avait assigné la
dixième partie de tout ce que la terre produirait . in-
dépendamment des offrandes et holocaustes , qui pro-
viendraient des dons que les Israélites devaient faire
pour les sacrifices , et qui étaient très-considérables.
Nos prêtres sont loin d'avoir de tels avantages. D'où
vient donc l'autorité qu'ils s'arrogent?

ROBERT.

. Vous oubliez que M. Anatole nous a dit que notre
Sauveur avait institué lui-même les prêtres de la nouvelle loi.

ANATOLE.

Voyons d'abord par quelle autorité il agissait lui-
même. Quand les temps arrêtés par la Providence
pour l'accomplissement des promesses faites à Adam ,
à Abraham , Isaac et Jacob, confirmées aux Israélites
par l'organe de Moïse; promesses annonçant un Rédempteur, lequel fut ensuite prédit par les prophètes,
qui avaient désigné le temps précis de sa venue , le
lieu de sa naissance , et jusqu'aux moindres circonstances de sa vie, de sa mort et de son triomphe ;
quand ces temps, disons – nous, furent arrivés, le
Sauveur, le Fils de Dieu même s'incarna, c'est-à-
dire, prit chair par l'opération du Saint-Esprit,
dans le sein d'une Vierge de la race de David , selon qu'il lui avait été annoncé par un ange ; Jésus
naquit donc à Bethléem , selon qu'il leur avait été
prédit, et l'on entendit dans le ciel les anges glorifier
Dieu de ce miracle étonnant de son amour et de sa
miséricorde , et annoncer *la paix aux hommes de
bonne volonté* [1]. Pour en profiter , des bergers , ap-
prenant des anges mêmes que le Messie était né ,
vinrent le trouver dans une étable , et l'adorèrent.
Dans le même temps , des rois éloignés , connaissant, par les prophéties, que le temps de la venue

---

[1] *Gloria in excelsis Deo.* Luc. II. 14.

du Sauveur était arrivé, vinrent aussi, guidés par une étoile miraculeuse, lui offrir leurs présents et leurs adorations [1].

LANCELLE.

Allons donc, un Dieu naître dans une étable, au milieu des animaux! Le beau palais! la belle compagnie pour le Maître de l'univers!

ANATOLE.

Dieu, infiniment sage, juge des choses autrement que les hommes; rien de ce qu'il a créé et qu'il a trouvé bon [2], n'est vil à ses yeux; et celui qui venait combattre les maximes et les vanités mondaines, renverser les idoles élevées par les passions, changer les cœurs des adorateurs du veau d'or, qui venait enfin dompter l'orgueil et la vanité, par l'humilité et la charité, celui-là, dis-je, ne devait pas s'entourer des pompes d'un monde qu'il allait réformer.

SANS-SOUCI.

On ne se place pas dans le camp d'un ennemi, que l'on vient combattre.

ANATOLE.

Les Evangiles contiennent les faits merveilleux de la vie, des miracles et de la doctrine de ce divin Rédempteur.

LANCELLE.

Mais ne peut-on pas contester les Evangiles? On assure qu'il y en a eu une quantité qui n'étaient pas d'accord entre eux; plusieurs mêmes étaient ridicules.

ANATOLE.

Qu'on dispute sur les Evangiles (et je ne parle que de ceux dont on a reconnu l'authenticité et qui sont

---

[1] Matth. II. v. 1. et seq.

[2] *Et vidit Deus quod esset bonum.* Genes. ch. 1 v. 4. 12. 18. 21. 25.

approuvés), rien d'étonnant, et sur quoi n'ont pas disputé vos philosophes et vos esprits-forts? N'ont-ils pas tout nié, tout altéré? Quand on renie son Dieu, son âme, son immortalité; quand on s'est volontairement réduit à la condition des animaux, doit-on espérer que la raison échappera au naufrage? Non, sans doute. On a d'abord nié les principes, il faut bien nier les conséquences; et l'on finit par nier les faits les plus évidents. L'existence des Chrétiens n'est pas plus niable que la lumière : cependant, en remontant d'âge en âge, nous trouvons que depuis dix-huit siècles, le nom de *Jésus-Christ*, de ce Sauveur promis à nos premiers parents, a été, de générations en générations, vénéré de toute la terre, sans en excepter même ses ennemis. Mahomet lui-même le regardait comme l'Envoyé de Dieu, comme son Verbe, comme le plus grand Prophète qui ait jamais paru [1]. Or tous les Juifs et les Chrétiens du monde, cette foule de peuples, cette quantité immense d'esprits supérieurs qui, dès les premiers siècles de l'Eglise, ont illustré les nations jusqu'à nos jours, tous n'étaient donc que des imbéciles, si vos philosophes ont raison? Mais, s'il faut des insensés, où les trouver plus sûrement que parmi ceux qui ont abjuré jusqu'au sens commun, qui se trouvent en opposition dans leurs systèmes, avec la raison et la conscience de tout le genre humain? Ah! laissons-leur le fol orgueil de ne rien croire, et la funeste liberté de ne rien pratiquer; qu'ils soupirent et gravitent avec effort vers le néant d'où ils ont été tirés, mais qu'il ne leur est plus donné de retrouver; pour nous, croyons à l'histoire écrite, par des témoins oculaires des faits merveilleux qui se sont passés à la face du soleil, dans les places publiques de villes populeuses, en présence d'une multitude de personnes

[1] Moïse fut d'abord envoyé de Dieu; après Moïse vint le Messie, Jésus, Fils de Marie, lequel est prophète et apôtre de Dieu, son verbe et son esprit. (*Alcoran*).

12

amies et ennemies du Sauveur, sans qu'il se soit élevé
la moindre opposition, le moindre démenti sur aucun
d'eux, et quoique ses ennemis aient souvent cherché
à le trouver en défaut, sans jamais y parvenir. Cette
histoire a été écrite par des témoins qui, séparés et
éloignés les uns des autres, n'ont pu se concerter,
et qui sont cependant d'accord entre eux. Leur ouvrage a été reconnu ne contenir que des faits avérés
et admis par une foule immense d'autres contemporains, qui avaient vu, pour la plupart, ou entendu
rapporter par des témoins oculaires, les merveilles
contenues dans ces livres des Evangiles. On ne saurait donc révoquer en doute aucun point de leur contenu, ou alors il faut renoncer à toutes preuves historiques, traditionnels et testimoniales.

Or, que Jésus-Christ ait existé au temps prédit,
que son existence ait commencé au temps du dénom-
brement ordonné par César, empereur romain, qu'il
soit né à Bethléem : c'est ce qui est constaté, et par
le recensement même, et par le massacre des enfants
de Bethléem, ordonné par la jalousie d'Hérode, alors
gouverneur de la Judée pour les Romains. Que son
existence ait fait une vive sensation chez tous les
peuples; que sa doctrine fût sublime, ses actions
merveilleuses : c'est ce qu'attestent les Juifs, les Romains, leurs dominateurs et leurs maîtres, et les
ennemis mêmes les plus acharnés du nom chrétien.
Que cette doctrine ait renversé les idoles et toutes
les fausses religions dont elle a pris la place, c'est
ce qu'on ne peut contester. La face de la terre a été
changée par elle. Remontant d'âge en âge, tous les
documents, les traditions, les monuments, les cérémonies et les croyances du christianisme nous démontrent que la religion du Christ est parvenue jusqu'à nous sans altération; ce qui rend son existence et
l'histoire de sa vie, les plus authentiques de toutes
celles connues. Les preuves que nous avons alléguées
sur Moïse s'appliquent donc et avec encore plus de

force, s'il est possible, à tout ce qui a rapport au
Sauveur, qui est venu accomplir toutes les prophéties, lier l'ancienne loi à la nouvelle, changer un
sacrifice insuffisant en un autre surabondant, et enfin
remplacer une loi de rigueur par une loi de douceur
et d'amour, remplir toutes les promesses, et satisfaire toutes les espérances.

LANCELLE.

Admettons leur authenticité, qui paraît incontestable ; mais comment concevoir cette union prétendue
de la nature divine avec la nature humaine, et tant
d'autres mystères qu'on nous propose ?

ANATOLE.

Concevez-vous mieux l'union de votre âme spirituelle avec votre corps matériel? Un aveugle de naissance concevrait-il la lumière, les couleurs? A ce
compte, il ne faut rien croire ; car tout est mystère autour de nous ; savons-nous ce que c'est que le
mouvement? comment il passe d'un corps dans un
autre, etc.? Il suffit, pour croire qu'une chose est, de
démontrer son existence par sa présence ou par ses
effets ; et si elle a cessé d'être, de la prouver par le
témoignage. Eh quoi ! il suffira que deux témoins
attestent en justice que tel fait a eu lieu, que tel
homme en est l'auteur, pour le faire condamner à
perdre la vie? Un notaire, un homme public attestera
la volonté d'un défunt, et je serai déchu de mes droits
à son héritage? et l'on n'ajoutera pas foi au témoignage
de milliers de personnes, de tout un peuple, qui attes-
teront un ou plusieurs faits qui se sont passés sous
leurs yeux? Plus ces faits étaient frappants, extraordinaires, merveilleux, plus on a dû y prêter attention. Qu'un fait étonnant se présente isolé, on conçoit
qu'on puisse le mal juger, dans la surprise que produit
son apparition imprévue ; mais que l'on s'y attende,
qu'il ait été annoncé ; que des incrédules se préparent
à le scruter avec attention, que des faits semblables se

reproduisent pendant plusieurs années, à chaque instant, en plein jour, et que les incrédules ne puissent
les contester, qu'ils les admirent, que les ennemis
mêmes les reconnaissent, que ces témoins nombreux
les attestent enfin au prix de leur sang, au péril de
leur vie : voilà ce qui emporte toute conviction. Si
l'auteur de ces faits prodigieux, surnaturels, les produit pour attester sa mission et le pouvoir de celui qui
l'envoie, je dois le croire ; je ne puis pas ne pas le
croire. Or ces motifs de crédibilité sont appuyés sur
la raison, sur la plus grande certitude que l'homme
puisse avoir. Lancelle voudrait-il connaître ce que
pensait de Jésus, le patriarche et l'oracle des impies,
Voltaire enfin, *puisqu'il faut l'appeler par son nom?*

LANCELLE.

Je ne pense pas qu'il ait jamais eu beaucoup de foi
à l'Evangile.

ANATOLE.

Non pas précisément; mais celui qui a pu contraindre l'enfer à confesser sa gloire, a aussi forcé les plus
fameux impies à lui rendre hommage. Ainsi, *Arouet
Voltaire,* secrétaire de Satan (comme le désigne un
illustre écrivain), après avoir confessé la nécessité
d'un Dieu, confesse ainsi Jésus, sa doctrine et ses
miracles.

Voici ses paroles :

« Ciel, ô Ciel ! quel objet vient de frapper ma vue ?
» Je reconnais le Christ puissant et glorieux ;
    » Auprès de lui dans une nue,
    » Sa Croix se présente à mes yeux ;
» Sous ses pieds triomphants la mort est abattue ;
» Des portes de l'enfer il est victorieux ;
» Son règne est annoncé par la voix des oracles ;
» Son trône est cimenté par le sang des martyrs ;
» Tous les pas de ses saints sont autant de miracles ;
» Il leur promet des biens plus grands que leurs désirs.
» Ses exemples sont saints, sa morale est divine ;
» Il console en secret les cœurs qu'il illumine.... »

VOLTAIRE.

LANCELLE.

Comment, Voltaire a fait une telle profession de foi? Il reconnaît un Dieu, son Christ, les prophéties, les miracles, la Passion et la Résurrection du Sauveur, son triomphe sur la mort et l'enfer, qu'il admet également; la sainteté des exemples de Jésus, la gloire et l'immortalité des Saints, la divinité et la pureté de la morale évangéliqne! Ah! j'étais loin de m'y attendre; il condamme ici tous ses autres ouvrages.

ANATOLE.

Après un tel acte de foi, on est surpris de retrouver obscène et athée ce protée littéraire, ce qui montre peu de raisons dans celui qui a dit :

» La raison est de l'homme, et le guide, et l'appui,
» Il l'apporte en naissant, elle croît avec lui;
» C'est elle qui. . . . .
» Montre à ce malheureux, par le vice abattu,
» Que la félicité n'est que dans la vertu. »

VOLTAIRE.

ROBERT.

Il croyait donc à la raison, à la vertu, au vice? enfin, au juste et à l'injuste?

ANATOLE.

Oppressé sans doute par ses remords, il dit ailleurs :

« Tout m'annonce que Dieu daignera se calmer;
» Mais c'est le repentir qui doit le désarmer.
» *Croyez-moi*, les remords à vos yeux méprisables,
» Sont la seule vertu qui reste à des coupables.
» Je vous parais timide et faible : désormais
» Connaissez la faiblesse, elle est dans les forfaits.
» . . . .
» Et je vous apprendrai qu'on peut, sans s'avilir,
» S'abaisser sous un Dieu, le craindre et le servir. »

Idem.

Après un tel aveu, au lieu d'être repentant, il redevient criminel, nie Dieu de nouveau :

> « Mais renoncer au Dieu que l'on croit dans son cœur,
> » C'est le crime d'un lâche et non pas une erreur;
> » C'est mentir au Ciel même, à l'univers, à soi. »

Idem.

Il était donc criminel, lâche et menteur, celui qui a pu écrire tant d'impiétés et de blasphèmes! Sa bouche ne s'est donc ouverte qu'à sa confusion, et sa langue a été la trompette de son infamie! Il n'est donc qu'un imposteur, lors même qu'il demande qu'on croie à ses remords !

ROBERT.

Que penser de ses suppôts, qui nous débitent tous les jours des extraits empoisonnés de ses œuvres, dont ils ont soin d'éliminer les passages qui pourraient éclairer plus d'un lecteur? Ce n'est que leur choix et l'œuvre de l'enfer; c'est qu'ils ne sont que les échos du père du mensonge; et des malheureux s'abreuvent de ces lectures! Ils partageront l'infamie de leur patron, et leur fin, aussi effrayante que la sienne, prouvera qu'ils n'ont pu échaper à l'influence de ses doctrines pernicieuses.

LANCELLE.

Vous avez dit que l'on devait croire sur un témoignage suffisant, ce qui me paraît raisonnable dans les choses ordinaires; mais lorsqu'il s'agit de miracles ?

JULIEN.

Oui! oui, parlons de miracles; je serais curieux d'en voir, et de savoir ce que c'est.

LANCELLE.

Mais il faut s'entendre, et savoir ce que vous appelez miracle; car il ne s'agit pas de prendre pour tel un effet dont la cause est inconnue. Les sciences, par leur

développement, sont parvenues, à l'aide de la connaissance des lois de la nature, à produire des choses
merveilleuses qui eussent autrefois fait crier au miracle.

ANATOLE.

Il est un peu tard pour traiter aujourd'hui ce sujet
avec quelques détails ; mais puisque vous l'attaquez,
nous l'entamerons au moins dans ses généralités.

J'appelle miracles, tout ce qui sort des lois ordinaires de la nature, tout ce qui y fait exception et y
est contraire ; tout ce, enfin, qui ne peut recevoir
d'explication naturelle. Quant à leur possibilité, elle
n'est pas contestable, à moins de nier la toute-puissance de Dieu ; car celui qui a tiré la nature du néant,
celui qui lui a donné des lois, ne sera pas moins
puissant pour les suspendre un instant. Faut-il moins
de force pour créer un soleil, que pour l'arrêter dans
son cours? Ce prodige est grand, sans doute ; mais
c'en est un bien plus grand de créer.

LANCELLE.

Je vois que vous allez nous citer des guérisons.

ANATOLE.

Sans doute, si elles ne sont pas operées par des
moyens naturels ; car on ne concevra jamais qu'on
puisse rendre la vue à un aveugle, en lui mettant dans
les yeux de la boue, qui la lui ferait plutôt perdre,
s'il en jouissait ; la résurrection d'un mort, qui, enseveli depuis plusieurs jours, est en décomposition, et
par son infection fait reculer ceux qui en approchent ;
et cela opéré par une parole. Enfin un mort, qui a
fini de mort violente, qui a perdu tout son sang, qui,
embaumé et enseveli ensuite, se ressuscite lui-même
après plusieurs jours, se montre à ses amis, à une
foule assemblée sur les chemins, dans les auberges et
autres lieux publics, en plein jour ; qui converse,
mange et boit, et se fait toucher pour assurer qu'il
n'est point un fantôme, et vaincre ainsi l'incrédulité

la plus opiniâtre : voilà, certes, des miracles, ou il n'y en aura jamais. Est-ce encore sans miracle qu'une parole ait pu renverser une compagnie de soldats et une foule d'autres personnes [1] ? ce qui est arrivé, quand on fut pour arrêter Jésus. Quelle vertu naturelle pouvait avoir l'ombre de saint Pierre, qui seule guérissait les malades [2] ? Avec cinq pains et quelques poissons nourrit-on, rassasie-t-on cinq mille hommes sans miracle, quand on remplit encore douze corbeilles de ce qui reste ? Suspendre et arrêter le cours d'un fleuve, en faire remonter leurs eaux vers leurs sources, marcher sur les eaux et y faire marcher les autres......

ROBERT.

Ce sont bien des miracles, et des plus frappants.

ANATOLE.

Maintenant, que Dieu, qui, par une parole et sa volonté seule, a créé l'univers, puisse suspendre en un lieu quelconque et pour un temps déterminé dans sa sagesse, les lois auxquelles il a assujetti tous les êtres de la création, c'est ce qu'on ne peut révoquer en doute ; il est le maître tout puissant. Qu'il l'ait fait à diverses époques et pour des raisons à lui connues, c'est un fait attesté (autant qu'aucun fait marquant), transmis par les traditions des peuples, par leurs histoires et leurs documents, par les monuments et par les cérémonies établis pour en perpétuer le souvenir. Ainsi, la terre conserve encore partout des traces notables du déluge universel, décrit dans l'histoire de Moïse. La Pâque des Juifs et des Chrétiens atteste la sortie de ce premier peuple de l'Egypte, et chez le second, la Résurrection de Jésus-Christ : les registres romains [3], l'historien Josephe, etc., certifie son exis-

[1] S. Jean. c. xviii. v. 6. *Et ceciderunt in terram.*

[2] Act. Apost. c. v. v. 15.

[3] *Publius Lentulus*, gouverneur de la Judée, à l'époque où Jésus faisait ses miracles, fit un rapport circonstancié au sénat romain. Il y dit que les perfections divines de Jésus surpassent toutes celles des hommes.

tence au temps marqué par les Prophètes ; la ville de
Jérusalem et les autres, bâties par les Juifs, les ruines
de son temple, sont des monuments qui prouvent leur
ancienne domination sur ce pays, où tout y retrace
leur histoire ; il n'est pas jusqu'au lieux de leurs cam-
pements dans le désert, qui ayant conservé leurs
mêmes noms (tel le Mont Sinaï, etc.), en attestent
la vérité. Ce peuple, encore existant, quoique dissé-
miné, toujours circoncis comme leur père Abraham,
prouve son origine. Enfin, on peut regarder comme
les plus constants, comme les mieux prouvés, et
comme les plus authentiques, les faits contenus dans
les livres saints, l'ancien et le nouveau Testament.

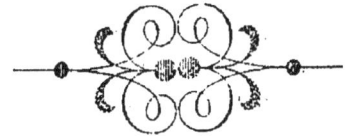

DOUZIÈME SOIRÉE.

LES soirées devenaient plus intéressantes et plus agréables. Anatole, ayant vaincu les premières difficultés, voyait ses adversaires mollir de jour en jour. Il crut devoir insister sur l'authenticité des saints évangiles, et l'autorité de la doctrine divine qui y est contenue, parce que ce point bien établi, il lui serait facile de battre toutes objections ultérieures, attendu qu'une fois prouvé que Dieu a parlé, la soumission devient un devoir ; aussi avait-il pour répondre à son adversaire, abandonné pour un temps l'ordre qu'il s'était proposé de suivre, bien certain d'y revenir, après avoir satisfait à tout ce qu'on pourrait lui opposer. Lancelle devenait pensif ; Mathurin en riait sous cap, rassuré, d'ailleurs, sur son fils Robert, que l'exemple de la famille ramenait de jour en jour à ses anciennes et louables habitudes ; il eût été charmé, ainsi que Pauline, de voir Lancelle mériter une estime qu'on n'avait pu accorder à sa philosophie. Sans-Souci suivait assez volontiers en tout son camarade Robert qu'il appelait son officier, son chef de file. Julien aussi exact aux soirées, qu'il l'était naguère au cabaret, paraissait entendre la détermination de Lancelle, son oracle pour se déterminer lui-même. Telles étaient les observations que Mathurin communiquait à sa fille, lorsque tout le monde arrivant presque en même temps, Lancelle, qui allait à son insu, au-devant de son instruction, prit la parole.

LANCELLE.

Que Jésus-Christ ait existé, et que les évangélistes

nous aient donné une histoire fidèle de sa vie , je ne
vois là qu'un fait historique , comme l'existence de
l'empire romain et de César , celle de Mahomet et de
la religion du Croissant , etc. tous faits aussi avérés ,
et je ne vois pas ce que vous pourriez en conclure?

ANATOLE.

Sans doute qu'il est des faits historiques , bien cons-
tatés , mais , je le répète , aucune histoire ne nous
présente un ensemble aussi sublime, aussi intéressant
pour nous, que celle de l'Evangile. Tout y démontre
une Providence infiniment sage , infiniment bonne ,
qui conduit l'homme comme par la main , le ramène
sans cesse dans la route du bonheur , du salut; qui
le relève en lui rappelant sa noble destination , le
fait tendre à son but , à la perfection ; tantôt par les
conseils, les exemples et les lois les plus sages ; tantôt par les menaces et la crainte du châtiment , et qui
enfin par une miséricorde incompréhensible à l'homme, lui ménage des ressources dans ses désordres , et
le plonge en quelque sorte dans un océan de graces
célestes, qui lui font récupérer abondamment celles de
son premier état : état de pureté dans lequel il avait
été créé, et cela par une suite de prodiges étonnants
de bonté et d'amour; et je conclus que celui qui a pu
opérer tant de miracles , des miracles aussi grands,
aussi surprenants, pour nous attirer à lui , était inspiré et envoyé de Dieu , était Dieu lui-même.

LANCELLE.

Mais les magiciens de Pharaon imitèrent , ce me
semble, les miracles de Moïse ; ils n'étaient pas inspirés de Dieu ceux-là.

ANATOLE.

Come vous le dites, ils imitèrent , et en simulèrent
plusieurs; mais force leur fut de s'avouer vaincus :
Le doigt de Dieu agit ici , confessèrent-ils [1]; et s'ils

[1] *Digitus Dei est hic.* Exod. VIII. 19.

reconnurent la puissance de Dieu dans les miracles de Moïse, à plus forte raison l'eussent-ils reconnue dans ceux de Jésus.

Dieu, qui connaissait tous les êtres qu'il a tirés du néant, avant même qu'ils fussent, les connaît-il moins depuis qu'ils existent ?

MATHURIN.

Non sans doute ; comme un architecte, qui connaissant d'avance le nombre et les proportions des matériaux d'un édifice qu'il devait construire d'après son plan, les connaît encore après sa construction.

JULIEN.

Comme moi, je ne connais pas moins le nombre et la force des pièces qui composent une roue ou une voiture, après l'avoir faite, que je ne les connaissais avant ; j'en sais, comme on dit, le fort et le faible, le bon et le mauvais.

ANATOLE.

De même Dieu voit tout, connaît tout ; si l'on ne pourrait vous tromper sur les qualités ou les défauts de votre ouvrage, à plus forte raison il ne peut non plus être trompé ni se tromper ; et ne saurait pas plus nous tromper, sans cesser d'être Dieu, c'est-à-dire infiniment bon et juste. Car Dieu devant récompenser ou punir les hommes, selon leurs bonnes ou leurs mauvaises actions, cesserait d'être juste, s'il pouvait les punir pour des erreurs involontaires où ils seraient tombés, abusés qu'ils seraient par des miracles produits par sa volonté ou sa permission.

SANS-SOUCI.

C'est très-juste ; erreur n'est pas compte, et ce serait nous punir pour sa propre faute, sa tromperie.

ANATOLE.

Un Dieu trompeur ne serait donc plus Dieu : il suit de là que des miracles éclatants et multipliés ne peuvent aider, appuyer l'imposture, et qu'ils sont l'ou-

vrage de Dieu. Dès qu'ils sont l'œuvre de Dieu même,
celui qui les fait en son nom ne peut être un fourbe,
un trompeur ; car Dieu, en lui donnant un tel pouvoir, eût coopéré à accréditer le mensonge, à nous
induire en erreur ; d'où je conclus naturellement que
Jésus-Christ, qui a pu faire des choses si étonnantes,
si merveilleuses, pour appuyer sa doctrine, d'ailleurs
si sublime, a prouvé par elles que sa mission était
divine ; qu'il doit obtenir la confiance, la foi la plus
entière en ses paroles et en ses œuvres.

FRANÇOIS.

Ces conséquences sont exactes, justes et rigoureuses.

ANATOLE.

Partant de ce point, je considère les faits contenus
dans l'Evangile. Je vois un Enfant dont la naissance,
prédite pour cette époque, est annoncée par les anges,
par une étoile miraculeuse, comme le Sauveur promis
aux nations. Je remarque que les Juifs, prévenus par
les prophéties, étaient dans l'attente de sa venue, que
leur attention était tellement fixée sur ce moment,
qu'ils envoyèrent vers saint Jean, qui baptisait dans
le désert, pour lui demander s'il était le Messie promis. Jean leur déclare qu'*il lui préparait seulement la
voie, et que le royaume des Cieux était proche.* J'ob-
serve que Jésus, après avoir donné l'exemple des vertus de l'enfance, paraît à l'âge de douze ans dans le
temple, interrogeant et enseignant les docteurs mêmes
de la Loi, et excitant une admiration générale par sa
sagesse[1], faisant ainsi voir que toute science était en
lui, et que lorsqu'il lui plaira de la manifester, on ne
devra pas l attribuer à l'éducation qu'il aurait reçue.
Alors, dans la retraite et la méditation, il attend avec
humilité le moment d'accomplir la volonté de son Père
céleste.

Quelle mission, en effet, que celle d'éclairer des

[1] S. Luc. ch. 2.

hommes abrutis par les passions, plongés dans les
vices les plus infâmes, et dans la perversité la plus
effroyable; de les ramener aux vertus dont ils avaient
perdu la trace, de les réconcilier ainsi avec Dieu et
avec eux-mêmes, de les réhabiliter enfin dans leurs
anciens droits, dans leur dignité primitive, et de
reconquérir le ciel pour eux! et à quel prix? En
effet, les hommes qui pouvaient bien, par leur seule
raison, par leur intelligence, arriver à la connaissance de Dieu, avaient perdu ou altéré cette notion,
et oublié toute règle de mœurs. L'idolâtrie la plus
horrible avait envahi la terre. Ici on adorait un bœuf,
un chien ou un oignon; là c'était le soleil, la terre,
une pierre ou la mer qui servaient de divinités. Les
vices hideux étaient déifiés. D'un côté, le vol était en
honneur, comme à Sparte; d'un autre, la prostitution
et la débauche, sous les noms de Vénus et de Bacchus,
avaient leurs autels; des sacrifices de sang humain
étaient offerts aux dieux infernaux : tout enfin était
Dieu, excepté Dieu lui-même, qui était inconnu. Un
seul point de la terre, la Judée, en conservait le
souvenir; tout le reste était idolâtre. Encore, parmi
les Juifs, tout le culte ne consistait qu'en cérémonies,
et n'était d'ailleurs qu'une figure d'un culte plus excellent, plus pur, plus parfait et plus digne, en un
mot, de Dieu et de l'homme régénéré par sa grâce.

SANS-SOUCI.

Eh quoi! quand nous chantons Vénus, et Bacchus,
et l'Amour?

ANATOLE.

Vous imitez les idolâtres, vous faites une espèce
d'acte d'idolâtrie; en chantant les dieux du paga-
nisme, vous chantez la débauche, la volupté, vous
encensez les vices; ce qui est indigne d'un chrétien,
même d'un homme qui se respecte.

JULIEN.

Allons, vous allez voir qu'on ne pourra plus se
divertir.

ANATOLE.

La joie, les divertissements, les parties de jeu même
ne sont pas défendues ; mais il est nécessaire que la
décence et la raison président à nos plaisirs ; en un
mot, de ne jamais oublier qu'on est homme et surtout
chrétien ; il faut que l'utile se joigne à l'agréable.

ROBERT.

Voyons, M. Anatole, faites-nous part de vos idées
à cet égard ?

ANATOLE.

J'y consens, quoique cette digression nous écarte
un peu de notre sujet, mais elle ne sera peut-être pas
inutile. Je distingue les amusements en trois classes.
Dans la première, je range ceux que la religion et la
morale réprouvent. Dans la seconde, ceux que l honnête homme, l'homme raisonnable repousse ; la troisième contient ceux dont on peut user, mais toujours
avec discrétion.

LANCELLE.

Vous voudrez bien nous les expliquer.

ANATOLE.

Dans la première classe, je range, sans exception
aucune, les spectacles et les comédies, où les passions sont divinisées, où l'on ne chante que l'amour et
ses douceurs, Bacchus et ses plaisirs, où l'on remue
et le cœur et les sens, en vous donnant pour unique
leçon, de céder aux doux attraits de vos penchants ;
où la pudeur est blessée par l'indécence des costumes,
non moins que par les paroles dégoûtantes de cynisme
et d'obscénité, que les oreilles chastes ne doivent
jamais s'exposer à entendre. Ces spectacles où des
valets apprennent à se rire de leurs maîtres et à les
voler ; des enfants à braver l'autorité de leurs parents, à les tromper et à en faire leur jouet ; spectacles
qui séduisent l'imagination, trompent le cœur en
l'habituant à des émotions factices, l'amollissent par
des tableaux efféminés ; et qui enfin, comme l'a dit

Voltaire, *élèvent la passion la plus à craindre, et la font dominer, dans tous les cœurs, sur la ruine de toutes les vertus....*

LANCELLE.

Comment, Voltaire qui a fait des pièces de théâtre, a écrit ces choses sur le spectacle ?

ANATOLE.

Et beaucoup d'autres encore plus fortes. J. J. Rousseau, qui s'y connaissait aussi bien, est convenu de ses dangers. En effet, dit-il, tout y est représenté à contre-sens de la religion et de la morale, qui y sont tournées en ridicule, quand les vices y sont présentés avec une sorte de noblesse et d'élévation qui les rapprochent des vertus. Il y aurait un volume de preuves à vous rapporter sur ce sujet, qui réunit tous les principes de corruption [1].

Le jeu intéressé est un résumé de ces vices infernaux que la religion condamne ; la cupidité, l'envie, le dépit, la rage et le désespoir, se trouvent souvent en présence de la mauvaise foi, de la filouterie, du vol et d'une insensibilité barbare. L'égoïsme y préside, la pudeur, l'innocence, l'honneur et la probité sont entraînés dans un naufrage commun et perdus sans ressource, avec le temps et la fortune.

SANS-SOUCI.

Vous ferez grace à la danse, au moins.

ANATOLE.

Ce que j'ai dit des spectacles, je le dis de la danse, qui n'est guères moins dangereuse ; les gestes, les attitudes des danseurs, la nature des danses, le mélange des sexes, tout y fait rougir l'honnête pudeur, déconcerte la vertu, bannit la décence, échauffe les tempéraments et y excite les passions. Comment !

> Des femmes, sans garder la moindre bienséance,
> Avec des hommes font assaut

[1] Lettres de Rousseau sur les spectacles.

D'entrechats et de bonds, de gambade et de saut.
O siècle! ô temps! ô mœurs! quelle indécence!...

BOISSY.

Je mets à leur suite la lecture des romans, qui a
des résultats aussi funestes; et par-dessus tout, celle
des livres impies, des livres prétendus philosophiques:
nous en avons dit assez sur les doctrines pernicieuses
qui y sont renfermées, pour en faire apprécier tout
le danger; il est facile de conclure que ceux qui s'occupent, soit par état, soit par amusement, à fournir
de tels délassements à la société, sont les plus coupables des hommes.

JULIEN.

Mais ne peut-on donc pas s'amuser, jouer ou rire
un peu?

ANATOLE.

Sans nul doute, il est permis de se récréer, mais
il faut savoir choisir ses récréations. Quant à celles
dont nous venons de nous occuper, en est-il qui doivent nous causer un plus grand effroi? Quel jeu que
celui où l'on perd son temps et son âme! Quels horribles divertissements que ceux qui nous entraînent
à un malheur éternel! Qui pourrait rire, en voyant
tant d'âmes rachetées du sang d'un Dieu, faire abus
de ses graces, dédaigner ses récompenses, pour courir après une éternité de supplices? Quels passe-
temps! Quel délire! Oh, insensés que nous sommes!
nous négligeons de nous sauver, pour des plaisirs
dont le souvenir même sera un supplice de plus [1], et
cela pour une éternité.

ROBERT.

Voyons ceux de la seconde classe.

ANATOLE.

Cette seconde classe n'est guères moins funeste que

---

[1] *Momentaneum quod delectat, æternum quod cruciat.*
S. Chrysost.

la première; mais, comme on s'en fait généralement moins scrupule, on a cru devoir la séparer et la diviser encore en deux sections. Dans la première section, je mets tous les amusements qui offensent Dieu, blessent la société, qui, cependant, s'en offense peu, et damnent indubitablement ceux qui s'y livrent; je n'ai, je pense, besoin que de vous les énumérer. J'y range tous les attentats à l'honneur du prochain, soit ceux qu'on nomme galanteries, soit les mauvais rapports, les calomnies, les médisances, les faux témoignages, les mensonges, les mauvais exemples, les badinages, les plaisanteries qu'on fait sur les choses saintes et respectables, les quolibets et autres prétendus bons mots, qui assassinent comme à coup d'épingles, les malheureuses victimes de pareils jeux; enfin toutes choses dont nous ne voudrions pas nous-mêmes être l'objet; et je mets dans la seconde section tous faits qui ne s'attaquent qu'à Dieu et à notre salut. Tel celui de cet avare qui se complaît dans son trésor; et de cet insensé qui s'abandonne à des turpitudes qui souillent son corps, et dépravent son âme en ruinant sa santé; de ce gourmand qui fait un Dieu de son ventre, et qui, semblable au plus vil des animaux, ne songe qu'à se gorger et à satisfaire sa gloutonnerie; de cet ivrogne qui roule sa raison dans les ruisseaux et se réduit au-dessous de la bête, plus réservée que lui dans ses appétits. J'y range encore ce paresseux qui, las avant d'avoir travaillé, se complaît dans son indolence, et trouve son plaisir dans la perte de son temps et de son salut.

JULIEN.

Mais, au bout du compte, il ne reste plus rien pour s'amuser.

ANATOLE.

Dieu ayant mis les biens de la terre à la disposition de l'homme, lui a permis d'user de ses dons; il a attaché un plaisir, une jouissance à l'usage de plu-

sieurs d'entr'eux, mais il lui a donné la raison pour
le diriger dans cet usage même, parce qu'ayant froid,
un bon feu me réjouit, est-ce à dire que je doive m'en
approcher jusqu'à me brûler? Je jouis en satisfaisant
mon appétit ; mais rassasié, je dois m'arrêter ; le
repos répare les forces ; mais prolongé sans besoin,
il les énerve. Usons donc modérément de toutes choses,
n'en usons qu'avec un besoin réel, alternons la pro-
menade, la contemplation des œuvres de Dieu, la
conversation, les doux épanchements de l'amitié, le
jeu amusant, mais désintéressé, la prière, le travail,
l'exercice du corps, le repos, la table, l'exercice de
l'esprit, les jouissances de la famille avec des lectures
intéressantes qui attachent le cœur à nos devoirs religieux et sociaux ; et n'oublions pas surtout de nous
procurer le doux plaisir de la bienfaisance, ce plaisir
qui ne laisse après lui ni fatigue ni regrets ; rappe-
lons-nous nos devoirs, notre noble destination, et la
récompense qui nous attend ; de cette alternative d'occupations, il résultera que tout deviendra pour nous
un sujet d'amusement et de plaisir, comme de mérite
et de récompense.

FRANÇOIS.

En effet, l'homme réglé dans l'usage de son temps,
et qui d'ailleurs sait bien l'employer, le trouve toujours trop court, et ne s'ennuie jamais ; comme le
temps n'est pas uniforme, que les saisons se suc-
cèdent comme les jours, sans se ressembler, de même
varions nos occupations, mais occupons-nous sans
cesse ; le contraste donnera du prix à chacune de nos
actions.

ANATOLE.

Toute la terre, disions-nous, était plongée dans
la dépravation, par l'oubli de Dieu, une révélation
était donc nécessaire. D'où pouvait-elle venir que de
Dieu lui-même? Le Fils de Dieu s'est donc incarné,
afin que la révélation eût pour elle la plus grande

autorité possible, en sorte qu'elle pût prévenir les égarements ultérieurs de la raison, et mettre un terme à toutes les vaines disputes des prétendus sages. En effet, dès qu'il est prouvé, dès qu'il est reconnu que Dieu s'est fait entendre, que la raison par excellence a parlé aux hommes, qu'elle a dit, « Ceci est, cela n'est pas, » toute discussion ultérieure devient impossible, elle serait ridicule, elle serait impie. Le Dieu de toute vérité impose ce qu'il faut croire; l'homme raisonnable se tait, s'humilie et adore.

SANS-SOUCI.

Nous connaissons bien Jésus-Christ comme homme, comme un grand Prophète, si vous voulez même comme envoyé de Dieu; mais qui nous assure qu'il est Dieu lui-même, et par conséquent que c'est lui qui a parlé?

ANATOLE.

Lui-même, ses œuvres, et Dieu son Père, qui déclara du haut des cieux qu'il *était son fils chéri dans lequel il avait mis toute son affection* [1]. Or nous avons vu que Dieu ne peut nous tromper, ni aider à ce que nous le soyons. Si Jésus n'est qu'un prophète, il est le plus grand qui ait jamais paru; la naissance d'aucun autre a-t-elle été jamais promise avec autant de solennité, prédite par Dieu même, comme il l'a fait à Adam, à Abraham, à Moïse, etc. ? Toutes les prophéties antérieures à leur venue se sont-elles réunies sur aucun autre que sur lui? Aucun des prophètes, quelque grands, quelqu'éclatants qu'aient pu être les miracles qu'ils ont opérés, en a-t-il fait de comparables aux siens? Tous reprenaient les peuples au nom de Dieu; Jésus les reprenait comme ayant autorité. Lequel a pu et osé dire de soi, qu'il était avant le temps, avant Abraham? Que Dieu son père et lui ne faisaient qu'un de toute éternité? qu'il était

---

[1] *Hic est Filius meus dilectus, in quo mihi complacui.* Matth. VI. 17.

vraiment le Fils de Dieu, qu'il viendrait juger les vivants et les morts [1], que toute puissance lui était donnée au ciel, comme sur la terre et dans les enfers? Lequel enfin a pu se ressusciter de lui-même et par sa propre puissance? A la mort de Jésus comme à sa résurrection, les cieux et la terre furent ébranlés et en commotion.

LANCELLE.

Il faut admettre les miracles prouvés; ils attestent la toute-puissance de Dieu. Mais il me semble qu'on peut en excepter la résurrection d'un mort; car je crois que ce n'est qu'une façon de parler pour expliquer la guérison de malades vraiment désespérés.

ANATOLE.

C'est faute de réflexion que vous présentez cette objection, car si le fait de la résurrection d'un mort est prouvé, vous convenez vous-même qu'il faut l'admettre. En vain allégueriez-vous que la chose vous paraît impossible; car ce serait prétendre qu'un horloger ne pourrait plus replacer dans une horloge qu'il aurait faite, et dont toutes les pièces sont encore en rapport, le grand ressort qu'il en aurait séparé et qui doit lui rendre son premier mouvement. Ainsi il pourrait suffire de répondre que Dieu, tout-puissant, ayant bien su créer un corps qu'il aurait admirablement organisé et uni pour un temps à une âme qui lui donnait la vie, peut bien les réunir de nouveau, après les avoir séparés; puisque les parties existent, il n'a pas même besoin d'une nouvelle création.

JULIEN.

C'est même plus naturel. Moi, par exemple, je puis bien remonter une roue, dont j'aurais séparé une ou plusieurs pièces, ça me coûte peu; je conçois très-bien la résurrection de cette manière.

[1] *Tu es Christus filius Dei benedicti ? Ego sum, videbitis eum sedentem à dextris*, etc. Marc. XIV. 61. et suiv.

ANATOLE.

Or plusieurs faits de résurrections de morts sont avérés : la résurrection de l'enfant de Jaïr ; celle du fils de la veuve de Naïm ; la résurrection de Lazare, mort et enseveli, dont nous avons parlé, et celle bien plus frappante de Jésus lui-même qui sort d'un tombeau fermé et scellé, tellement radieux et éclatant de lumière, que les gardes apposés près du tombeau, en furent saisis d'effroi et tombèrent à la renverse.

SANS-SOUCI.

Mort depuis trois jours, embaumé et enseveli, renfermé dans un sépulcre sous un rocher, dont l'entrée était close par une grosse pierre qu'on avait roulée avec peine, et qu'on avait eu la précaution de sceller et de faire garder par une escouade de soldats, peut-être même par une compagnie, et malgré tous ces obstacles, ressusciter radieux, au milieu de témoins, ses ennemis : on ne peut rien imaginer au-dessus d'une telle puissance.

ANATOLE.

La résurrection est donc un fait dont nous avons des exemples, ce qui ne laisse point de doute sur la résurrection générale. Ne concevrions-nous point la manière dont elle s'opère, il faudrait encore y croire. D'ailleurs, cette résurrection générale n'est pas un plus grand prodige que la création de l'univers. Comme Dieu a pu tirer du néant tous les êtres que nous voyons, il peut aussi ranimer tous les morts. L'un ne lui coûtera pas plus que l'autre.

L'homme, formé d'un corps matériel et d'une âme immortelle, pur esprit, était destiné à être l'intermédiaire entre le Créateur et les créatures. Il tenait à celles-ci par son corps, et à Dieu par son âme, faite à son image et à sa ressemblance. Cette union de l'âme et du corps devait durer autant que Dieu ; par suite de cette union, l'âme s'attache au corps qui lui prête

ses organes pour la mettre en rapport avec tous les
êtres, et par là lui donner occasion d'admirer les
œuvres de Dieu, et de lui en reporter les hommages.
Le corps, de son côté, est uni à l'âme, qui l'élève en
dignité en le faisant servir à honorer Dieu, et participer en quelque sorte à son immortalité; préroga-
tives auxquels la matière ne pouvait atteindre par sa
nature propre.

MATHURIN.

Je commence à concevoir clairement la noble destination de l'homme.

ANATOLE.

Mais ce corps matériel a entraîné l'âme dans le
péché; ses yeux l'ont porté à la convoitise, ses oreilles
à l'orgueil, ses mains au vol, le sens du goût s'est
satisfait, tout l'homme matériel a voulu atteindre,
par lui-même et sans condition, à la nature de Dieu.
Quelle révolte! quel orgueil! L'âme, par une lâche
et vile condescendance pour l'objet de son affection,
a cédé, a consenti, s'est prêtée aux désirs déréglés de
celui-ci. Dieu, pour les punir, a condamné l'homme à
la mort, qui, séparant l'âme du corps, fait sentir à
celui-ci son néant, lui démontre qu'il n'était que matière, poussière et corruption; qu'il ne pouvait prétendre à aucune affection exclusive, et qu'il devait être
asservi à l'âme; la douleur, les maladies, tous les
maux devaient souvent rappeler à l'homme cette vérité. C'est ainsi que l'orgueil fut puni (quiconque
s'élève sera abaissé), selon la sentence portée par la
vérité même.

FRANÇOIS.

Cet attachement de l'âme et du corps explique l'effroi que nous avons de la mort, et pourquoi nous
faisons tant d'efforts pour lui échapper.

ANATOLE.

C'est pourquoi elle paraît moins dure, et est en
quelque sorte douce à l'homme religieux, au juste;

il sait qu'il satisfait à la justice de Dieu ; il sait que
cette séparation ne sera pas éternelle , qu'elle n'aura
qu'un temps, qu'ils se réuniront pour ne plus se séparer, et glorifier Dieu ensemble , sans crainte de l'offenser de nouveau.

PAULINE.

Et pourquoi aussi la mort est si horrible pour le
méchant et pour l'impie , qui ont placé leur espérance
dans cette union passagère, et qui ont alors la conscience chargée des offenses qu'ils ont commises et des
punitions qui les attendent.

ROBERT.

C'est pourquoi aussi, tant de saints, dont la mort
a été si douce, ont mortifié leurs corps dans ce
monde, pour satisfaire à Dieu et le retrouver glorieux
dans l'autre. Oh! je conçois qu'on peut mourir content, quand on a fait son devoir; je comprends la
mort des martyrs qui se sacrifient par amour de leur
Dieu ou de leurs semblables; c'est pour le juste que
la mort a perdu son horreur :

« Approche-t-il du but, quitte-t-il ce séjour,
» Rien ne trouble sa fin, c'est le soir d'un beau jour.

La Fontaine.

ANATOLE.

Or, cette union que Dieu a formée une fois, il la
rétablira ; car cette âme doit rentrer dans ce corps
pour lui faire partager avec elle le prix de leurs bonnes
ou de leurs mauvaises actions. Puisque la mort n'est
que le résultat de leur séparation, leur réunion cons-
titue donc la résurrection ; c'est ce qui arrivera à la fin
des temps. Telle fut celle du Sauveur : son âme et
sa divinité reprenant possession de son corps, il res-
suscita pour ne plus mourir , et venir juger le monde
dans sa gloire.

MATHURIN.

Rien ne paraît plus clair.

ANATOLE.

Remarquons que si Jésus-Christ ne fût point ressuscité, sa doctrine, toute sublime qu'elle fût, n'eût pu s'établir. Tous ses autres miracles eussent été inutiles. Il avait été prédit, il avait prédit lui-même qu'il ressusciterait. Il avait annoncé pour le moment, le troisième jour ; ses ennemis le savaient. Aussi, que de précautions ils prirent! D'abord, sous le prétexte du grand sabbat, qui était le lendemain du crucifiement, des soldats, autres que ceux qui le gardaient, furent envoyés pour s'assurer de la mort des suppliciés, et leur rompre les membres pour les achever, afin de pouvoir ôter les corps; ce qui fut exécuté à l'égard des deux larrons crucifiés avec Jésus, auxquels on rompit les bras et les jambes; puis, venant à Jésus, et le voyant déjà mort, ils ne lui brisèrent point les membres; mais un d'eux, pour s'assurer qu'il était bien mort, lui perça le côté à l'endroit du cœur avec une lance; il acheva ainsi de répandre pour notre salut jusqu'à la dernière goutte de son sang, qui en découla avec abondance. Quand Joseph d'Arimathie vint demander à *Pilate* le corps de Jésus pour l'ensevelir, ce gouverneur ne l'accorda point d'abord; mais il fit venir le centenier, chef de la garde et lui demanda si Jésus était bien réellement mort ; ce que le centenier ayant assuré [1], le corps fut livré à Joseph, qui l'embauma avec une composition de cent livres de myrrhe et d'aloës que fournit Nicodème. Ils l'ensevelirent ainsi, selon la coutume des Juifs [2], dans un *double* linceul, et le placèrent dans un sépulcre creusé dans un rocher, et en fermèrent l'entrée avec une grosse pierre, qui fut ensuite scellée par les Juifs, qui y placèrent une forte garde. Quelle mort mieux

[1] Marc. xv. 44. 45.
[2] Jean. 19. xix. 39. 40.

14

constatée! Que de soins pour s'en assurer! Elle avait
d'ailleurs été publique. Précautions inutiles contre
Dieu! Le premier jour de la semaine, le lendemain du
sabbat, au commencement du troisième jour, un
tremblement de terre a eu lieu; un ange, dont le
visage est brillant comme un éclair, renverse la pierre,
le Sauveur ressuscite en présence de ses ennemis,
des gardes qui en sont les premiers témoins sont
renversés comme morts, et ne se relèvent que pour
courir faire part de ce qui vient de se passer aux chefs
des prêtres, etc. [1].

SANS-SOUCI.

Un centenier était donc un militaire?

ANATOLE.

C'était un officier qui commandait cent hommes;
c'était un grade correspondant à celui de capitaine
chez nous.

SANS-SOUCI.

Bon, m'y voilà; j'avais donc raison de dire qu'on
avait peut-être mis une compagnie. Oh! il était bien
gardé; mais, est-ce bien le Sauveur qui est ressuscité
et que les gardes ont vu, ne serait-ce pas plutôt un
fantôme?

ANATOLE.

Ce n'était pas un fantôme, car Jésus ressuscité apparaît ensuite à une foule de personnes de tout âge et
de tout sexe; il parcourt la voie publique avec les uns,
entre et mange avec d'autres dans une hôtellerie, converse avec tous, leur rappelle sa doctrine, leur explique les prophéties; il en est touché, il fait mettre leurs
doigts dans les trous que les clous ont laissés à ses
pieds et à ses mains; il leur fait placer la main dans
l'ouverture que la lance a faite à son côté; ils touchent
ses chairs et ses os, toutes choses qui ne peuvent
avoir lieu à l'égard d'un fantôme. Enfin il apparaît de

[1] Matth. xxviii. 11.

nouveau sur une montagne à une foule de ses disciples, achève de les instruire, leur promet son Saint-Esprit, et les quitte après les avoir bénis, non en se dissipant comme une ombre, ou brusquement et comme par surprise, mais en s'élevant majestueusement dans les cieux. Le maître des éléments, de la nature, avait seule une pareille puissance.

PAULINE.

C'est vrai, car le prophète Elie, le seul que nous sachions être allé vivant au ciel, a été enlevée par un tourbillon de feu en forme de chariot.

LANCELLE.

Toutes ces choses sont vraiment étonnantes, et celui qui les a faites, ne pouvait être que le Fils de Dieu. A demain, M. Anatole ; je vous remercie vraiment de ce que vous nous apprenez.

TREIZIÈME SOIRÉE.

« Qu'est-ce que la religion ? C'est chez un homme
la preuve du bon sens. »

Un grand changement commençait à se faire remarquer chez quelques-uns de nos personnages. On avait
observé, par exemple, que dans la soirée précédente,
Julien avait beaucoup moins caressé la bouteille, Lancelle avait paru à l'église ; mais celui qui étonnait le
plus, c'était Sans-Souci, qui, depuis trois jours, suivant les bons exemples de la famille de son camarade
Robert, remplissait régulièrement ses devoirs, disait
même son *Benedicite*, et s'était abstenu du cabaret,
où il ne manquait jamais auparavant de se rencontrer
avec Julien et Lancelle pour y prendre le petit verre
du matin. Mathurin et Pauline complimentaient de ce
résultat le jeune Anatole, qui, cependant, n'était
pas content de lui-même, ni de son malencontreux
cousin Robert, qui lui avait fait aborder à l'improviste
une question ardue, qui eût demandé plusieurs séances
pour être traitée convenablement, et que malgré la
prolongation de la soirée précédente, il n'avait fait
qu'ébaucher ; il s'était disposé, dit-il, à ne traiter
qu'un sujet chaque jour en annonçant le titre, ce
qui eût été plus régulier et plus commode, tandis que
d'objections en objections on le jetait toujours en
dehors, le forçant à voltiger à la suite de son adversaire. En vain M. Dupont l'avait prévenu de ce genre

d'attaque de la part des incrédules, sa jeune tête et ses connaissances n'avaient, dit-il, point encore acquis assez d'aplomb pour lutter avec avantage ; enfin il était soucieux, quand la compagnie arriva, et il ne reprit sa sérénité que bien tard, quoique Julien le ramenât sur ce sujet, en débutant ainsi.

JULIEN.

Savez-vous bien, M. Anatole, que vous m'avez déjà gourmandé plusieurs fois, et m'avez, depuis hier, ôté l'appétit de boire ? Je vous en voudrais volontiers; mais je suis, au fond, obligé de convenir que vous avez raison ; savez-vous ce que cela me vaudra ? ça va m'économiser plus de vingt écus par an. Car, comptez, je prenais tous les jours ma goutte le matin ; j'en avais pour mes deux sols, ce qui fait trois francs par mois, et trente-six francs par an ; on m'en régalait bien parfois, mais n'aimant pas d'être en reste, je le rendais; cela faisait que ces jours-là on buvait double ; la pinte qui venait le soir me coûtait autant, sauf les allants et venants ; enfin voilà ce que vous ferez perdre au cabaretier, et ce que je gagnerai, si m'expliquant vos classes de divertissements, vous me donnez une raison satisfaisante du mépris que l'on a pour les ivrognes..... ceux qui.... Eh ! non, pourquoi me reprendre, le mot est lâché, il restera.

ANATOLE.

Ne pensez pas que dans tout ce que j'ai pu dire, j'ai prétendu faire aucune application personnelle; je n'ai voulu que donner une idée de l'inconséquence des hommes, qui nomment plaisirs, amusements, de vrais poisons; voyons la raison des différences que la société met entre leurs diverses espèces.

La première classe, dont nous avons parlé, pervertit le cœur et perd l'âme presque sans espoir de retour. Ce genre de plaisirs détruit insensiblement toute foi en Dieu, toute soumission à la religion et à l'autorité de l'Eglise ; il nous livre à l'empire des pas-

sions qui s'insinuent en quelque sorte en nous par tous
les pores, en flattant les sens, et exaltant l'imagination ; aussi voit-on la société presqu'entière s'y livrer
avec un abandon, un délire, je dirais presque une fureur qui excite la pitié ; c'est bien le cas d'appliquer
à ces malheureux la prière que le Sauveur adressait
à son Père pour ses bourreaux :« Pardonnez-leur, mon
père, car ils ne savent ce qu'ils font. Essayons de le
leur faire connaître. 1.º Ils causent la mort de l'âme,
en la séparant de Dieu qui est sa vie ; ils foulent aux
pieds le prix de sa rédemption, crucifient de nouveau
le Sauveur, et cela de gaîté de cœur, et avec un acharnement auquel celui des Juifs ne peut se comparer ;
ils méprisent ses promesses, se rient de ses menaces,
bravent sa haine et ses défenses. 2.º Ils se rendent
idolâtres, en renonçant à leur Dieu ; lui font injure,
en lui préférant Satan, ses pompes et ses œuvres.
Oui l'on peut dire avec vérité qu'une salle de spectacles est le temple où le diable tient sa cour, entouré
de tous les vices de ses ministres, et que là, sur ce
trône, environné de ses pompes, il reçoit l'encens
des mortels ; une salle de danse est le palais où il
tient son sabbat, où il enivre ses adorateurs, et leur
fait tourner la tête pour les faire tomber dans ses
piéges.

MATHURIN.

C'est ce que j'ai toujours dit à Pauline, en l'enga-
geant à fuir la danse ; quand la tête vous tourne,
le pied souvent glisse, et un faux pas est bientôt
fait.

JULIEN.

C'est donc comme le renard qui court autour d'un
arbre sur lequel sont juchés des dindons ; ceux-ci,
à force de tourner la tête pour le suivre des yeux, s'é-
tourdissent et tombent l'un après l'autre sous sa dent
et ses griffes.

ANATOLE.

Ainsi la danse est un piége tendu par le démon ;

les romans sont l'histoire de son empire et des plus célèbres d'entre ses sujets ; les livres impies, les livres philosophiques sont les codes où sont renfermées ses lois, ses doctrines, ses promesses ; le néant est le *nec plus ultrà* de ses faveurs, pour prix de l'indigne préférence dont les hommes se rendent si légèrement coupables ! Quel, échange d'un Dieu, d'un Maître si bon, si aimable, qui nous comble des bienfaits de sa toute-puissance et nous destine des biens, des récompenses solides, infinies, éternelles comme lui ; contre un tyran si exigeant, si cruel, si horrible et si abominable, qui ne nous repait que d'illusions et de chimères, et ne peut et ne veut que nous rendre participants de son affreuse destinée.

Je vois Satan à côté du joueur, lui dire comme à Jésus : Prosterne-toi à mes pieds, adore-moi, livre-moi ton âme, et je te donnerai tous ces biens, toutes ces richesses. Le maheureux, ébloui par l'éclat de l'or, respire à peine ; gonflé de convoitise, il se livre à son ennemi. C'est ainsi qu'emporté par le tourbillon de ses illusions, l'homme se laisse aller, et rêve le bonheur, quand l'abîme est sous ses pas ; il croit jouir, mais la mort, l'impitoyable mort ne tarde pas à le réveiller de cet assoupissement léthargique ; à son approche, ce vain fantôme de félicité s'évanouit ; il reconnaît, mais trop tard, que, hors la vertu, tout ici-bas n'est que vanité, illusion. Oui,

> L'homme est long-temps trompé par de fausses images ;
> Mais la mort qui s'approche, écarte les nuages.
> Captive jusqu'alors, enfin la vérité
> Sort du fond de nos cœurs et parle en liberté :
> On écoute sa voix, on change de langage,
> De l'esprit et du temps on regrette l'usage ;
> Regrets tardifs d'un bien qui n'est jamais rendu,
> L'esprit est presqu'éteint, et le temps est perdu.

RACINE.

ROBERT.

Si ceux qui se livrent à ces amusements y réfléchis-

saient! mais qui réfléchit dans ce siècle frivole [1]?
Voyons la seconde classe.

ANATOLE.

Nous avons dit qu'elle n'était guère moins funeste ;
mais l'expérience semble prouver qu'on les abandonne
plus aisément, et qu'on s'en corrige plutôt. D'ailleurs,
il y a plus de dangers prochains à s'y livrer. En effet,
le vice auquel le monde donne le nom de galanterie,
et qui lui sert d'amusement, demande deux complices.
Or on trouve fréquemment des personnes peu dis-
posées à le devenir, tandis que d'autres le seraient à
en demander vengeance ou réparation. Des maux
corporels , des maladies qu'on n'ose avouer en sont
des résultats communs et ordinaires ; les intrigues
qu'ils nécessitent , donnent lieu à bien des tracas, et
à un secret sans lequel l'honneur de ses mœurs serait
compromis. Ainsi on ne craint pas , en la présence de
Dieu et de ses anges, à la face du ciel, de se livrer à
des actes de turpitude dont on rougirait devant le dernier des laquais! Les rapporteurs, les médisants, les
calomniateurs amusent quelquefois, mais aussi ils sont
quelquefois confondus. La vérité se fait jour , et la
honte devient alors leur partage. On peut rire des plaisanteries, des faiseurs de quolibets , mais on ne les
aime pas. On finit par les fuir , par la crainte d'être
à son tour leur victime ; on a peur du ridicule, car

> La nature fit pour les sots
> Les méchants diseurs de bons mots,
>
> LA FONTAINE.

LANCELLE.

Je voudrais savoir la raison pourquoi la société, qui
ne s'offense point ordinairement des vices précédents,
puisqu'elle en fait son amusement, méprise tant ceux
de la seconde section de votre deuxième classe ?

[1] Malheur à ceux qui s'attachent aux choses passagères , parce
qu'ils passent avec elles ! .

ANATOLE.

La raison en est simple ; c'est qu'elle les regarde comme un vol fait à son égoïsme. En effet, que cet avare vienne à lui faire part de ses trésors, il devient de suite un homme charmant. Que le gourmand admette société à sa table, il est changé en amateur de bons morceaux ; c'est un homme supérieur dont le goût est délicat, qui a une table délicieuse dont il fait parfaitement les honneurs, qui a un excellent cuisinier ; on ne tarit plus sur l'éloge qu'on en fait. Il en est de même de cet ivrogne ; sa cave est si bien montée, ses vins si fins, qu'il y aurait de l'horreur à rien reprocher à celui qui traite ses amis avec tant de cordialité, et qui fait si bien les honneurs de chez lui ; en sorte que ce n'est pas le vice qu'on hait ; ce qui donne de l'humeur, c'est de n'y pouvoir participer.

SANS-SOUCI.

Parbleu, c'est bien vrai. Tel qui les traitait d'ours, de gens sans savoir vivre, les regardait comme les plus aimables du monde, comme des personnages distingués, sitôt qu'il était admis à partager leur curée.

JULIEN.

Je vois bien que tous ces divertissements, ces jouissances, sont loin d'être ce que je pensais. Il ne faut pas grand'chose pour que je renonce tout-à-fait au cabaret, et puis j'y gagnerai.....

PAULINE.

L'estime des honnêtes gens, la tranquillité, la paix de la conscience et du ménage, et de l'argent pour améliorer le sort de vos enfants, et vous ménager une ressource pour la vieillesse.

JULIEN.

Eh bien ! va comme il est dit.

ANATOLE.

Revenons aux bienfaits de la révélation pour les présenter d'une manière concise. Je ne crois pouvoir

15

mieux faire que d'emprunter quelques-unes des belles pensées de M. Audibert, dans nos discours couronnés par la société des bonnes-lettres Ce sera un éloquent résumé de ce que nous avons dit sur ce sujet.

« Les temps sont accomplis, la terre prostituée à l'idolâtrie, à tous les vices, va être arrachée au mensonge, à ses erreurs; le Dieu de vérité vient lui-même révéler sa loi; la miséricorde et l'amour de Dieu envers ses créatures va se manifester d'une manière éclatante. Le Fils de Dieu se fait homme; il vient relier, rattacher au Créateur les hommes que le péché d'Adam en avait séparés. Nouveau Roi, il vient prendre possession de son héritage, de son royaume. Souverain législateur, il lui donne ses lois. Grand-Prêtre du Très-Haut, il vient offrir à Dieu son père une victime pure, sans tache et d'un prix infini pour notre rédemption. Comme le bouc émissaire, il se charge de nos crimes, de tous nos péchés. Victime, il s'immole lui-même pour notre salut. »

Tels ont été, tels sont encore sa bonté et son amour pour nous. Quel ami que Celui qui nous a créés, qui nous donne jusqu'à son propre Fils, et le sacrifie à notre salut! Le Ciel a-t-il pu nous aimer à cet excès! Qui pourra nous réveiller, si nous sommes insensibles à l'idée d'un Dieu épuisant sa puissance pour notre bonheur? O merveille inconcevable! et ce qui l'est bien plus, c'est que nous hésitions à répondre à tant d'amour par tout le nôtre; quoi que nous fassions, d'aussi grands bienfaits nous laisseront toujours ingrats.

SANS-SOUCI.

Je ne m'étais vraiment guères occupé de connaître cet ami-là; et qui cependant m'a jamais témoigné un tel attachement? Je dois, je veux le payer de retour.

MATHURIN.

Reconnaissants ou non, il ne cesse pas pour cela ses bienfaits.

FRANÇOIS.

Non : mais la reconnaissance nous en attire de plus
grands, et nous en prépare d'infinis pour l'éternité.

ANATOLE.

« Le Sauveur est venu : seul, pauvre, sans puissance, il fait la conquête de l'univers ; quels sont ses
moyens ? La pureté de sa doctrine et ses vertus. Quelles
sont ses armées ? Douze pauvres pêcheurs, gens grossiers, ignorants, sans éducation, lui suffisent pour
changer la face de la terre. Sa doctrine est sublime,
sa vie simple, ses œuvres admirables, sa fin igno-
minieuse en apparence ; il meurt attaché à un gibet
sur la croix ; elle devient le trône d'où il reçoit les
adorations du ciel et l'encens des mortels. On enferme dans un tombeau sa dépouille, la dépouille d'un
homme mortel ; il en sort un Dieu. Dès cet instant,
son règne est établi ; par la voix de ses apôtres dont il
a fait ses ministres, il dicte un nouveau code pour le
bonheur des nations. Voilà l'autorité, l'autorité d'un
Dieu ! Que reste-t-il à faire, qu'à obéir ? Nul ne pouvant se croire plus sage que Dieu, n'oserait tenter de
renverser son ouvrage : voilà la durée.

» Se soumettre à son semblable, c'est s'abaisser ; se
soumettre à Dieu, c'est s'élever : voilà l'obéissance,
mais grande et noble.

» La vérité elle-même a parlé. Tous doivent la reconnaître : voilà l'universalité.

» La loi d'un Dieu obligatoire pour tous : voilà
l'égalité, la justice.

» Les lois des hommes défendent les crimes ; celles
de Dieu commandent les vertus.

» Les lois humaines punissent les crimes publics ;
les lois divines les préviennent, et punissent même
les plus secrets.

» Ne point céder au désir d'une juste vengeance,
voilà le héros du monde ; aimer même ses ennemis et
leur faire du bien, tel est le héros chrétien.

» Ne point prendre le bien d'autrui, voilà la probité
des honnêtes gens du siècle; ne pas même les convoiter, telle est la loi de Dieu. Les empires de la
terre se sont cimentés par le sang des vaincus; l'empire du Christ s'est établi par le sang de son Fonda-
teur et celui de ses disciples. Partout on immolait les
chrétiens, et le sang de chacun d'eux, comme une
semence féconde, en produisait des milliers.

» Il fallait des victimes humaines aux dieux infernaux; le Dieu du ciel ne demande que le sacrifice
des passions; pour s'établir, cette loi a-t-elle eu besoin du fer ou de la révolte? Non, elle n'a prêché
que la paix et l'obéissance aux puissances de la terre.
Ses armes étaient deux morceaux de bois en croix.
Toute justice venant de Dieu, celle des rois a la même
origine; donc plus de révolte. La soumission est devenue plus facile. Les rois sont soumis à Dieu comme
les derniers de leurs sujets; ils lui doivent compte de
l'emploi de la force qui leur est donnée d'en haut; de
là plus de despotisme, moins d'abus de pouvoir. Le
roi est clément, car la religion lui en fait un devoir;
le roi et le sujet sont frères; l'esclavage est détruit,
le serviteur traité avec douceur, eux et leurs maîtres
ont le même Maître dans le ciel; la guerre a perdu de
sa férocité, un droit des gens est reconnu, on est
prisonnier et non plus esclave. La chrétienté n'a plus
qu'un même chef. Ainsi notre Sauveur s'est sacrifié à
Jérusalem; mais son sang a baigné l'univers [1].

ROBERT.

Il est vrai, les Turcs réduisent au plus dur esclavage leurs prisonniers de guerre, que d'autres nations tuent et dévorent. Ce n'est que parmi les peuples civilisés par le christianisme que leur sort est
tolérable.

MATHURIN.

C'est pourquoi nos fameux, qui voudraient, comme

[1] Extrait du discours de M. Audibert sur les bienfaits du christianisme, discours qui ne saurait être trop connu.

l'a fort bien dit mon fils, nous régénérer à leur manière, c'est-à-dire nous ramener à l'état de sauvages, s'en prennent de toutes parts et par tous les
moyens à l'autorité de Dieu par qui règnent les rois,
et de qui ils tiennent leur puissance; car une fois
Dieu ôté, les rois tombent à leur tour : alors tout le
monde est maître, nous retournons à la barbarie par
l'anarchie. Il n'y a souvent plus alors de salut pour
les peuples que dans le despotisme, juste châtiment
que Dieu leur réserve pour les ramener à lui.

LANCELLE.

En réfléchissant, on sent que les esprits libertins
ne lui font une si cruelle guerre, que pour se frayer
le chemin à attaquer les devoirs auxquels la religion
les soumet, et auxquels ils ne veulent pas s'assujétir.
Cependant, si l'orgueil de l'homme en a voulu faire
un Dieu, et l'incrédulité le ravaler ignoblement au-
dessous des brutes, la religion seule semble lui avoir
assigné sa véritable place ; et cette place est assez
belle ; seule aussi elle vole au secours de son infortune, seule elle visite le pauvre dans sa chaumière;
s'il est malade, elle lui impose toujours la résignation,
mais elle ne le quitte pas sans lui laisser la consolation
et l'espérance. Une réflexion se présente encore : c'est
que si la religion est bonne pour le pauvre, pour le
peuple enfin, il semble que les riches et les puissants,
placés si haut dans l'ordre social, n'en ont pas autant
besoin, et qu'ils pourraient même s'en passer. Le
Sauveur semble avoir fait cette distinction, en appelant à lui les petits, les pauvres et les affligés : *Venez
à moi,* dit-il, *vous tous qui êtes chargés, et je vous
soulagerai.*

ANATOLE.

Je commencerai par vous féliciter sur votre citation;
en cherchant à me combattre, vous vous éclairerez ;
vous avez changé d'arsenal, vous puisez maintenant à
la seule vraie source de toute vérité; mais, dans vos

lectures, ne cherchez qu'elle, cherchez-la de bonne
foi, je vous garantis qu'elle ne fuira pas, vous la
découvrirez et ne tarderez pas à l'aimer.

Sans nul doute la religion est surtout avantageuse
aux infortunés, je conviendrai même, que quoique
nécessaire à tous les hommes, les malheureux sont
ceux qu'elle se plaît plus particulièrement à visiter;
mais ne sont-ils pas aussi ceux qui ont le plus besoin
de son secours? Otez la religion, les riches, les puissants ne sont-ils pas exposés au vol, aux meurtres, aux
séditions. aux révoltes, au pillage, aux vengeances,
enfants du désespoir et de la misère? Elle est donc
utile, avantageuse aux riches qu'elle protège autant
que le pauvre. D'une autre part, ôtez son autorité,
son influence sur le riche, la dureté remplace dans
son cœur l'humanité; l'égoïsme est substitué à la
bienfaisance; les pauvres ne seront plus à ses yeux
des hommes, des frères descendus d'un même père,
ayant droit aux mêmes destinées; mais il les consi-
dérera comme au-dessous des derniers animaux;
comme des êtres inutiles et à charge, comme un fardeau dont il faut à tout prix débarrasser la société
qui en est importunée, comme des êtres qu'on verrait
périr sans regrets, qu'il faut au moins séquestrer,
enfermer dans des maisons de force, de répression;
en un mot, ce ne sont plus des semblables, mais
des fainéants, des vauriens, des ivrognes, de la
canaille enfin, et à l'imitation de cet insolent Turca-
ret, dont la devise était

« Quiconque est riche est tout, »

on demandera comme cet inhumain, en parlant
des pauvres, ce que cela fait sur la terre? Personne
ne voulant faire partie d'une classe aussi proscrite,
chacun emploiera tous les moyens pour en sortir. Le
dieu de l'argent recevra de nouveau l'encens des mor-

tels ; on voudra s'enrichir, coûte qui coûte ; mais
alors il n'y aura plus de sûreté ni pour les propriétés
ni pour les individus ; la terre ne sera plus qu'un
théâtre de meurtres, de brigandages et d'attentats de
tout genre.

Ce serait bien pis pour les malheureux, si les
grands et les puissants avaient aussi perdu le seul
frein qui arrête chez eux l'emportement des passions.
Je crains Dieu, disait un homme de bon sens, et après
lui je ne crains que celui qui ne le craint pas, car s'il
en avait le pouvoir et qu'il crût de son intérêt de me
faire broyer, je serais bien sûr de passer au pilon ;
les faibles, les petits n'auraient plus d'asile que dans
les antres et les forêts, encore y seraient-ils pour-
chassés comme les lièvres, au moyen des chiens,
comme on l'a fait à l'égard de quelques peuplades
d'Amérique. Telle serait une société, où la religion
aurait perdu son empire, une société comme voudraient encore la faire les cruels fauteurs de l'incrédulité ; ces ennemis éternels de Dieu et des hommes,
qui, mus par un délire infernal, voudraient entraîner
tout avec eux vers le néant ; aussi

« Contemplez la vertu pleurant sur un cercueil,
» Et la religion en vêtements de deuil,
» Honteuse des écrits que nos sages publient,
» Prête à quitter la terre où les hommes l'oublient. »

A. MARTIN.

ROBERT.

Quelles infâmes et désastreuses doctrines que celles
de ces fous ! Ils se disent philosophes ! ah ! ils sont des
insensés, les plus cruels ennemis des hommes, de la
société, qui devrait bien leur appliquer le châtiment
qu'un de leurs coryphées a prononcé contre eux.

LANCELLE.

J'avoue que je ne le connais pas.

ROBERT.

Jean-Jacques a déclaré dignes de la peine de mort,
ceux qui , vivant dans la société où ils ont été élevés,
tenteraient d'en altérer ou d'en détruire les croyances,
les dogmes religieux , les lois fondamentales ; car ,
dit-il, ils ont menti à Dieu, à la société, à la loi,
dont ils reçoivent protection et appui ; ce sont des
ingrats qui déchirent le sein de leur mère , en y répandant le poison de leurs funestes doctrines.

ANATOLE.

Nous ne sommes pas si sévères ; nous réclamons
seulement, dans l'intérêt général , qu'on arrête l'impression de la circulation de leur venin , par des lois
qu'ils ne puissent transgresser ; qu'on les enferme,
s'il le faut, comme des maniaques qui , dans leur
fureur , voudraient tout incendier ; qu'on les traîne
comme des malades dont la raison est perdue et la tête
en délire , ne les relâchant qu'après parfaite guérison,
et lorsqu'ils ne pourront plus être contagieux.

JULIEN.

Gare à vous, M. Lancelle.

ANATOLE.

Vous avez tort, Julien, Lancelle ne nous a fait part
que de ce qu'il a lu ; ces doctrines ne sont point de
lui ; il l'a fait pour s'éclairer sur les livres impies et
pernicieux, qu'on glisse jusque dans nos chaumières,
et dont l'infamie vous est maintenant connue.

QUATORZIÈME SOIRÉE.

> « Présomptueux mortel, la raison inquiète
> « Voudrait approfondir quelle cause secrète
> « T'a formé si petit, si faible et si borné. »
>
> Du Resnel.

Le premier feu des objections commençait à s'amortir. Tous les points principaux étaient établis, et le triomphe d'Anatole était désormais assuré. Il lui avait fallu assez d'habileté, car son adversaire, par des détours, l'avait plus d'une fois ramené sur le même terrain, sans cependant parvenir à lui faire prendre le change; prévenu qu'il était par le digne pasteur qui, sans se montrer, dirigeait cette discussion, il savait que les incrédules, voltigeant sans cesse, sautaient de difficulté en difficulté; mais tout en suivant son antagoniste, il l'avait toujours su ramener au point établi, quoiqu'il n'eût laissé aucune objection sans réfutation, ni aucun fait sans preuves.

LANCELLE, *s'adressant à Anatole.*

Vous nous avez fait sentir l'indispensable nécessité de la religion et de sa morale pour le bien de la société. Utile à tous, le serait-elle moins si elle était débarrassée d'une foule de mystères, pour lesquels on exige une foi aveugle, quoiqu'incompréhensibles? ce qui éloigne d'elle bien du monde. Tels le mystère de la Trinité et tant d'autres difficiles à admettre et qu'on ne peut concevoir.

ANATOLE.

Toujours cet orgueil de l'homme, qui nous a valu
tant de maux! Eh quoi! un être borné, petit et faible,
voudrait atteindre à la science de Dieu! il voudrait tout
savoir, tout connaître aussi clairement qu'une intelligence infinie que rien ne peut borner. L'âme enfermée
dans un corps matériel comme dans un puits a nécessairement la vue bornée, et sur ce qu'elle ne peut voir,
elle doit croire ce que Dieu, qui veille sur tout et qui
voit tout, lui dit exister. Tel est le mérite de la foi;
et où en serions-nous, si nous ne devions croire que ce
que nous concevons clairement? Faut-il donc un si
grand effort de raison pour croire ce que la vérité elle-
même nous atteste? Peut-on même ne pas la croire
sans lui faire injure?

ROBERT.

Quand nous rapportons une chose vraie, un fait certain, quoiqu'extraordinaire, nous ressentons une impression fâcheuse en nous-mêmes, nous nous trouvons offensés, si l'on refuse de nous croire. Ainsi nous
offensons Dieu et la vérité, en lui refusant notre foi.

ANATOLE.

Nous avons déjà démontré que par cela seul que
mille choses sont inconcevables, nous n'étions pas
exempts d'y croire; conçoit-on comment, au moyen
de l'électricité, on puisse tirer des étincelles de feu de
toutes les parties du corps d'une personne, quoiqu'elle
ne sente aucunement le feu qui est en elle, et qui ne
la brûle pas, quoiqu'il puisse allumer de la poudre,
de l'esprit de vin? Conçoit-on mieux comment l'herbe
se change en sang, en chair ou en os, en passant dans
l'estomac du bœuf? Notre propre existence est-elle plus
concevable, sans l'idée d'une Providence qui la soutient à tous les instants. Nous sommes dans sa main
comme un vase fragile; qu'elle le remue seulement, et
nous cesserons d'exister. Ce n'est pas qu'on ne puisse
avoir quelques idées des mystères; mais étant trop im-

parfaites, il vaut mieux nous en tenir à ce que nous a
révélé la sagesse d'un Dieu, qui ne peut ni se tromper
ni vouloir nous tromper.

JULIEN.

Je suis curieux de connaître quelle idée on a pu
donner de la Trinité.

ANATOLE.

On a comparé la Trinité à notre âme, qui existe,
qui se connaît et s'aime ; être, se connaître, s'aimer,
sont bien trois choses distinctes dans une seule et
même intelligence. Penser, vouloir et agir sont encore
trois facultés de l'âme, qui n'en est pas multipliée pour
cela. Mais ces images, nous l'avons dit, sont impar-
faites ; Dieu seul est le modèle parfait, et peut se concevoir pleinement.

SANS-SOUCI.

Je comprends très-bien cela, ce me semble ; je pense
à boire ce verre de vin, je veux le boire, et je le bois,
sont trois actes différents. C'est comme une charge en
trois temps, ce n'est qu'une seule et même charge.
(Chacun se prit à rire de l'explication démonstrative
de Sans-Souci.)

LANCELLE.

Je préfère m'en tenir à l'autorité de l'Evangile ; mais
il faudrait me démontrer que ce mystère y est clairement enseigné.

ANATOLE.

Les mystères et les dogmes que l'Eglise enseigne
sont tous, sans exception, appuyés sur la parole de
Dieu. Ainsi le mystère de la sainte Trinité est renfermé
dans ces paroles adressées par Dieu même à Adam, lors
de son péché. « Voilà Adam devenu comme l'un de
nous [1]. » Jésus est Dieu, ce qui est positivement marqué en saint Jean, quand il dit : « Le Verbe était Dieu ;

---

[1] *Ecce Adamus quasi unus ex nobis factus est.* Gen. III.
v. 22.

tout a été fait par lui , et rien ne l'a été sans lui, » etc.
Au moment de sa Passion , Jésus est adjuré, « au nom
de Dieu même , » par le grand-prêtre, de lui déclarer
« s'il est vraiment le Fils de Dieu. » Comme on doit
la vérité devant la justice, Jésus l'atteste publique-
ment; ce que les juges ses ennemis prirent pour un
blasphème. Nous avons vu que le Ciel lui rendit ce
témoignage, lors de son baptême par saint Jean, une
voix céleste le déclarant « le Fils du Très-Haut. » Jésus déclare lui-même qu'il a été « envoyé par son Père
qui est dans le ciel; qu'il fait la volonté de son Père;
que son Père et lui ne font qu'un de toute éternité;
qu'il était avant Abraham et de toute éternité avec
Dieu. » Au jardin des Olives , « il prie son Père d'éloigner de lui le calice » de sa Passion; « son Père peut
lui envoyer, s'il les demandait, plus de douze légions
d'anges. » Sur la croix, c'est à son Père qu'il se plaint
de son abandon, et qu'il remet son âme. « De même
que mon Père céleste m'a envoyé, dit-il à ses apôtres,
je vous envoie. Soyez parfaits comme mon Père céleste
est parfait; aimez-vous les uns les autres comme mon
Père et moi nous nous aimons ; ne croyez-vous pas que
mon Père est en moi, et moi en lui? c'est lui qui fait
mes œuvres [1]. » Enfin , partout et toujours, il s'annonce, il se présente comme « le Fils de Dieu, comme
Dieu » avec lui et ne faisant qu'un cependant. La divinité du Saint-Esprit n'y est pas exprimée moins for-
mellement. « Allez, et baptisez toutes les nations au
nom du Père , du Fils, et du Saint-Esprit, dit-il à ses
apôtres. Voilà donc les trois Personnes placées sur la
même ligne, distinguées l'une de l'autre, et présentées
comme égales entr'elles, puisque le baptême doit se
donner au nom de chacune également.« Je vous enverrai
mon Esprit, » leur promet-il plusieurs fois; « vous ne
concevrez ces choses que lorsque l'Esprit de Dieu,
l'Esprit de mon Père sera en vous. » Ils le reçurent

[1] St. Jean, sermon après la cène.

cet Esprit de Dieu, lorsque réunis dans le Cénacle, le jour de la Pentecôte, des langues de feu descendirent sur eux, accompagnées d'un faible bruit, et ils sentirent comme un souffle léger qui les environnait. De suite, leur intelligence s'ouvrit sur les mystères de Jésus ; leur timidité disparut pour faire place à un courage surhumain ; ils acquirent le don des miracles et celui des langues, pour pouvoir annoncer l'Evangile par toute la terre. C'était aussi l'Esprit-Saint qui inspirait les Prophètes. Nous lisons dans saint Jean (Ep. 1.) : « Il y en a trois qui rendent témoignage dans le ciel, le Père, le Verbe et le Saint-Esprit, et ces trois sont une unité ; » c'est-à-dire que ces trois Personnes ne font qu'un Dieu, parce qu'elles ont la même nature et la même divinité. Enfin, ce divin mystère est imprimé à chaque page du nouveau Testament, à commencer de la Conception de la sainte Vierge jusqu'à la descente du Saint-Esprit sur les Apôtres. Les citations comprendraient la moitié des Evangiles.

LANCELLE.

Je vois, en effet, le mystère de la sainte Trinité clairement exprimé dans tous ces passages. Les trois Personnes ne formant qu'un seul Dieu, on conçoit que pour qu'un baptême soit valide, il doive être fait au nom des trois Personnes. Je ne sais si le mystère de l'Eucharistie y est aussi clairement exprimé ; à en juger par les contestations des protestants, il est probable que non.

ANATOLE.

C'est ce qui ne saurait être douteux. Mais les protestants, rejetant l'autorité de l'Eglise universelle, pour interpréter à leur manière des paroles qui n'en sont pas susceptibles, se sont mis par orgueil en opposition avec la foi des apôtres et la croyance de tous les catholiques ; par une explication forcée, ils prétendent que le Sauveur s'est exprimé cette fois en parabole, s'est servi de figures. Or, de telles paroles nous induiraient en erreur, et en nous trompant, nous porteraient à l'idolâtrie ; nous avons prouvé que Dieu ne saurait nous tromper, sans cesser d'être un Dieu bon et juste; qu'enfin il ne serait plus Dieu.

MATHURIN.

Nous nous rappelons ces conséquences.

ANATOLE.

Vous allez juger s'il y a ambiguïté et matière à interprétation ; si Jésus, Fils de Dieu, et *la vérité* même [1], s'est exprimé en figures lors de cette divine institution, ou si ses paroles sont expresses et formelles. A`la veille de sa Passion, près de quitter les hommes, par un excès d'amour, il voulut leur en laisser une dernière marque, et compléter sa fraternité avec eux, s'identifier en quelque sorte en eux, et les engager par là à lui rendre amour pour amour; il voulut enfin leur donner un gage immortel des promesses d'immortalité qu'il leur avait faites. Il prit donc du pain dans ses mains saintes ; il le bénit, le rompit, et le donna à ses disciples, en leur disant : « Prenez et mangez-en tous, car ceci est mon Corps qui sera livré pour vous. » De même, ayant pris un calice plein de vin, il leva les yeux au ciel vers son Père, lui rendit graces, dit l'Ecriture (sans doute de cette grande miséricorde dont il usait envers les hommes); il le bénit, et le donnant pareillement à ses disciples, il leur dit : « Prenez et buvez-en tous, car ceci est mon Sang, le Sang de la nouvelle alliance, qui sera répandu pour plusieurs en rémission de leurs péchés. » Remarquez combien ces paroles sont positives, sont expresses : « Ceci est mon Corps, ceci est mon Sang.» Point de figures, rien d'ambigu ou qui puisse prêter à interprétation. Or voulez-vous savoir l'effet que produisirent ces paroles sur les disciples ? Saint Jean nous l'apprend. Le Seigneur les avait prévenus en leur disant : « Je suis le Pain vivant descendu du ciel; si quelqu'un mange de ce Pain, il vivra éternellement,

---

[1] *Sum via, veritas et vita.*

et le pain que je donnerai, c'est ma Chair pour la vie
du monde. » Comme ils disputaient entr'eux en se demandant comment il pourrait donner *sa chair* à manger, Jésus leur dit : « En vérité, en vérité, je vous le
dis, si vous ne mangez la chair du Fils de l'homme et
ne buvez son Sang, vous n'aurez point la vie en vous. »
Il répète ces expressions, afin qu'on ne leur donnât
point un autre sens. « Celui qui mange ma Chair et
boit mon Sang, a la vie éternelle. » Puis il ajoute :
« Car ma Chair est véritablement viande, et mon Sang
est véritablement breuvage. » Puis encore, tant il
craint qu'on interprétât autrement ses paroles, il insiste, et dit : « Celui qui mange ma Chair et boit mon
Sang demeure en moi, et moi en lui. C'est là le pain
descendu du ciel. » Je le demande à tout homme de
bonne foi, est-il rien de plus clair, de plus précis ?
Est-il expressions plus simples, plus positives et moins
sujettes à interprétations ? Puis le Sauveur ajoute :
« Faites ceci (cette consécration) en mémoire de moi. »
Voyons maintenant quelle était l'opinion des Apôtres
sur ce mystère, et s'ils crurent que la consécration
qu'ils faisaient du pain et du vin, après la mort du
Sauveur, n'était qu'une simple mémoire et une figure
de ce que le Sauveur avait une fois fait en leur faveur
seulement ; je me contenterai d'une seule citation, pour
que l'on ne puisse croire que cette consécration n'a été
qu'une représentation. L'apôtre saint Paul, écrivant
aux fidèles de l'église de Corinthe, leur rappelle en ces
termes la croyance, la foi de tous les apôtres et des
fidèles dans ces premiers temps : « N'est-il pas vrai que
le calice de bénédiction, que nous bénissons, est la
Communion du Sang de Jésus-Christ, et que le pain
que nous coupons, est la Communion du Corps de Jésus-Christ » (ch. x. ℣. 16.) ; et au chap. suivant, ℣. 17,
il dit ces paroles remarquables : « Quiconque mangera
ce pain ou boira le calice du Seigneur indignement,
sera coupable du Corps et du Sang du Seigneur ; il
mange et boit sa propre condamnation, ne faisant

pas le discernement qu'il doit du Corps du Seigneur.»

ANGELINE.

C'est comme dans mon catéchisme et mon livre de prières.

PAULINE.

Oui, dans l'Ordinaire de la Messe, où l'on a rapporté les propres paroles du Sauveur, pour rappeler la sublimité de ce mystère.

ANATOLE.

Et prouver que notre foi et notre symbole sont les mêmes qu'au temps des Apôtres, et que l'Eglise n'enseigne que ce qu'ils ont enseigné.

LANCELLE.

Ces textes sont en effet formels, et ne laissent lieu à aucune interprétation ; je ne conçois plus l'aveuglement des protestants qui veulent en disputer le sens ; quant à moi, j'avoue que rien ne me paraît plus clair et plus péremptoire.

ROBERT.

J'ai fait une remarque qui ne me semble pas indifférente, et que je soumets à M. Anatole ; c'est qu'il est notoire que si Jésus-Christ, en donnant à ses disciples l'ordre de conserver le pain et le vin, comme il venait de le faire en leur présence, n'eût pas entendu qu'ils l'eussent, par cette consécration, changé en son Corps et en son Sang, il ne se fût pas servi de cette expression : « Celui qui mange ma Chair, » etc. « Celui qui, » est une expression générale qui s'applique à tous les temps et à tous les hommes ; ce qui est confirmé par cette explication, « le Pain que je donnerai, c'est ma Chair pour la vie du monde. » Or la consécration que fit le Sauveur ne pouvait concerner que ses disciples, qui seuls purent participer à cette première communion ; et c'est pour que tout le monde eût la vie, qu'il leur conféra un semblable pouvoir.

ANATOLE.

Telle a toujours été la foi de l'Eglise, depuis notre

Sauveur jusqu'à nous, et nous l'avons prouvé ; ce ne peut être une erreur, car Jésus même y eût donné lieu ; les apôtres eussent été trompés, et par Jésus et par le Saint-Esprit qu'ils reçurent, qui les éclaira si merveilleusement d'ailleurs, et pas assez cependant pour les détromper, et qui les eût exposés ainsi à l'idolâtrie. Ils sont morts martyrs de leur foi. Dieu les eût donc abusés bien cruellement ; ce qui est impossible.

LANCELLE.

Il est constant que le pain et le vin étant changés au Corps et au Sang de Jésus dans l'Eucharistie, il ne reste que l'apparence de ces substances, et que Jésus-Christ est réellement présent sur nos autels. Car, comme vous l'observez fort bien, si cela n'était ainsi, Dieu nous eût exposés à adorer du pain, du vin, des créatures ; enfin, ce qu'il serait absurde de prétendre.

FRANÇOIS.

D'autant plus qu'on ne concevrait plus rien alors aux paroles du Sauveur, ni à celles de l'apôtre saint Paul. Car, comment pourrait-on, en mangeant un simple morceau de pain, recevoir la vie éternelle, et demeurer en Jésus, comme il demeurerait en nous ? comment pourrait-il être appelé le pain vivant descendu du ciel ? comment pourrait-il être appelé la communion du Corps et du Sang du Sauveur ? comment enfin pourrait-on se rendre coupable de ce corps, et quel *discernement* y aurait-il à faire, dès qu'il n'y aurait plus pour la foi de distinction à établir entre les apparences du pain et du vin qui restent, et la présence réelle de Jésus-Christ ? Je le répète, sans ce changement miraculeux, toutes ces paroles n'auraient plus de sens, ne signifieraient plus rien.

ANATOLE.

Le raisonnement de François est très-sensé ; car, dans le saint sacrifice de la Messe, qui n'est autre que l'acte de la consécration du Corps et du Sang du Sau-

16

veur, faite selon l'ordre exprès donné par Jésus lui-
même ; si, dis-je, nous n'offrions à Dieu que cette
parcelle de pain et cette petite portion de vin em-
ployées, toute l'économie de la loi et de la religion
serait renversée ; car nous eussions remplacé les sacrifices anciens, par un sacrifice dérisoire. En effet, sous
l'ancienne loi, toutes les prémices étaient offertes à
Dieu ; on lui immolait en holocaustes des génisses et
autres animaux, dont une partie importante lui était
réservée et était brûlée : or comment des offrandes si
abondantes, si riches, auraient-elles pu être repré-
sentées par l'offrande mesquine de la loi nouvelle ?
comment notre sacrifice serait-il dit plus excellent,
et d'un prix infini ? Où serait cette victime pure et
sans tache, qui devait être si agréable à Dieu, qui
doit satisfaire surabondamment à sa justice pour tous
les péchés des hommes, et les réconcilier avec leur
Créateur ? Un pareil sacrifice eût-il eu pour figure, et
l'agneau pascal, qui sauva les enfants d'Israël ; et la
manne, ce pain qui descendait du ciel et nourrit tout
un peuple pendant quarante ans, et l'immolation
d'Isaac, et tant d'autres, rapportées dans l'ancien Testament ? Cela en eût vraiment valu la peine : mais il
n'en est pas ainsi ; le Fils de Dieu pouvait seul payer
la rançon du genre humain ; seul il pouvait être une
hostie agréable à Dieu son Père et digne de lui ; seul
il pouvait être annoncé, figuré avec tant d'éclat,
comme le prêtre éternel du Très-Haut, comme la
victime d'un amour infini, et par lui seul tout honneur et toute gloire pouvaient être rendus à Dieu par
ses créatures.

ROBERT.

Lui seul pouvait nous révéler ce mystère d'amour,
nous enseigner une doctrine assez sublime pour obtenir l'assentiment général de la raison et du cœur. Un
Dieu tout amour pouvait seul attirer les cœurs et être
digne de nos hommages. Quelle religion, que la religion de la charité universelle ? Lui obéir, c'est prati-

quer toutes les vertus, c'est fuir tous les vices, c'est
notre bonheur bien entendu. Par elle, la fraternité
règne dans l'univers ; toutes les infortunes sont secou-
rues, tous les malheurs réparés, toutes les peines
adoucies ; toutes les infirmités guéries ou consolées ;
le monde entier ne forme plus qu'une famille. Sa charité ingénieuse prend toutes les formes pour voler au
secours de ses semblables : ici elle recueille l'orphelin,
l'aveugle et le vieillard ; là elle instruit la jeunesse
et assiste les malades ; de ce côté elle compatit à l'insensé, elle visite les prisonniers, vole à la délivrance
des captifs, console le malheureux que la justice humaine a frappé, et ensevelit les morts. Je la vois à
travers mille périls courir pour porter l'instruction
aux barbares, la civilisation et la religion à des hordes
de sauvages. Tantôt elle nourrit celui qui a faim, ou
donne des vêtements à celui qui est nu ; aucun besoin
n'échappe à ses tendres sollicitudes. Que d'établisse-
ments élevés par ses soins pour le malheur ; car, dans
sa prévoyance, elle ne se contente pas d'être utile au
présent, elle fonde pour l'avenir, elle tend à la perpétuité, à l'éternité.

ANATOLE.

C'est ainsi, c'est en pratiquant la charité, cette
vertu divine, que Jésus et nous ne faisons qu'un, pour
glorifier Dieu par lui et en lui pour l'éternité.

QUINZIÈME SOIRÉE.

> › Du plus mince pédant , le plus mince écolier ,
> › Niant dans son orgueil la puissance divine ;
> ‹ Ose accuser d'erreur et Pascal et Racine :
> › Et fier de son savoir plus que de sa raison,
> › Insulte à Bossuet et rit de Fénelon. ›
>
> Aimé Martin.

Le jour n'était pas encore sur son déclin , que déjà Lancelle était chez le bon Mathurin, l'air pensif comme un homme préoccupé et embarrassé de sa personne. Pauline le plaisanta sur le sérieux de sa contenance, qui lui donnait, disait-elle, un air plus raisonnable.

LANCELLE.

Vous ne devineriez pas en mille ce qui me tracasse.

PAULINE.

Non, sans doute, si c'est un secret, nous ne sommes pas curieux de le connaître ; mais, si c'était quelque chose de fâcheux qui vous fût arrivé, et que nous puissions vous être utile, monsieur Lancelle? (Cet empressement de Pauline toucha d'autant plus Lancelle, que son ton et l'air d'adhésion de Mathurin décelaient la parfaite cordialité d'une offre accompagnée d'une aussi prudente réserve.)

LANCELLE.

Graces à Dieu, mes affaires vont bien, comme on dit, mais il est une autre chose qui me chiffonne.

MATHURIN.

Monsieur Lancelle, croyez que vous êtes avec des
amis.

LANCELLE.

Eh bien! donc, je ne dois vous rien cacher ; on a
hier soir beaucoup parlé de charité.

MATHURIN.

Eh bien! y a-t-il quelque malheureux à qui vous
prêtez vos soins, et qui aurait besoin de secours?
Vous savez....

LANCELLE.

Le malheureux, c'est moi ; nos discussions, je l'avoue,
m'ont inspiré plus que des doutes; je crains d'avoir
été dans une grande erreur, au sujet de la religion.
Des mauvaises lectures, et des compagnies non moins
funestes ont long-temps perverti mon esprit; rejetant
toute vérité, le cœur, poussé par ses passions, je
ne connus bientôt plus aucune règle. Par ton, autant
que pour m'étourdir sur le genre de vie que je menais,
je me fils philosophe, c'est-à-dire incrédule. Je ne
sais trop comment le retour de Robert fut l'occasion
d'une espèce de défi entre monsieur Anatole et moi.
Mon orgueil espérait bien tirer gloire de cette espèce
de lutte; je me croyais le défenseur des lumières, de
la raison et des vraies doctrines sociales; fort des
grands principes des philosophes, à l'infaillibilité
desquels j'avais la foi la plus robuste. Mais, hélas,
vous l'avouerai-je? Anatole a dissipé mes illusions,
en nous faisant connaître les horribles conséquences
qui en découlent. L'état de mon âme m'effraie, je dois
abandonner des principes pervers, je le sens bien ;
la religion, si bien coordonnée pour le bonheur des
hommes, n'est plus à mes yeux ce que des hommes
impies prétendent. Ces portraits qu'ils m'en ont faits,
n'étaient que d'infâmes caricatures, de burlesques tra-
vestissements, et je sens, par expérience, qu'ils ne
l'ont ainsi défigurée et calomniée, que pour pouvoir

se livrer à leurs penchants vicieux, et se débarrasser d'une censure incommode. Sans quelques points que je ne vois pas très-clairs, je serais tenté de me jeter dans ses bras. Mais, non.... que penserait-on de moi! de moi, qui en parlais avec tant d'assurance et de légèreté, tout en la connaissant si peu?

PAULINE.

Tenez, M. Lancelle, je dois vous rendre franchise pour franchise; vous êtes retenu par une fausse honte, un faux respect humain; vous les devez fouler aux pieds; vous y êtes plus intéressé que vous ne pensez. Quant à ce que certains individus en pourraient dire, que vous importe? l'estime des gens sans principes et sans règle est-elle donc tant à ménager, qu'on dût lui sacrifier jusqu'à son salut, et puis, n'en serez-vous pas dédommagé par l'estime des gens de bien, par la vôtre propre? n'y a-t-il pas une sorte de grandeur d'âme, de la gloire même à reconnaître son erreur? Dès qu'on la connaît cette erreur, il y a péril, il y a folie d'y persévérer. Mais, voici la compagnie, proposez vos doutes, vos objections; le résultat ne peut que vous éclairer sur les moyens les plus sûrs de faire votre bonheur.

LANCELLE.

Je vous prie, au moins, que personne ne sache....

MATHURIN.

N'ayez aucune inquiétude (Tout le monde arrivant, Anatole reprit ainsi).

ANATOLE.

Continuerons-nous les sacrements, ou reprendrons-nous les commandements?

LANCELLE.

Suivons les sacrements, je vous en prie.

ANATOLE.

Nous avons vu, dans le sacrement de l'Eucharistie notre divin Sauveur, qui, non content de s'être re-

vêtu de notre humanité, et de s'être immolé , chargé
de nos péchés, pour nous réconcilier avec Dieu son
père, s'identifier en quelque sorte avec nous, en nous
donnant son propre Corps et son propre Sang pour
être la nourriture de nos âmes, afin que, vivant en
nous et nous en lui et pour lui , nous puissions un
jour participer à son immortalité et à sa gloire.

ROBERT.

Don précieux et inappréciable que nous ne saurions
assez reconnaître par le sacrifice entier de nous-mêmes
à son amour.

PAULINE.

Le sang de Jésus a scellé la réconciliation du genre
humain avec Dieu ; aussi en lui seul et par lui seul
le salut est possible.

ANATOLE.

Dans les diverses alliances contractées entre plusieurs parties, il y a toujours nécessairement des
obligations réciproques ; obligations qui sont les conditions auxquelles sont attachés certains avantages,
et l'on convient également de la manière dont on en
sera mis en possession.

ROBERT.

Oui, c'est une capitulation, un traité de paix,
d'alliance, dont les deux parties profitent, et dont les
articles sont obligatoires pour l'une et l'autre ; cela se
conçoit , quelle que soit celle des deux qui renonce
au traité ; dès qu'elle ne satisfait pas aux conditions ,
l'autre est dégagée de ses obligations.

ANATOLE.

Il y a eu plusieurs alliances entre Dieu et les hommes ; ainsi, lorsque Dieu fit alliance avec Adam , il
lui donna la jouissance de tout l'univers à perpétuité, et le garantit de toute peine et de tous maux.
Adam, de son côté, promit de ne point reconnaître
d'autre Dieu que son Créateur, et accepta la réserve

que Dieu s'était faite de l'arbre de la science du bien
et du mal. Adam viola l'alliance; il fut privé des
avantages qu'il en retirait; rien de plus juste, il re-
nonçait volontairement; espérant de plus grands avantages de sa faute, il fut cruellement trompé. Dans l'alliance que Dieu fit avec Noé, celui-ci offrit à Dieu un
sacrifice, promit de ne jamais reconnaître d'autres
dieux que le Dieu de vérité, et d'observer sa loi, qui
était la loi naturelle, gravée par Dieu même dans tous
les cœurs. Dieu accepta le sacrifice de Noé, promit
de bénir sa race, et de ne plus faire périr l'universalité des hommes par un nouveau déluge; l'arc-en-
ciel fut donné en témoignage de cette promesse;
les nombreux descendants de Noé finirent par abandonner cette alliance, et se livrèrent à l'idolâtrie.
Comme il y avait encore quelques justes restés fidèles,
Dieu en choisit un qui, plein de foi, conservait dans
sa famille la connaissance et le culte du vrai Dieu;
ce juste était Abraham. Dieu fit alliance avec lui.
Abraham promit de garder sa loi, et Dieu lui promit
une nombreuse postérité, et la possession de la
terre de Chanaan. La circoncision d'Abraham et de
ses descendants fut à la fois et le signe de l'alliance,
et le moyen de distinguer le peuple que Dieu s'était
choisi. La loi naturelle s'altérant de plus en plus dans
le cœur des enfants d'Israël, Dieu les ayant délivrés
de la servitude d'Egypte, en mémoire des promesses
faites à Abraham leur père, leur donna sa loi écrite,
afin qu'ils ne l'oubliassent plus, et leur promit un
Rédempteur, qui, sorti de la race d'Abraham par
Isaac, et de la branche de David, devait faire une
alliance plus étroite avec eux, toutes les nations devant être bénies en lui et lui être assujéties.

Le Rédempteur promis, le Fils de Dieu étant venu
révéler la loi de grace, la loi évangélique, toute la
terre devant lui être soumise, la circoncision est devenue inutile. L'alliance n'a plus lieu avec un peuple
unique qui doive être distingué, mais elle est devenue

commune et individuelle à tous les hommes qui veulent y entrer; les Sacrements en sont les signes et les
conditions, comme les canaux par où Dieu nous communique ses dons.

FRANÇOIS.

Cette nouvelle alliance a été scellée du sang du Fils
de Dieu. Quel gage plus fort de fidélité pouvait-il nous
donner ? Quelle garantie de ses promesses de nous
faire accorder par son père tout ce que nous deman-
derions en son nom, et d'être avec nous jusqu'à la
consommation des siècles.

ANATOLE.

Je fais une demande à Robert et à Sans-Souci : est-
on réputé honnête homme, quand on manque impu-
demment à sa parole, et que l'on se fait un jeu de
fausser sa foi.

ROBERT.

Non, sans doute; sitôt connu pour tel, on cesse
d'être regardé comme honnête homme ; on est livré
au mépris.

SANS-SOUCI.

Un honnête homme n'a que sa parole , comme dit le
proverbe , et elle vaut mieux que tout l'or d'un coquin.

ANATOLE.

Que penseriez-vous de celui qui, engagé au service
d'un prince, ne se croirait tenu à aucun service, ne
remplirait aucun des devoirs de son poste , et préten-
drait cependant en toucher la paie ; se croirait des
droits aux récompenses et à la retraite accordées au
mérite et à l'exactitude ?

SANS-SOUCI.

Oh ! cette prétention serait par trop ridicule ; il
faut un service actif, pour y avoir des droits , et celui
qui n'en fait point un effectif, ne peut et ne doit prétendre à rien.

ANATOLE.

Et si , sous l'uniforme et contradictoirement à la foi

de son engagement, au lieu de servir le roi, il servait ses ennemis? s'il dénigrait continuellement son prince et les dépositaires de son autorité, et cherchait même à détourner les autres de leurs devoirs?

SANS-SOUCI.

Oh! on l'aurait bientôt *escofié* et fusillé comme un traître, un fourbe, un embaucheur.

ANATOLE.

Reconnaissons donc que l'infamie, dont la justice sociale couvre celui qui manque à sa parole, est bien méritée; car, songez à ce que deviendrait la société, si l'on pouvait impunément dire et se dédire, promettre et ne rien tenir; s'attacher à une cause et la trahir, contracter des engagements et les rompre, selon son intérêt et son caprice; on ne saurait plus à qui se fier, on ne pourrait ajouter foi à personne; vous confieriez votre affaire à un avocat, sous sa promesse de défendre vos intérêts, et il servirait votre adversaire; la justice ne serait plus possible; les témoins jureraient d'être véridiques, et ils fausseraient leur serment et la vérité; aucune propriété ne serait assurée, il n'y aurait plus de société possible; la mauvaise foi, la fourberie, le mensonge règneraient sur la terre. C'est donc avec justice que celui qui manque à des engagements positifs, formels, est noté d'infamie.

SANS-SOUCI.

Sans nul doute: trahir son serment, c'est n'avoir ni cœur ni honneur, c'est....

ANATOLE.

Doucement, mon cher Sans-Souci, n'allez pas si vite, prenez garde de vous condamner vous-même.

SANS-SOUCI *se fâchant.*

Mille sabres, Anatole, vous me feriez raison, si......

MATHURIN.

Tout doux, ne vous fâchez pas, on ne veut pas vous insulter, attendez les raisons.

SANS-SOUCI.

C'est que, voyez-vous, nous autres militaires, nous sommes chatouilleux sur l'honneur.

ANATOLE.

Vous auriez tort de prendre mal une chose dont vous allez vous-même convenir tout à l'heure : un militaire est un homme comme un autre, et par cela sujet à être peu conséquent avec lui-même, je vous demanderai donc encore si vous croyez qu'il y ait dans le monde, selon le sens attaché au mot d'honnête homme, et tel que nous venons de l'établir, beaucoup de gens qui le méritent ? enfin, si vous croyez l'être vous-même ?

LANCELLE.

Il n'y a personne qui ne croit l'être ; il me semble que vous allez un peu trop loin.

ANATOLE.

Je sais que tout le monde prétend à ce titre ; en n'écoutant que l'amour-propre, on trouvera même que les bagnes sont peuplés d'honnêtes gens ; vous jugerez bientôt vous-même s'il en est un bien grand nombre qui y puisse prétendre...... et si j'ai été trop loin, je rentre dans mon sujet.

Dans la nouvelle alliance que Dieu a faite avec les hommes, nous avons tous été, par la loi de grace, régénérés en Jésus-Christ. L'Eglise, en vertu des pouvoirs que notre Sauveur lui a donnés, nous a reçus dans le baptême au nombre des enfants de Dieu, des enfants de l'Eglise ; notre nom a été inscrit sur les registres de la famille chrétienne ; elle s'est engagée, dès ce moment, à nous donner part à ses prières, à ses bonnes œuvres, à ses graces, à ses sacrements, et enfin à tous les biens spirituels qui doivent nous

conduire au salut éternel. Elle remplit ses promesses
et au delà ; elle ne nous abandonne que lorsqu'elle
nous a remis dans le sein de Dieu et de l'éternité ;
mais, de notre côté, nous avons aussi contracté des
obligations, conditions indispensables de notre admis-
sion à la participation de ses biens. On a d'abord
promis pour nous, à la face du ciel et de la terre,
devant des témoins qui ont répondu de nous, que
nous nous attacherions à Dieu, que nous lui serions
fidèles, ainsi que son Eglise ; que nous renoncerions
pour toujours à ses ennemis et aux nôtres ; enfin,
nous avons solennellement renoncé à Satan, à ses
pompes à ses œuvres, en d'autres termes, au démon,
au monde et à la chair, pour servir Dieu en esprit et
en vérité, et vivre en parfaits chrétiens ; tels sont
nos promesses et nos engagements. Ces promesses
sont obligatoires, puisqu'elles nous procurent des
avantages auxquels nous n'aurions pas droit sans
elles ; faites pour nous à notre baptême, nous les
avons renouvelées, réitérées avant d'être admis au
banquet sacré, à la table eucharistique, à la participation du Corps, du Sang et de la Divinité de notre
Sauveur, du Fils de Dieu. Maintenant, je vous le
demande, combien de personnes remplissent les conditions promises, les obligations sacrées auxquelles
elles se sont soumises ? Combien renoncent à Satan et
à ses œuvres, au monde et à ses pompes, à la chair
et à ses convoitises ? Est-on, et peut-on se dire honnête homme, quand on manque à sa parole, à des
engagements sacrés et solennels, quand on trahit
ses serments, qu'on use de subterfuges pour ne remplir aucune des obligations des conditions de l'alliance
jurée ? Est-on honnête homme, quand, sous l'apparence du chrétien, d'ami, de disciple de Jésus, on
rougit de lui et de son service quand on cherche,
par tous les moyens, à détourner ceux qui lui paraissent dévoués. Est-on honnête, quand, avec le titre
de fils de l'Eglise, on se range parmi ses ennemis

acharnés ; on dénigre, on calomnie, on méprise ses
ministres , on tourne en ridicule ses cérémonies , et
l'on rit de ses dogmes ; quand on foule aux pieds sa
morale , quand on se plaît à la voir humiliée, et qu'on
s'amuse de tout ce qui est tenté pour la détruire ?
Est-on honnête homme, quand après avoir ainsi
décliné ses devoirs et ses promesses, dédaigné toute
instruction , méprisé les conseils et les avis de celle
avec qui l'on avait contracté, on exige impérieusement
une part dans ses biens , on prétend à ses prières ,
à ses bonnes œuvres, à sa sépulture et à son éternité?
Si l'on était honnête homme, renoncerait-on ainsi à
sa part des charges d'une alliance , dont on prétend
ne conserver que les avantages? Ah! soyons plus
conséquents avec nous-mêmes; ne déclinons jamais
nos obligations , ne pactisons point avec nos ennemis
communs, ne nous livrons pas au démon , ne nous
laissons pas entraîner par les séductions d'un monde
trompeur , ni par ses joies mensongères : renonçons à
ses vaines pompes, ne rougissons pas de nous montrer
fidèles à Dieu, à son Eglise, à nos promesses , ou renonçons franchement au titre de chrétien et à la prétention de nous dire honnête homme. Il y aurait au
moins alors une sorte de franchise et de loyauté dans
notre conduite, et comme l'a dit Sans-Souci , nous
serions infidèles , mais non des lâches, des infâmes et
des traîtres. Sous l'égide de la foi jurée, nous trahissons Dieu, et lui donnons le baiser de Judas ; nous
trahissons l'Église , notre mère, que nous affligeons
de la manière la plus sensible; nous nous trahissons
nous-mêmes en nous avilissant, en prostituant notre
foi , notre âme et le prix de notre rédemption ;
nous sacrifions ainsi nos intérêts éternels, en nous
trompant nous-mêmes , en nous perdant sans ressource.

ROBERT.

Il n'est malheureusement que trop vrai, qu'il en est

peu qui puissent prétendre réellement au titre d'ho
nête homme.

SANS-SOUCI.

Parbleu, je veux y prétendre, moi, et m'effor
d'en remplir toutes les obligations; j'avais perdu
vue ces promesses que j'ai réellement faites; je ve
désormais y être fidèle; il ne sera pas dit que San
Souci soit un traitre et un parjure.

LANCELLE.

Quoi! tout de bon, Sans-Souci? je t'en fais m
compliment; on se révolte au moindre soupçon, qu'
puisse nous refuser le titre d'honnête homme, et l'e
time qui l'accompagne; et cependant, au fait, il
est bien peu qui en soient dignes. Anatole trouve,
ne sais comment, des raisons solides à tout ce qu
avance; ces sentiments sont en nous.

ANATOLE.

C'est ce qui en prouve la justesse; quand on pa
de principes fixes, et qu'on s'appuie sur la vérité,
ne peut qu'être conséquent avec soi-même, et d'acco
avec les autres. La vérité est au fond des cœurs; d
qu'on la montre, chacun la sent, et se trouve éton
de ne pas l'avoir découverte plus tôt. Si les homm
réfléchissaient, leur conduite serait plus conforme
cri de leur conscience, qui leur fait connaître le bi
et le mal; c'est elle qui nous crie de nous conduire
tout de manière à mériter réellement le titre d'honnê
homme, que chacun ambitionne et est jaloux de co
server. C'est là le véritable honneur.

SEIZIÈME SOIRÉE.

Sinê obedientiâ, virtus nulla.
Sous obéissance, il n'y a point de vertu.

SANS-SOUCI.

Vous savez ce que je vous ai promis hier, M. Anatole. Je veux être honnête homme, et voilà tout. J'aime les prêtres, parce qu'ils sont utiles, qu'ils font du bien ; mais encore est-il bon de savoir d'où leur vient l'autorité qu'ils exercent.

ANATOLE.

Jésus-Christ, nous l'avons vu, n'a pas enseigné de sa seule autorité ; mais il s'est toujours annoncé comme envoyé par son Père, comme faisant la volonté de son Père, avec lequel il ne fait qu'un de toute éternité. « C'est l'Esprit de Dieu qui parle en lui ; c'est le Saint-Esprit, l'Esprit de son Père, consubstantiel à l'un et à l'autre, qu'il doit envoyer à ses Apôtres, lorsqu'il sera retourné vers son Père ; c'est donc avec tout le poids de l'autorité d'un Dieu en trois personnes qu'il enseigne, qu'il reprend, qu'il opère des miracles ; c'est aussi en leur nom, au nom d'un Dieu unique qu'il fonde et établit son Eglise. Jésus savait qu'il n'avait qu'un temps à rester visiblement au milieu d'elle ; c'est pourquoi il forma des ministres pour la gouverner après lui : ses instructions ne suffisent pas. Pour leur en donner l'intelligence, il leur envoie l'Esprit divin, leur transmet toute l'autorité qu'il avait lui-même reçue de son Père, et leur promet d'être constamment avec eux jusqu'à la consommation des siècles.

LANCELLE.

Voilà justement ce que je désirais connaître avant tout ; car on nous parle souvent de l'autorité de l'Eglise. Nous saurons enfin ce qu'elle est, et à quel titre elle exige notre soumission.

ANATOLE.

L'autorité de l'Eglise n'est autre chose que celle de Jésus, de Dieu lui-même. Quand l'Eglise parle, c'est toujours en vertu du pouvoir qui lui a été donné, et ses commandements ne sont autres que ceux de l'Evangile.

JULIEN.

Quoi ! lorsqu'elle défend de manger de la viande ou des œufs, tels et tels jours ? Je n'ai jamais su, ni personne, que cela fût dans l'Evangile ; et je trouve une sorte de despotisme à exiger les longs jeûnes du Carême, puis celui des Quatre-Temps, puis celui des veilles de grandes fêtes, les abstinences des Rogations, de saint Marc, et tous les vendredis et samedis, que sais-je, moi ? c'est à n'en pas finir.

ANATOLE.

Ces lois de l'Eglise, dont vous vous plaignez, devraient, au contraire, lui mériter votre reconnaissance ; elles prouvent le zèle qu'elle a de votre salut. Elles sont fondées sur l'exemple et l'ordre exprès du Sauveur lui-même. Ne nous donna-t-il pas l'exemple du jeûne du Carême, lorsque, pour se préparer à sa divine mission, il se retira dans la retraite du désert, où, loin du monde, il jeûna pendant quarante jours et quarante nuits ? Saint Jean-Baptiste ne jeûnait-il pas, ne se nourrissant que d'herbes et de sauterelles pendant sa prédication dans le désert ? Ce ne sont pas les exemples qui manquent dans l'Ecriture. Les préceptes ne sont pas moins communs : « Faites pénitence, criait saint Jean-Baptiste ; faites pénitence, car

le royaume des cieux est proche. — Faites pénitence,
dit Jésus, car le royaume des cieux est près de vous [1].
Si vous ne faites pénitence, vous périrez tous égale-
lement [2]. Lors donc que vous jeûnez, n'affectez pas
un visage abattu, mais parfumez-vous, pour que
votre récompense vous vienne de votre Père céleste,
qui voit le secret des cœurs [3]. La pénitence, le
jeûne et la prière sont recommandés à chaque page
de l'Ecriture : Faites pénitence dans le temps où vous
êtes exposés à offenser Dieu [4]. Après la pénitence, la
vertu excite bien plus à la vertu [5]. La mort peut nous
saisir à tout instant ; elle vient comme un larron,
dit le Sauveur, et au moment qu'on y pense le moins :
il sera trop tard alors pour faire pénitence ; le royaume
des Cieux sera perdu sans ressource. Nous devons
nous tenir prêts pour cet instant et faire pénitence,
si nous ne voulons périr, selon la menace du Sauveur.
L'Eglise, cette bonne mère, qui sans cesse veille à
notre salut, nous prescrit le genre de pénitence que
nous devons faire ; quelque légère que soit la pénitence
qu'elle nous impose, l'obéissance ajoute à son mérite :
ce n'est plus un jeûne rigoureux, la discipline, le
cilice et la cendre qu'elle nous prescrit ; trop indul-
gente peut-être, pour des enfants obstinés, elle ne
demande d'eux qu'une légère abstinence, un faible
jeûne, quelques mortifications ; elle n'insiste que sur
la prière, l'aumône et autres bonnes œuvres. A
l'exemple de notre divin Maître, elle compatit à notre
faiblesse ; que dis-je, à notre lâcheté ! Ah ! combien
nous sommes loin de la ferveur des fidèles des premiers siècles de l'Eglise ! En ce temps, les pénitences
étaient publiques, étaient longues et rigoureuses. On
ne s'en plaignait pas alors. Un grand empereur n'hésita
pas même de s'y soumettre. On en sentait l'impor-

---

[1] Matth. iv. 17.   [2] Luc.   [3] Matth. vi.

[4] *Pœnitentiam age eo tempore quo peccare potes.*
S. Aug.

[5] *Post pœnitentiam, virtus virtutem excitat.* St. Grég.

tance et la nécessité. L'Eglise s'est relâchée de sa
sévérité : elle use d'une extrême indulgence, et nous
nous plaignons ! Notre orgueil se regimbe contre tout
frein à nos passions ; nous contestons ses droits à
nous l'imposer ; nous l'accusons de rigorisme, de
caprice ; siècle impie ! siècle orgueilleux ! comme des
enfants indociles, nous traitons ses commandements
de puérilités, et ne voulons point voir la récompense
qui serait le prix de notre obéissance.

ROBERT.

C'est comme un malade qui se plaindrait du régime
auquel l'astreint son médecin, sans considérer qu'il y
va de sa santé et de sa vie.

SANS-SOUCI.

L'autorité de l'Eglise est celle de Notre-Seigneur,
avez-vous dit, bon pour les Sacrements ; mais nous
ne voyons pas qu'il lui ait donné le pouvoir de faire
tout ce que nous voyons, et dans tous les cas l'obligation pour nous de lui obéir en tout.

ANATOLE.

Rien n'est mieux établi que cette autorité. Jésus-
Christ, s'adressant à Simon-Pierre, qui venait le
premier de le reconnaître pour le Fils de Dieu, lui
dit ces paroles remarquables : Et moi, Simon, je vous
dis que vous êtes Pierre, que sur cette pierre je bâtirai
mon Eglise [1], et les portes de l'enfer ne prévau-
dront point contre elle ; et je vous donnerai les clefs
du royaume des Cieux. Je vous le dis en vérité, tout
ce que vous lierez sur la terre, sera lié dans le
ciel, et tout ce que vous délierez sur la terre, sera
délié dans le ciel. Simon, Simon, dit-il ailleurs, j'ai
prié pour vous, afin que votre foi ne défaille point.
Alors donc que vous aurez été converti (le Sauveur
faisait ici allusion au reniement futur de saint Pierre)
ayez soin d'affermir vos frères [2]. Paissez mes agneaux,
paissez mes brebis.

[1] Matth. 18.   [2] St Luc. XVI. 11.

FRANÇOIS.

Voilà bien, j'espère, la suprématie de l'autorité de
saint Pierre, qui avait les clefs du royaume du Ciel,
et qui devait affermir ses frères dans la Foi, et paître
les brebis du pasteur ; voilà le chef de l'Eglise, la
pierre sur laquelle elle est inébranlable ; le Vicaire de
Jésus-Christ sur la terre, le premier Pape enfin.

ANATOLE.

Jésus ayant ainsi établi le fondement de son Eglise,
la base de son gouvernement, la pierre qui devait
soutenir la société chrétienne, s'adressa à ses Apôtres, et leur dit : « Comme mon Père céleste m'a envoyé (c'est-à-dire avec la même autorité), de même je
vous envoie. Allez parmi les nations, leur annoncer le
royaume des Cieux. Apprenez-leur tout ce que je
vous ai enseigné, et instruisez-les. Car celui qui vous
écoute, m'écoute, et celui qui m'écoute, écoute aussi
mon Père céleste. Instruisez-les donc, et les baptisez
au Nom du Père, du Fils, et du Saint-Esprit. »

ROBERT.

Qui vous écoute, m'écoute, et mon Père céleste.
Voilà bien l'autorité de l'Eglise : elle a pouvoir d'enseigner, de reprendre et d'instruire toutes les nations,
voilà la vocation des Gentils. Ce n'est plus seulement le peuple Juif, ce sont tous les peuples qui
sont appelés ; il n'y a plus besoin de circoncision,
le baptême a pris sa place.

ANATOLE.

Il envoya donc ses Apôtres, leur donnant le don
des miracles. « Guérissez les malades, leur dit-il, res-
suscitez les morts, etc. [1]. Si quelqu'un vous reçoit, la
bénédiction et la paix seront chez lui. Si l'on ne vous
reçoit pas et que l'on n'écoute pas vos paroles, secouez
même, en sortant de cette maison ou de cette ville,
la poussière de vos pieds, et au jour du jugement,

, Matth. x. 8 et suiv.

Sodome et Gomore seront traitées moins rigoureusement qu'elle. » Et ailleurs, « ce n'est pas vous qui
parlez, mais l'esprit de votre Père qui parle en vous.
Celui qui vous reçoit, me reçoit, et celui qui me reçoit, reçoit Celui qui m'a envoyé. Celui qui vous méprise, me méprise, et celui qui me méprise, méprise
Celui qui m'a envoyé [1]. Quiconque se déclarera pour
moi devant les hommes, je me déclarerai de même
pour lui devant mon Père qui est dans les cieux ; et
celui qui me renoncera, je le renoncerai, etc.

MATHURIN.

Ces paroles sont positives ; il faut écouter l'Eglise,
ne point mépriser ses ministres, ne rougir ni de Dieu,
ni de l'Evangile, si nous ne voulons pas encourir ces
terribles anathèmes.

ANATOLE.

Ils ne sont pas réservés seulement pour les hommes
dans l'autre monde, car Jésus a ordonné qu'ils en fussent frappés dès cette vie. « Si votre frère a péché,
dit-il, avertissez-le en particulier, puis devant deux
ou trois personnes ; s'il ne vous écoute pas encore,
dites-le à l'Eglise ; et s'il n'écoute pas l'Eglise même,
qu'il soit pour vous comme un païen et un publicain. »

PAULINE.

Voilà la discipline de l'Eglise, et c'est d'après ces
dernières paroles du Sauveur, que l'Eglise fulminait
ses excommunications ; c'est-à-dire, qu'elle rejetait de
son sein ceux qui ne l'écoutaient pas et qui la mépri-
saient, déclarant solennellement qu'ils n'étaient plus
du nombre de ses enfants, mais qu'elle les regardait
comme des *païens et des publicains.*

ANATOLE.

Les Apôtres allaient donc instruisant et conférant le
baptême. Saint Jean avait dit : « Qu'il ne baptisait,
lui, que dans l'eau, mais que le Messie baptiserait

[1] Luc. x. 16.

dans le Saint-Esprit. » Par son ordre, ses disciples administraient donc ce sacrement et celui de l'Extrême-Onction, selon qu'ils l'avaient vu pratiquer à leur divin Maître ; ils oignaient d'huile les malades et les guérissaient, répandant ainsi partout les bienfaits et les lumières de l'Evangile.

LANCELLE.

Je ne pensais pas, je l'avoue, que les pouvoirs de l'Eglise et de ses ministres, fussent aussi fortement et aussi authentiquement exprimés dans l'Evangile. Je conviens que les paroles du Sauveur sont tellement expresses, qu'il ne reste qu'à se soumettre à son autorité, puisqu'elle est celle de Dieu même.

ANATOLE.

Autorité dont elle ne se sert que pour notre bonheur en ce monde et en l'autre ; car, d'après tout ce que nous avons démontré, elle n'enseigne que ce qui est conforme au sens commun, ce qui est d'accord avec la raison générale, avec cette loi naturelle, inscrite dans tous les cœurs, elle ne défend que ce que la conscience réprouve ; car,

« Tout mortel en naissant apporte dans son cœur
» Une loi, qui du crime y grave la terreur.
RACINE.

A ce tribunal redoutable, le coupable est forcé de prononcer lui-même l'arrêt de sa condamnation ; comme il nous fait connaître, toujours d'accord avec la religion, ce qui peut seul nous rendre heureux, la pratique des vertus.

« O vertu charmante !
» Que votre empire est doux :
» Avec vous tout nous contente,
» On n'est point heureux sans vous.
QUINAULT.

SANS-SOUCI.

Va, pour le jeûne et la pénitence, puisqu'ils sont
dans l'Evangile; mais la confession y est-elle? On exige
de nous une chose qui répugne, une chose pénible et
humiliante, et cela, à un homme, qui souvent ne vaut
pas mieux que nous. Ne serait-ce pas pour connaître
nos secrets, et nous mieux dominer qu'on a inventé la
confession ?

ANATOLE.

Je conviens d'abord avec vous que la confession a
quelque chose de pénible et d'humiliant, et c'est ce
qui la rend indispensable. 1.º parce que tout péché
provenant d'un principe d'orgueil, cette humiliation
fait partie de la réparation que nous en devons à Dieu;
2.º parce qu'il n'est aucun moyen plus propre à nous
en faire obtenir le pardon. En effet, supposez un sujet coupable, envers le souverain, d'un crime pas-
sible de la sévérité des lois, et qui, avant que la
justice en ait connaissance et *s'empare de lui*, vient
dans *son repentir sincère* se jeter aux pieds du prince,
lui faire l'aveu de sa faute, se mettre en quelque sorte
à sa merci, et implorer sa grace; je vous le demande,
n'acquiert-il pas, et par son aveu, et par son repentir, des droits à l'indulgence? Ne regarderait-on pas
comme outrée, comme cruelle et déplacée, l'application rigoureuse de la loi à son égard? Le prince
pourrait-il également lui pardonner, s'il ne confessait pas la nature de son crime? Non, sans doute,
je vous le demande encore, quel est le père qui ne
serait désarmé, en voyant à ses pieds son enfant, lui
faire *avec les larmes du repentir*, l'aveu d'une faute
grave? Il l'en reprendra, sans doute, mais il lui sau-
vera le châtiment sévère qu'il avait encouru. Il est si
doux d'avoir une aussi belle occasion de pardonner.
Observons cependant que le pardon n'aura lieu qu'à
la condition expresse de n'y plus retomber. *Allez,* dit
le Sauveur, en une circonstance semblable ; *allez,*

que vos péchés vous soient remis, mais ne péchez plus.
La confession volontaire est moins pénible, étant faite
à un homme, peccable comme nous, qui connaît toute
la fragilité de notre nature, la force des séductions
qui nous entourent de toutes parts, et qui, par conséquent, entre dans nos peines, gémit avec nous de
nos infirmités, dont il se charge en quelque sorte pour
nous en alléger le fardeau. Ses conseils, appuyés sur sa
propre expérience, ont plus de poids, et sont plus
persuasifs. Comme nous, il est soumis à la confession
de ses fautes, auxquelles il doit ajouter celles qu'il
pourrait commettre dans l'exercice de son ministère;
telles les curiosités indiscrètes, le manque de charité, de douceur, etc, etc., enfin, il est astreint par
toutes les lois divines et humaines à un secret, que
la justice elle-même, les tourments et la mort ne
peuvent lui faire violer. Car (et il est de foi) ce n'est
pas à sa personne individuelle que la confession se fait,
mais à Dieu même dans la personne de son ministre.
Il est singulièrement remarquable, et c'est même une
sorte de miracle, qu'aucun des faux pasteurs qui s'é-
taient introduits dans l'Eglise, pendant nos temps de
calamités, n'aient violé le secret de la confession, quoique plusieurs aient cependant abandonné le sacerdoce
et apostasié en se mariant.

ROBERT.

Je ne puis m'empêcher de faire une remarque au sujet de la confession. Pauline a dit hier une chose judicieuse bien applicable ici : c'est que s'il y a péril et folie
à persévérer dans une erreur connue; il y a de la grandeur d'âme à la reconnaître, à l'avouer. Or celui qui
a eu le malheur de tomber dans le péché, se relève
donc en le reconnaissant, en en faisant l'aveu [1]. Ce

---

[1] On sait que Fénelon a tiré plus de gloire de l'aveu de son
erreur, et de sa soumission à l'Eglise, pour la condamnation de
son ouvrage *les Maximes des Saints*, que de toute l'illustration
de ses vertus épiscopales.

premier acte de vertu, qui n'humilie que l'amour-
propre mal entendu, dispose à la pratique de toutes
les autres; que ne doit-on pas attendre de celui qui
a le courage de dire, j'ai eu tort? Quel effort si sublime faut-il donc faire sur soi, pour en convenir devant des êtres aussi sujets que nous à faillir? Qui peut
se vanter de n'avoir jamais manqué dans sa vie? Ah!
en présence d'un coupable, nous pouvons redire,
avec l'assurance qu'il ne sera pas lapidé, ces paroles du Sauveur au sujet de la femme adultère, *que
celui qui est sans péché, lui jette la première pierre.*

ANATOLE.

Quant au sacrement en lui-même, ce n'est pas une
invention; l'Eglise ne veut d'autre domination que celle
des mauvais penchants et des vices; son institution est
positivement énoncée dans ces paroles de Jésus à saint
Pierre, et ensuite à ses autres disciples, auxquels il
donnait les mêmes pouvoirs: « Je vous le dis en vérité,
tout ce que vous lierez sur la terre, sera lié dans le
Ciel, et tout ce que vous délierez sur la terre, sera aussi
délié dans le Ciel. » Ces paroles emportent avec elles,
et *nécessairement,* l'obligation de la confession; car,
je m'en rapporte à votre bonne foi, comment, sans
elle, un ministre de Jésus-Christ pourrait-il connaître
et discerner ce qui doit être lié ou délié, remis ou retenu? On ne peut juger de ce que l'on ne connaît pas;
et comment, sans la confession, connaître les péchés
cachés, comme les mauvais désirs, les mauvaises pensées, les haines secrètes, les convoitises. l'injuste dé-
tention du bien d'autrui, les mensonges, les fornica-
tions, les adultères, etc., etc.? Quels conseils peut
donner un confesseur pour réparer le passé, prévenir
les rechutes dans l'avenir? Une confession faite en
masse, comme la veulent les protestants, ne peut
donner plus de lumières, puisque, et nous l'avons démontré, les circonstances du péché en augmentent ou
diminuent singulièrement la gravité. Oter la confession,

c'est rendre le sacrement nul, le jugement impossible;
c'est en détruire l'essence et les bons résultats: c'est
vouloir une chose ridicule; c'est vouloir qu'un juge
prononce une sentence de condamnation ou d'absolution sans connaissance aucune de la cause, et sans
pouvoir en déterminer ni l'espèce ni la gravité.

LANCELLE.

Cela serait vraiment trop absurde, et souverainement injuste. Il acquitterait ou condamnerait donc
au hasard. Les conseils porteraient tous à faux: j'aurai commis un mensonge, on n'admonétera sur
l'ivrognerie; je ne serai qu'un libertin, on me reprendra sur le vol; j'aurai commis un assassinat, on
me donnera des conseils sur la gourmandise; cela
serait-il tolérable? Je crois que la confession telle
que l'entend l'Eglise catholique a bien d'autres résultats.

ANATOLE.

La confession a ces avantages, qu'elle prévient les
crimes secrets, qu'elle en répare les suites à l'égard
de l'offensé et de l'offenseur, lorsqu'ils ont eu lieu;
elle calme les ressentiments, apaise les dissensions,
fait disparaître les préventions, éloigne les querelles,
et s'oppose à tout ce qui pourrait troubler la paix et
détruire la concorde; au for intérieur, elle éclaire sur
les conséquences de tout acte illicite, attentatoire au
prochain, soit dans sa personne, soit dans son honneur ou dans ses biens; sur tout acte qui compromet
la santé, la vie, l'honneur ou le salut: enfin elle nous
éclaire sur nos vrais intérêts; elle fait réparer tous les
torts, de quelque part qu'ils viennent. Le confesseur
est cet ami tendre, franc, loyal, désintéressé et dis-
cret que l'on peut consulter en toute confiance, à qui
l'on peut confier ses peines les plus secrètes, et que
l'on trouve heureusement toujours prêt à nous accueil-
lir. Malheureux, il nous console; tombés, il nous
relève; faibles, il nous soutient; dans le combat contre

18

nos passions, il nous excite et nous encourage ; il nous
loue de nos efforts, nous fait rougir de notre lâcheté ;
il anime les tièdes ; il modère, contient le zèle incon-
sidéré et imprudent ; il prend intérêt à notre victoire,
et nous fournit les armes les plus propres à nous faire
triompher. Toujours le même, calme, impassible, il
juge de sang-froid le fort et le faible de notre attaque
et de notre défense ; il apprécie notre situation et la
grandeur du péril ; il conseille ce qui est avantageux ;
reprend au nom de la religion et de la morale, ce que
la conscience réprouve, ministre d'un Dieu bon, la
douceur coule avec ses paroles, comme un baume sur
nos plaies, et l'inflexible rigueur de la justice est toujours tempérée par l'onction de la charité. A l'exemple de son divin Modèle, il ne veut point que le pécheur périsse ; mais qu'il change sa voie et se con-
vertisse.

Il sait au besoin souffrir en silence et avec patience,
les calomnies dont son ministère le rend quelquefois
l'objet : il sait s'en venger par le pardon ; il les prévient par ses vertus ; il prie pour leurs auteurs, prêt
qu'il est toujours de voler à leur secours au moindre
de leurs désirs. J'en appelle ici à la bonne foi de tous
ceux qui ont eu recours à ce sacrement ; qu'ils nous
disent si, en sortant de ce tribunal, dont on veut
faire un épouvantail, qu'ils disent s'ils n'en sont pas
sortis consolés et plus contents d'eux-mêmes ?

PAULINE.

Beaucoup se plaignent, ou du refus d'absolution,
ou de la pénitence qui leur est imposée, ou même de
la sévérité du confesseur.

ANATOLE.

C'est se plaindre comme des insensés ; ce sont des
malades en délire, dont l'un ne sentant pas son mal,
voudrait que son médecin plus expert le déclarât guéri
et en bonne santé ; l'autre se plaint du régime auquel
on l'astreint pour réparer ses forces, ou des remèdes

qu'on l'oblige à prendre ; le troisième est comme ce
malheureux qui s'emporte contre l'adroit chirurgien
qui , avant d'appliquer le baume sur ses plaies , veut,
par une opération douloureuse, à la vérité, en extraire
la balle empoisonnée , ou le tronçon d'épée qui occasionnerait sa mort.

SANS-SOUCI.

Par là sambleu , voilà une belle comparaison ! J'ai
été à l'hôpital , moi, et j'ai toujours trouvé sots ceux
qui se plaignaient des docteurs. Ce n'est pas par caprice, leur disais-je, qu'on nous met au régime ou
qu'on fait telle ou telle opération. Les gens de l'art
ont plus d'expérience ; ils savent mieux ce qu'ils ont
à faire et ce qui convient à telle ou à telle maladie.
On ne m'écoutait guères , aussi combien en ai-je vu
périr ! J'ai suivi leurs conseils, moi , et me voilà
encore.

LANCELLE.

Et vous avez bien fait ; quand on ne veut pas
suivre les conseils de gens experts , il ne faut pas les
demander.

ANATOLE.

Vous sentez donc combien il est ridicule de se
plaindre du médecin de son âme ; on doit abandonner
de confiance à un sage confesseur le soin de nous
diriger dans la voie du salut ; voyons quelques résultats de la confession.

Je suis de l'œil ce père, qui lentement s'achemine
vers l'Eglise. Son air est triste , le désespoir est sur
ses traits comme dans son cœur, d'où paraît prête de
s'échapper une malédiction terrible contre un fils
rebelle et libertin qui fait la désolation de sa famille.
Il s'approche du tribunal auguste de la pénitence : une
demi-heure se passe ; il en sort pour aller se pros-
terner aux pieds des autels, aux pieds de la croix ; des
larmes abondantes coulent sur ses joues sillonnées par
les rides de la vieillesse. Il les essuie et s'en retourne,

mais ce n'est plus le même homme, il a soulagé son
cœur oppressé; la sérénité ne brille point sur son
front, mais sa physionomie est plus calme, on y lit
sa résignation; il a pardonné des fautes dues à une
mauvaise éducation, peut-être aux mauvais exemples qu'il avait donnés; il a prié pour son coupable
fils, pour lui-même; l'espérance a pris dans son âme
la place du désespoir.

Mais où va à son tour ce ministre des autels? Il
s'achemine vers un quartier de la ville, qu'évite
l'homme qui respecte ses mœurs, et qui tient à sa
réputation. La méchanceté va s'emparer de cette dé-
marche, qu'elle saura interpréter et embellir à sa
manière; elle va lancer le sarcasme, les traits saty-
riques, faire de l'esprit, en un mot. Quelle bonne
fortune pour les impies, pour ces éternels détracteurs
du sacerdoce! Observons-le cependant, le bon pasteur va peut-être, laissant là toutes les autres, à la
recherche de quelque brebis égarée. Il entre dans une
habitation de la plus triste apparence; il monte à
tâtons un escalier obscur; il pénètre dans un galetas,
espèce de bouge infect; là, gît étendu sur un peu de
paille humide, une créature au visage féminin, en-
tourée de plusieurs enfants à demi nus, qui paraissent lui appartenir, et auxquels la faim fait jeter des
cris perçants. Il s'assied sur un bloc de pierre, écoute
l'infortunée, et sort enfin essuyant une dernière
larme échappée de son cœur, quand sa bourse s'était
échappée de ses mains, pour être oubliée dans celles
d'un des enfants.

De là il court chez un riche, fait plusieurs autres
visites, mais courtes, le temps presse. Ne pouvant le
suivre, je m'informe, et j'apprends bientôt qu'il y a une
misérable de moins, et une chrétienne de plus. En
quelques jours, deux enfants ont été reçus dans l'hospice; l'aîné, après avoir été vêtu, est placé en service
chez d'honnêtes artisans; et leur mère rendue à la
vie, aux bonnes mœurs et à la société par ce res-

pectable Ecclésiastique, qui sut assurer sa bonne œuvre, en procurant un travail utile et continu à celle que la misère seule et la maladie avaient pu contraindre de recourir à lui.

SANS-SOUCI.

Mille bombes ! voilà un bien digne Prêtre. Ah ! s'ils font souvent de ces œuvres-là, leur ministère est bien respectable !

ANATOLE.

Celui-ci, car le fait est notoire, n'en a pas moins été exposé à tout ce que la calomnie a pu inventer et débiter d'horreurs sur son compte, il a cru au-dessous de lui, de sa dignité, de paraître même le savoir. Sa modestie, d'ailleurs, eût souffert de la révélation du bien qu'il avait fait, et que nécessitait sa défense. Comme son divin Maître et son modèle, il a tout souffert pour son Dieu, dans le calme de sa conscience. Les administrateurs de l'hospice indignés ont enfin repoussé la calomnie, et les magistrats ont imposé silence aux calomniateurs, en les menaçant de toute la sévérité des lois. Le bon curé lui-même les sauva de leur vengeance, en intercédant pour eux. (Je tiens ces détails véridiques d'un de ces administrateurs qui en était indigné.)

Mais, une autre scène attire notre attention. Voici un vénérable Prêtre, en cheveux blancs, qui court plus vite que ne semblent le lui permettre les forces de son âge. Il entre à la prison. Là, un criminel, un assassin, un monstre de cruauté, que la justice a frappé, attend l'heure de son supplice ; il rugit, il ronge ses fers, se désespérant de ne pouvoir se déchirer lui-même. Tout tremble autour de lui, personne n'ose l'approcher, tant sa rage, qui s'exhale en imprécations et en blasphèmes, inspire d'effroi. Le ministre de Dieu se présente la croix à la main, et lui montrant le Sauveur qui y est attaché : c'est pour vous, dit-il au coupable, c'est pour le pécheur que ce

Juste a été jugé, condamné et exécuté, il vous tend ses bras; si la justice des hommes est implacable, la sienne est toute miséricordieuse; il est mort innocent pour vos péchés, pour vous sauver; reconnaissez-le pour votre Dieu, jetez-vous avec confiance dans ses bras, il vous recevra dans son cœur, et peut-être que, comme au bon larron, il vous dira qu'aujourd'hui vous serez avec lui dans son paradis. Notre criminel fixe un instant le ministre et la croix, frappé de ces paroles. Il hésite : Eh! quoi! dit-il enfin, vous croyez?.... il serait encore temps? cela serait-il possible? Vous m'assurez que vous ne doutez pas de sa miséricorde : Ah! daignez me dire, ange consolateur, ce que je dois faire pour la mériter. Je tombe à vos pieds.... Il s'agenouille en effet; nous nous écartons, nous n'entendons plus rien; mais nous voyons d'abondantes larmes couler des yeux de tous deux. Bientôt l'heure fatale a sonné; ils ne se quittent plus; ensemble ils marchent à l'échafaud. Le malheureux résigné écoute avec calme, et les yeux baissés, le ministre de la religion qui lui présente la croix consolatrice à baiser, et prie le divin Rédempteur de le recevoir dans sa clémence : arrivé au terme, le patient embrasse l'homme de Dieu, se recommande à ses prières, presse encore le crucifix sur les lèvres et sur son cœur, puis se plonge dans l'éternité. Il n'est déjà plus, et le ministre d'un Dieu clément, humblement agenouillé, le recommande encore à Jésus et à la Mère de miséricorde, refuge assuré des pécheurs qui mettent en elle leur confiance.

JULIEN.

Que c'est beau, ça attendrirait un ange. Savez-vous, M. Anatole, que vous me raccommodez avec les Prêtres. Je n'avais pas réfléchi à tout cela, moi. Mais à cette heure que je les connais, je suis entièrement de leur bord. Allons, trinquons à leur santé; car, après tout il faut convenir que la grande majorité, presque tous, sont vraiment bons et bien charitables.

SANS-SOUCI.

Témoins, l'histoire de Robert et celle que nous venons d'entendre; quant à ce qu'on débite contre eux, la méchanceté et l'impiété y ont mis de leur invention. Si l'on voulait croire tout ce que certaines gens nous racontent, il n'y aurait bientôt plus qu'eux de braves sur la terre.

DIX-SEPTIÈME SOIRÉE.

« Non omnes capiunt verbum illud, sed quibus datum est.
Matth. 19. 10.
« Sunt Eunuchi propter regnum Cœlorum. id. id. 11.*

SAVEZ-VOUS , M. Anatole , dit Lancelle , aussitôt que
tous nos gens furent arrivés , depuis peu de jours vous
m'avez fait faire bien du chemin ; j'ai beaucoup réfléchi sur tout ce que vous nous avez dit et démontré,
et je m'aperçois réellement que pour être philosophe ,
il faut avoir des idées différentes de celles de tout le
monde ; que pour se singulariser, il faut n'avoir pas
le sens commun , être une sorte de rêve creux, une
espèce d'imbécile , de niais , qui renonce à sa raison,
pour croire les plus absurdes propositions que la ba-
lourdise a pu inventer.

JULIEN.

Et pour finir comme son cochon ; car ils ne veulent
pas avoir plus d'âme que lui.

ANATOLE.

On a la manie de vouloir se faire remarquer. On
fait comme cet imprudent voyageur qui , ennuyé de
suivre tranquillement avec les autres le sentier droit
et battu qui le conduirait sûrement à sa destination,
échappant dans la foule à l'attention générale , s'é-
carte du chemin pour courir à travers champs , s'en-
fonce , tantôt dans des ravins , dans des marais fan-
geux , traverse des torrents , et s'élève ensuite sur les

pics des montagnes, escalade les rochers, pour attirer
sur lui les regards, espérant arriver également au
but de son voyage ; mais bientôt embarrassé dans les
broussailles d'où il lui est impossible de se tirer, il
ne saurait plus reconnaître sa direction, et finit par
périr au fond de quelque abîme, ou sous la dent de
quelque bête féroce, qui, du fond de son repaire, s'é-
lance sur lui et en fait sa proie.

ROBERT.

C'est un vrai fou qui a mérité son sort, et que
personne ne plaint ; il a pu se faire applaudir de ceux·
qui lui ressemblent ; mais il a excité la piété des per-
sonnnes de bon sens ; on déplore le sort de tels insensés ; heureux quand, avant leur funeste catastrophe,
et suivant les avis charitables qu'on leur donne, ils
rentrent dans la bonne route. Mais il faut que les
forces et la lumière du jour ne manquent pas à leur
volonté tardive.

ANATOLE.

Revenons donc à Dieu, à la religion, pendant qu'il
en est encore temps ; car celui qui a promis le pardon aux pénitents, n'a pas promis de lendemain aux
pécheurs. Rentrons dans la voie que nous indiquent
les guides sûrs qui nous sont donnés. Alors nous échap-
pons aux grands dangers, nous ne manquons dans le
voyage de la vie, ni de lieux de repos, ni des provi-
sions nécessaires pour arriver à bon port.

JULIEN.

C'est ainsi que se font les voyages dans l'Orient.
On n'y marche jamais seul, mais toujours en cara-
vanes et conduits par des guides, à ce que m'ont rapporté des personnes qui ont fait les campagnes d'Egypte.
Si l'on y voyageait isolément, on serait bientôt égaré,
et l'on s'exposerait à périr de faim, de soif, ou à
être dévoré par quelque animal féroce, par les lions
du désert.

19

SANS-SOUCI.

Justement, ce sont les guides qui dirigent les colonnes de troupes, et leur indiquent les gués et les
lieux d'étapes; c'est ainsi que nous avons parcouru
les Pyrénées dans la dernière guerre, et plus d'un,
pour s'être écarté, est tombé sous la dent des loups
ou des ours. Je sens bien qu'en toute affaire il faut un
bon guide; on en prend à la guerre, on prend un
bon pilote sur mer; on prend un avocat, deux même,
pour se guider dans un procès; on prend un médecin
pour se diriger dans une maladie; on prend une escorte
pour traverser une forêt périlleuse, et l'on n'en pren-
drait pas pour se conduire dans la voie du salut !!!
On ne peut que s'égarer en traversant un monde si
rempli d'embûches de tous genres; il faut même, ce
me semble, un guide bien expert. *Experto crede
Roberto*. Ce qui veut dire, je crois, à ce qu'on m'a
dit au moins, car je ne sais pas le latin; croyez
Robert, il est expert. Aussi, comme je veux prendre,
moi, la route la plus sûre, même dans le doute, je
vais choisir un bon curé pour me guider. Je me rappelle de m'être égaré.... Et puis.... suffit, je m'entends.... Allez, c'est bien heureux que je n'aie pas été
tué à l'armée; grâce à Dieu, me voilà encore.... et
comme on dit, il n'est jamais trop tard de bien faire,
et il vaut mieux tard que jamais. (Ce soliloque final
de Sans-Souci divertit beaucoup la compagnie, particulièrement Pauline, et Robert, auquel il avait en quelque sorte appliqué son proverbe, en affectant de le
regarder en le citant.)

LANCELLE.

Mais encore faudrait-il être sûr au moins que les
prêtres n'ont rien changé à ce que les apôtres ont enseigné.

ANATOLE.

Il est facile de vous en assurer, les apôtres ne sont
pas morts tous en même temps; ils ont eu leurs suc-

cesseurs immédiats. A mesure que l'un d'eux mourait
on le remplaçait ; ceux qui prenaient leurs places
étaient toujours choisis parmi les personnes les plus
éminentes en sainteté, et enseignaient sous les yeux
des apôtres et des disciples encore vivants ; en sorte
qu'ils n'eussent pu s'écarter, en la moindre chose, de
la doctrine reçue, sans en être repris sur-le-champ.
Pour éviter même toute altération possible pour la
suite et empêcher toute innovation, les apôtres firent
entr'eux une profession de foi renfermant les mystères
et les principaux dogmes de la religion. Cette profession de foi porte le nom de symbole des apôtres ; elle
est parfaitement conforme aux vérités contenues dans
l'Evangile ; elle a été adressée à toutes les églises des
premiers temps, reçue et enseignée par toute la
chrétienté depuis eux jusqu'à nous. Donc, il est
facile de se convaincre, et par ce symbole et par les
évangiles, que l'Eglise actuelle (comme celles qui
ont immédiatement ou postérieurement succédé aux
apôtres) n'a nullement altéré la foi ni la doctrine,
et que c'est bien réellement à celle enseignée par Jésus
lui-même, que l'Eglise demande aux fidèles de se soumettre.

LANCELLE.

J'ai encore une objection à vous proposer ; je suis
fâché d'insister, mais vous vous êtes engagé à dissiper
tous nos doutes. Si Dieu avait réellement voulu sauver
tous les hommes, pourquoi ne pas leur donner de
suite la récompense promise, sans les laisser exposés
à des tentations si nombreuses, et quelquefois si
séduisantes ? Cela eût-il été moins conforme à sa
bonté ? Il me semble, au contraire, qu'elle en eût
éclaté davantage.

ANATOLE.

J'ai cru, en traitant de la liberté de l'homme, avoir
prévenu cette objection, sans aucun doute. Dieu veut
réellement sauver tous les hommes ; il a tout fait jus-

qu'à sacrifier son propre fils pour notre salut; il
nous l'offre, il nous invite à l'accepter, mais sans
nous y contraindre; il nous laisse libres dans notre
choix : le pouvoir de faire à son gré son malheur ou
son bonheur est de l'essence de tout homme raisonnable : sinon, la raison resterait sans emploi, nous
ne ressemblerions plus à Dieu.

Demander l'impuissance d'être malheureux, c'est
demander l'impuissance d'être heureux. La bonté de
Dieu a donc fait tout ce qu'elle a dû pour notre salut;
en la satisfaisant, Dieu a aussi dû satisfaire à sa justice; eût-il été juste de couronner celui qui n'avait
point combattu, de donner un prix qui n'eût point
été mérité? C'eût été décerner le triomphe sans victoire, et payer le salaire sans travail; la justice eût
donc été blessée, la récompense eût cessé d'être une
récompense. Cela est tellement senti, que personne
n'en use ainsi envers aucun de ses serviteurs; d'autre
part, Dieu veut tellement notre salut, que pour résister aux tentations, il ne nous laisse manquer d'aucun
des secours nécessaires; et, si nous n'en triomphons
pas plus souvent, c'est parce que nous négligeons
d'aller dans les sacrements puiser les forces et les
armes qui peuvent nous faire remporter la victoire.

ROBERT.

Cela me paraît très-juste. Un soldat aurait mauvaise
grace de prétendre que le roi ne veut pas qu'il triomphe
de ses ennemis, parce qu'il ne lui plairait pas d'aller
prendre à l'arsenal, mis à sa disposition, les boucliers,
les cuirasses et autres armes dont il aurait besoin; il
aurait bien plus tort, s'il demandait que le prix de la
victoire dût lui être adjugé, sans l'exposer à tant de
fatigues; où il n'y a point de mérite, il ne peut y avoir
de récompense; celle-ci n'a de prix que par le souvenir
de ce qu'elle a coûté.

ANATOLE.

Le baptême nous fait serviteurs de Dieu, enfants de

l'Eglise, et nous revêt des armes de la foi ; la confirmation nous fait parfaits chrétiens, nous rend intré-
pides , mais prudents, fermes et experts. Dans ce sacrement, le Saint-Esprit nous anime, et nous donne
un courage invincible. Voyez les apôtres ; ils étaient
ignorants, incrédules, faibles et timides à l'excès,
même à côté de Jésus : ils l'abandonnent, dès qu'ils
le voient aux mains de ses ennemis, ils le renient,
fuient de tous côtés pour ne pas y tomber eux-mêmes.
Quel changement produit en eux la descente du Saint-
Esprit ! Toute intelligence, toute force leur est donnée ; ils vont au sein même de Jérusalem, publier et la
résurrection et la divinité de Jésus crucifié. Les juges,
les princes des prêtres, naguères si redoutables pour
eux, ne leur imposent plus; ils bravent leurs menaces,
leur courroux, les prisons, les tortures et la mort
même, pour la confession de leur foi, pour le triomphe
de la vérité. L'Eucharie, sacrement des vivants, est
la nourriture qui fortifie; qui, puissant auxiliaire,
fait que Dieu combat lui-même en nous et avec nous.
La Pénitence guérit nos plaies, nous relève quand nous
sommes tombés, nous ressuscite quand nous sommes
morts à la grace. Enfin, la bonté de Dieu a tout prévu
pour nous faciliter le triomphe. Un chrétien, qui fait
un fréquent usage des sacrements, ne rougit plus de
sa religion ; il s'applique, en athlète intrépide, à combattre sans cesse ses passions, à braver le monde et
ses pernicieuses maximes ; encouragé par la couronne
de gloire qui l'attend au bout de sa carrière.

SANS-SOUCI.

Voyons si j'ai bien saisi toute votre explication. La
vie est un combat continuel contre nos penchants qui
nous entraînent loin de Dieu ; il ne serait point juste
de donner la palme de la victoire à celui qui n'a point
combattu ; ce serait même à lui une lâcheté d'y prétendre. Le chrétien est le soldat enrôlé dans le Baptême ; il est armé et cuirassé par la Confirmation qui

l'anime et exalte son courage; l'Eucharistie est
nourriture excellente qui donne et entretient les forc
et la Pénitence est l'hôpital où les malades et les bles
vont se faire guérir; l'Extrême-Onction est le bau
appliqué sur toutes les plaies de l'âme.

ROBERT.

Mais, oui, c'est à peu près ça; j'aimerais mie
comparer la Confirmation à la présence du roi, e
la décoration qui brille sur sa poitrine et qu'il vo
promet; voilà ce qui anime, serait-on poltron com
quatre, qu'on se ferait échiner sous ses yeux po
mériter ses éloges.

ANATOLE.

Cette comparaison tant soit peu militaire n'est
dépourvue d'une sorte de justesse; je la prends te
qu'elle est, et je vous demande ce que vous penseri
d'un soldat qui, en présence d'un ennemi actif et q
le harcellerait sans cesse, refuserait les armes qu'
lui offre pour sa défense, la nourriture qui doit ent
tenir et réparer ses forces, ou les remèdes qui doive
guérir ses blessures.

JULIEN.

Ce serait un lâche ou un fou : au moment
combat, refuser les moyens de résister et de vaincr
c'est se montrer l'un et l'autre : c'est s'exposer volo
tairement à périr : dans ce cas, un brave champio
un bon militaire n'a que cette devise : Il vaut mie
tuer le diable, que le diable vous tue.

ANATOLE.

Ce n'est cependant pas celle de ces chrétiens lâche
qui, harcelés de toutes parts, par le diable qui rô
sans cesse, cherchant quelqu'un qu'il puisse dévore
refusent obstinément de s'armer de la foi, et de
fortifier par les Sacrements pour pouvoir lui résiste
et qui, comme ces fous, viennent ensuite demand
pourquoi on ne leur a pas accordé les honneurs (

triomphe. Quant au sacrement de l'Ordre, il n'appartient pas au commun des fidèles.

SANS-SOUCI.

Eh! non , sans doute, ce sont les officiers de la milice chrétienne , ceux-là : nous, nous sommes les soldats de l'Eglise militante ; ils ont étudié pour être officiers ; les séminaires sont comme les écoles polytechniques ; tout ce qui en sort a fait des études spéciales. (Sans-Souci se frottant les mains semblait s'applaudir de pouvoir ainsi pousser sa comparaison jusqu'au bout).

ANATOLE.

C'est la tribu de Lévi , choisie par Dieu même pour le service du tabernacle. Nous avons vu , par les obligations imposées aux prêtres et les devoirs pénibles qu'ils ont à remplir, combien leur vocation doit être éprouvée; il faut vraiment être appelé de Dieu pour cet état, car le pasteur répond non-seulement de lui, mais de chacune des brebis qui lui sont confiées; si le pasteur est aveugle, comment conduira-t-il son troupeau? s'il manque de vigilance, ou s'il dort, gare au loup dans la bergerie !

LANCELLE.

Encore une objection, M. Anatole : pourquoi ne permet-on pas aux prêtres de se marier? ils seraient alors comme nous tous; il me semble qu'il y eut un temps où on le leur permettait.

SANS-SOUCI.

Bon, en voilà d'une autre; est-ce que tous les officiers sont mariés donc? et puis, cela ferait une belle armée en présence de l'ennemi.

ANATOLE.

Je n'ai jamais su qu'un prêtre se soit marié postérieurement à son ordination. Il est vrai que, dans la primitive Eglise, et même encore pendant longtemps, des hommes éminents en vertus furent élevés

à la dignité du sacerdoce et même de l'épiscopat,
quoiqu'ils fussent mariés ; mais alors ils se vouaient
à la continence eux et leurs épouses, qui n'étaient
plus pour eux que comme des sœurs. Dans ces premiers temps où le christianisme, non encore répandu
partout, n'avait point ses écoles spéciales, on prenait
le talent uni à la vertu, là où il se trouvait ; mais
par la suite, la haute instruction s'étant répandue avec
la religion, l'Eglise, pour de bonnes raisons, a cru
devoir changer sa discipline à cet égard.

LANCELLE.

Ainsi, l'Eglise est plus rigoureuse que Jésus-Christ
lui-même.

ANATOLE.

Vous êtes dans l'erreur sur les sentiments du Sauveur à ce sujet. Examinons, puisqu'il en est question, le sacrement de mariage, cela nous ramènera
à votre objection. Ce sacrement a deux buts : l'un,
de fournir plus d'adorateurs au vrai Dieu, en per-
pétuant les hommes ; l'autre, de former entre deux
personnes une alliance étroite, qui rend leurs biens,
leurs maux et leur salut commun. Deux époux bien
unis doivent s'aider, s'encourager réciproquement à
combattre leurs vices et à pratiquer toutes les vertus ; se soutenir dans leurs épreuves, se consoler dans
leurs afflictions et leurs peines, et s'animer au service
de Dieu.

SANS-SOUCI.

J'entends ; c'est comme deux frères d'armes, qui
s'entr'aident et se défendent réciproquement, dans
toutes les occasions périlleuses.

ANATOLE.

Des pharisiens l'interrogeant, « Dieu, répondit Jésus, ayant fait l'homme au commencement, dit :
L'homme quittera son père et sa mère, et il demeurera
attaché à sa femme, et ils seront deux dans une seule

chair, de sorte qu'ils ne font plus deux, mais une seule
chair. » Telle fut l'institution du mariage. La polyga-
mie est proscrite par le seul fait de cette institution.
Le Sauveur ajoute ces mots contre le divorce : « Il
n'est donc pas permis à l'homme de séparer ce que
Dieu a uni [1]. » Les pharisiens objectèrent que la loi de
Moïse était cependant favorable au divorce; mais il
leur répondit, que si Moïse l'avait toléré, ce n'était
qu'à cause de la dureté de leur cœur, mais qu'il n'en
était pas ainsi dès le commencement : « Car je vous
le dis, en vérité, ajouta-t-il, celui qui quitte sa
femme, si ce n'est pour cause d'adultère, et en prend
une autre, commet un adultère ; et celui qui épouse
celle qu'un autre a renvoyée, commet aussi un adultère. » Or l'adultère, si commun, hélas! de nos jours,
est un péché tellement horrible, et si exécrable aux
yeux de Dieu, que Notre-Seigneur déclare que jamais
les adultères n'entreront dans le royaume de Dieu ; il
va même beaucoup plus loin, il dit, que « quiconque
regarde une femme avec un mauvais désir pour elle,
a déjà commis l'adultère dans son cœur [2]. »

LANCELLE.

Il serait donc avantageux, comme je l'observais tout-
à-l'heure, que les prêtres puissent se marier.

ANATOLE.

Les apôtres pensaient différemment; car ils obser-
vèrent, frappés qu'ils étaient de ce que venait de dire
le Sauveur, que la condition d'un homme étant telle,
il était alors plus avantageux de ne point se marier ;
et, en effet, Jésus leur répondit : « Tous ne sont pas
capables d'une telle résolution, mais ceux seulement
qui en ont reçu le don (le don de la continence). Il y
a plusieurs sortes d'eunuques, ajouta-t-il : les uns ont
été faits tels par les hommes ; il y en a qui se sont faits

[1] Matth. xix. 4 à 12.
[2] Matth. v. 18.

eunuques eux-mêmes pour le royaume du ciel: qui peut comprendre ceci, le comprenne[1].

ROBERT.

C'est-à-dire qu'ils renoncent à toute affection char-nelle, pour ne s'attacher qu'à Dieu. Or l'Eglise ne choisit pour ses ministres que ceux qui, suivant ce divin conseil, se font ainsi eunuques pour gagner le royaume des cieux; et, c'est très-conséquent, la continence étant une vertu, une perfection; aussi, remarque-t-on que Notre-Seigneur en donna l'exemple.

ANATOLE.

Il est dans l'ordre que le disciple cherche à imiter son maître, surtout quand son modèle est aussi par-fait; c'est pratiquer le précepte qu'il en a donné : « Soyez parfait, comme votre Père céleste est parfait. » C'est suivre cet autre : « Quiconque aura quitté pour l'amour de moi, ou sa maison, ou ses frères, ou ses sœurs, ou son père, ou sa mère, ou sa femme, ou ses enfants, ou ses terres, il en recevra le centuple, et possédera la vie éternelle[2]. Si quelqu'un vient à moi et ne hait toutes ces choses, même sa propre vie, il ne peut être mon disciple[3]. » Ce qui veut dire de renoncer à toutes les choses de la terre pour s'attacher à Dieu et le suivre, l'amour de Dieu devant tellement l'emporter sur toute autre affection, qu'il en soit aussi différent que la haine l'est de l'amour. En effet, Dieu étant un objet infini, souverainement aimable, l'amour qu'on lui porte doit être sans bornes et sans mesure. Les parents, la vie même, étant des objets finis et limités, ne comportent donc qu'une affection bornée, moins éloignée de la haine, que de l'amour infini que l'on doit à Dieu. Mais faisant abstraction de ces pré-ceptes, de ces conseils du Sauveur, voyons ensemble, si vous le voulez, ce que le bon sens et la raison hu-

[1] Matth. XIX. 12.

[2] Matth. XIX. 29.

[3] S. Luc, XIV. 26.

maine peuvent nous faire trouver d'inconvénients dans
le mariage des prêtres.

LANCELLE.

Je le veux bien, car je tiens beaucoup à ce point,
que les protestants défendent opiniâtrément, se con-
tentant ainsi d'une moins grande perfection.

ANATOLE.

Il n'est d'abord pas exact que, par cela seul qu'on
soit marié, on fût plus réservé à l'égard des femmes
des autres ; trop de gens nous donnent malheureusement chaque jour l'exemple du contraire.

SANS-SOUCI.

C'est bien vrai.

ANATOLE.

Il l'est encore moins que les sens, plus souvent
excités, soient les plus aisément satisfaits ; l'expérience prouve, au contraire, qu'ils sont d'autant plus
impérieux et plus exigeants, qu'on leur accorde davantage, l'habitude devenant, comme l'on dit, une
seconde nature. Ainsi, un ivrogne ne cesse pas de
boire, quand il a pris une part honnête de boisson.
Loin de se croire désaltéré après avoir bu, sa soif
n'en paraît que plus irritée.

JULIEN.

J'en suis une preuve vivante, moi qui vous parle ;
je ne suis jamais plus altéré, et n'ai jamais autant
d'envie de boire, que quand je suis dans le train.

ANATOLE.

Il en est de même des autres sens. Or, si l'homme a
déjà tant de peine à se contenir, lorsque fuyant les
occasions, il n'a que ses propres passions à combattre,
comment résistera-t-il, lorsqu'excité continuellement,
il aura exalté ses sens, et se sera associé une créature
faible, qui souvent l'entraînera malgré lui ? la différence de caractère et d'humeur n'influera-t-elle point
sur lui ?

Combien d'exemples funestes n'avons-nous pas de
femmes qui ont entraîné dans le péché des hommes
qui, sans elles, seraient restés irréprochables ! Notre
première mère n'a-t-elle pas provoqué Adam à la désobéissance ? Ne sont-ce pas les filles Madianites qui ont
porté les Israélites à l'idolâtrie ? Samson a dû sa perte
à une femme, à Dalila. Salomon, le plus sage des
hommes, ne s'est-il pas perdu par les femmes ? Dans
nos temps modernes, n'est-ce point pour une femme,
Anne de Boulen, que le schisme s'est établi en Angle-
terre ? Le luthéranisme, le calvinisme n'ont-ils pas
la même origine ? Les conseils de notre Sauveur, et
par suite les lois de l'Eglise, écartant les occasions
du péché, sont donc infiniment sages, plus favorables
au salut, et tendent d'ailleurs à une plus grande
perfection. Mais il y a plus, demander le mariage des
prêtres, c'est vouloir renverser toute l'économie de
la religion, c'est lui enlever ce qu'elle a d'auguste,
c'est avilir le sacerdoce dans ses ministres, et abolir
la confession !

LANCELLE.

Ces conséquences ne me paraissent pas rigoureuses.

ANATOLE.

Le ministre des autels doit être pur de corps et d'esprit pour offrir au Dieu de toute sainteté nos prières
et notre encens. Il doit posséder son âme en paix,
et être réconcilié pour offrir journellement le saint
sacrifice de la Victime pure et sans tache. Or, donnez
à ce ministre une femme, je ne dirai pas acariâtre
ni tracassière, mais d'humeur tant soit peu difficile,
que devient son calme dans l'exercice de ses fonctions ?
Ce sera bien pis si son épouse est légère, coquette,
ou peu réglée dans ses mœurs ; la malignité inter-
prétera tout à sa manière, et quel scandale, dans ce
siècle pervers, qui fait de l'infamie de l'épouse un
ridicule pour le mari ! Celui-ci ne perdra-t-il pas
toute la considération et le respect qui sont dus à ses

augustes fonctions, les méritât-il, d'ailleurs, par sa
conduite personnelle? Que de causes de préoccupa-
tion! que de sujets d'altercation pour lui! Le complice des déportements possibles de l'épouse viendra-
t il au tribunal de la pénitence confesser son crime,
dont les résultats avilissent un ministre de la religion
et le dégrade en quelque sorte, à celui-là même qu'il
aura aussi indignement outragé? Crime plus grave à
son égard, qu'à celui de tout autre individu, nous ne
parlons que de l'épouse; mais serait-il moins décon-
sidéré, ayant un fils libertin, une fille d'une conduite
immorale, un membre de sa famille flétri par la justice ou dans l'opinion? Si sa femme était jalouse, quel
trouble pour ses fonctions!

ROBERT.

C'est mettre l'honneur du sacerdoce à la merci des
causes qui leur sont étrangères; c'est vraiment lui ôter
sa dignité; car tout ou partie de ce tableau peut se
rencontrer.

ANATOLE.

Admettons, cependant, que tout cela ne soit qu'une
chimère, et ne doive jamais se présenter. Je veux
même que l'épouse d'un prêtre, que ses enfants soient
toujours des modèles de vertus, de combien de soins,
de tracas, je le vois encore environné. Il faut nourrir, entretenir une famille et fournir à tous ses
besoins. Vous trouviez tantôt qu'un seul pasteur était
une charge pour l'état, pour les communes, et maintenant vous voulez les surcharger de toute une famille!
Soyez au moins conséquent. Voyez quel traitement
vous devrez allouer pour fournir à tout cet entou-
rage, et dans quel embarras vous vous jetez. Vous
n'aurez plus rien de stable. Tel prêtre ne voudra pas
se marier (car vous leur laisserez, sans doute,
comme aux autres citoyens, la liberté à ce sujet),
celui-là, comme celui qui n'aura pas d'enfants, vivra
dans l'aisance, tandis que son voisin chargé de fa-

mille vivra misérablement , couvert des haillons d
l'indigence ; ou vous rétribuerez les cures selon l
plus ou le moins de famille , et ferez subir à cett
rétribution , toutes les variations résultantes de
morts ou des naissances qui surviendront, et chaqu
mutation amènera un nouveau changement. Ce serai
à n'en point finir. A la mort d'un prêtre qui n'avai
pour vivre que son bénéfice , laisserez-vous , aprè
ses longs services dans une paroisse , sa famille y men
diér dans sa misère , ou lui assurerez-vous un sor
qui augmentera vos charges ?

MATHURIN.

Ainsi naîtraient de toutes parts des inconvénien
sans nombre ; la dignité du sacerdoce et sa pureté, l
considération et le respect dû au ministère , la con
fiance des paroissiens à son égard , les intérêts d
trésor public , la stabilité et l'uniformité , le sor
même du prêtre et de sa famille , tout serait compro
mis , tout serait précaire.

ANATOLE.

Ajoutez , inconvénient pour les pauvres , pour tou
les paroissiens. Car je ne vous ai pas tout dit. Aprè
le temps donné aux soins de son intérieur et de s
famille , quel temps lui restera-t-il pour les pauvres
les malades , l'instruction et les autres fonctions qu'i
est appelé à remplir ? Quand ses propres besoins absor
beraient le double ou le triple de son traitement, san
encore le mettre à l'aise, que lui restera-t-il pour le
indigents ? N'est-il pas à présumer , à craindre a
moins qu'une femme , ou une fille dépensière , n'a
sorbe pour sa toilette l'argent que la charité , qui l
lui avait confié , destinait à un meilleur usage ? Ah
il est prouvé pour moi que charger un prêtre d
famille , c'est l'avilir, c'est lui ôter sa noble destinatio
d'être le soutien, le consolateur de tous les infortunés
c'est d'un homme public, en faire un particulier ; c'es
l'ôter aux malheureux pour le rendre malheureux lui

même. Lorsqu'il n'appartiendra plus à ses ouailles,
il n'appartiendra plus à personne, pas même à lui.
Trop heureux encore si sa famille, qui l'absorbe ainsi
tout entier, ne le rend pas un objet de mépris et de
dérision publique. Quel triomphe pour l'impiété, si
elle pouvait obtenir, par leur mariage, une si belle
occasion pour renverser la religion et ridiculiser sa
morale !

LANCELLE.

Assez, mon cher Anatole, j'abjure mon objection.
Un insensé, un ennemi de la religion et du sacerdoce
peut seul faire une pareille proposition.

FRANÇOIS.

Nous voyons ici, comme toujours, l'Eglise conduite par l'Esprit saint, prescrire sagement le célibat
aux prêtres, dans leur intérêt privé, dans celui de
leur salut, dans celui de leur considération ; et nous
voyons la dignité du sacerdoce, l'état des paroisses,
les pauvres même, intéressés à ce qu'il soit maintenu.

ANATOLE.

L'état de continence inspire plus de véneration ; la
société estimant un homme d'autant plus qu'il paraît
plus exempt de passions et sait se placer plus haut
au-dessus des faiblesses humaines.

DIX-HUITIÈME SOIRÉE.

« Toute joie dont la fin est certaine, est indigne d'un être créé pour l'immortalité. Peut on rechercher un plaisir qui meurt, presqu'en naissant, qui passe si vite, et ne laisse que la honte, le remords et le désespoir pour l'éternité. C'est courir également à sa ruine par le mépris de soi-même. »

Le bon Mathurin jouissait de son ouvrage ; son but était rempli à l'égard de son fils ; Robert se montrait digne de son père ; Sans-Souci même annonçait des dispositions qui permettaient de l'attacher à la maison, comme un homme de confiance sur lequel on pourrait compter. Lui, de son côté, ne parlait pas de s'en aller ; mais il rendait tous les services qui dépendaient de lui, allant même au devant des besoins par sa complaisance. Il paraissait s'attacher de plus en plus à Robert, et Mathurin voyait désormais cette amitié sans inquiétude. Lancelle que Mathurin avait tant appréhendé pour son fils, n'était plus le même ; son ton, ses manières, ses discours annonçaient qu'une révolution s'opérait en lui ; ce n'était plus ce frondeur de la religion et de ses ministres ; ce plaisant qui faisait son jouet des personnes pieuses ; un air plus décent, un ton plus réservé, une conversation plus raisonnable allaient mieux à sa profession, et lui méritaient l'estime et la considération des personnes sensées. Arrivé de bonne heure chez Mathurin, il combla de joie ce bon vieillard, en lui donnant les raisons suivantes d'un changement qui, chaque jour se

faisait de plus en plus remarquer en lui et dont Mathurin le félicitait.

LANCELLE.

Depuis quelque temps, j'avais reconnu le ridicule
du matérialisme : une matière qui, n'existant pas, se
serait cependant faite elle-même et serait devenue
créatrice, me paraissait une idée aussi absurde que
celle qui la fait éternelle. Un être, ici brut et impassible, là actif, animé, pensant et ayant une volonté,
ne pouvait s'offrir à mon imagination que comme une
monstruosité ; je sentais le besoin d'un être préexis-
tant, nécessaire, indépendant, tout-puissant, et auteur de tout. Je concevais que tout ayant été fait par
lui, lui appartenait de droit ; qu'il ne devait rien à
son ouvrage, qu'il était le maître absolu de sa destination, qu'il peut le briser même, s'il lui plaît ; mais,
je ne pouvais me rendre compte du but de Dieu dans
la création de l'univers. Un enfant, la petite Angeline, jeta un trait de lumière dans mon âme ; la gloire
de Dieu me parut un motif suffisant. Dieu ne pouvant
avoir d'autre but que lui-même ; les hommes même,
dans leurs propres travaux, n'ayant aussi que la
gloire pour but. Anatole acheva de déchirer le ban-
deau en me faisant voir, par l'ordre existant dans
l'univers, les relations des êtres avec leur Créateur,
relations devenues plus intimes par le médiateur ; le
Fils de Dieu par qui et en qui seul tout honneur
peut lui être dignement rendu. Autant j'avais de préventions contre la religion et de répugnance pour
ses pratiques, autant je veux m'y adonner aujourd'hui
qu'elle m'a fait connaître ma véritable nature et ma
dignité ; aujourd'hui, que mon être est ennobli à mes
propres yeux, et par sa destination et par les commu-
nications faciles que je puis avoir avec mon Dieu.
Que ses voies sont admirables, ses œuvres sublimes,
et ses perfections incompréhensibles ! Que de graces
ne lui dois-je pas pour ce qu'il m'en a fait connaître,
et à vous qui m'en avez fourni l'occasion !

MATHURIN.

Bien, M. Lancelle, voilà ce qu'on appelle raisonner
en homme sensée ; j'étais surpris , je vous l'avoue,
qu'un homme d'esprit comme vous ait pu donner dans
toutes les balourdises de nos fous philosophes, et se
jeter tête baissée dans leurs absurdes systèmes ; avec
leur gros bon sens , il n'y a pas un de nos campagnards qui ne raisonnât plus juste qu'eux s'il voulait
s'en mêler.

LANCELLE.

Ce n'est pas, toutefois, que je n'aie encore des doutes
sur certains points.

MATHURIN.

Ils tiennent à votre ancienne manière de voir; écoutez donc, on ne quitte pas ses préjugés tout d'un
coup ; on a encore à lutter contre un reste d'habitude , et le sot amour-propre joue encore quelque
temps son rôle ; mais voilà la compagnie qui arrive ,
Anatole est avec elle, proposez-lui vos doutes, je suis
certain qu'il les affaiblira beaucoup, s'il ne les détruit
entièrement.

LANCELLE.

Vous triomphez, M. Anatole , mais non complètement ; pour assurer votre victoire , il vous faudrait
pouvoir me donner des raisons naturelles et satisfaisantes de l'éternité du paradis et de l'enfer ; car des
tourments sans fin ne me paraissent pas pouvoir se
concilier avec l'infinie bonté de Dieu , ni même avec
sa justice ; pour une faute d'un moment , qui ne peut
même porter aucun préjudice à Dieu , trop élevé pour
que nous puissions l'atteindre , une éternité ! je concevrais plutôt le purgatoire.

ANATOLE.

L'autorité de l'Ecriture sainte , la foi du genre humain , la croyance des peuples dans tous les temps ,
et par-dessus tout la parole de la vérité, de notre

divin Sauveur lui-même, qui a dit qu'il *séparerait le bon grain de la paille , pour jeter cette dernière dans un feu qui ne s'éteindra jamais* [1]*, et c'est là où il y aura des pleurs et des grincements de dents* [2]. Qui de vous, demande le prophète Isaïe , pourra habiter dans ces flammes dévorantes [3] ? Tout confirme l'existence des peines éternelles que subiront les réprouvés, tous ceux, en un mot , que la mort aura surpris ennemis de Dieu et en état de péché mortel. Ces autorités suffiraient donc pour nous en assurer ; mais vous demandez que la raison les justifie, j'y consens : voyons donc ce qu'elle pourra nous dire à cet égard.

Le bon sens nous enseigne d'abord que , quelque grand que puisse être le bonheur des élus , ce bonheur ne serait point complet s'il était borné dans sa durée ; plus ce bonheur serait grand, plus l'idée de sa fin serait pénible. L'approche du moment où doit se terminer une félicité quelconque , en altère, en empoisonne la jouissance. C'est pourquoi l'idée de la mort est si horrible pour ceux qui ne mettent leurs joies que dans les choses de ce monde. La pensée seule de quitter ces parents, ces amis , ces richesses , ces honneurs dans lesquels on se complaisait , est effrayante pour qui n'a point d'autres espérances. Au contraire, la peine perd de son amertume, la douleur de son intensité, en raison de leur brièveté : ce pauvre, cet infortuné, tous ces malheureux qui gémissent dans le chagrin et le malheur, trouvent leur consolation dans cette idée qu'il y aura un terme à leurs souffrances ; ce misérable même, que la justice va frapper de son glaive, trouve son courage dans cette pensée consolante, que ce n'est qu'un mauvais quart-d'heure à passer. Ainsi, l'idée du terme final trouble le bonheur des heureux, tandis qu'elle allège

[1] S. Luc. III. 17.
[2] S. Matth. XIII. 42. 50. XXIV.
[3] *Quis poterit habitare de vobis cum igne devorante.* Isaïe XXXIII.

les peines de celui qui souffre, et le console : d'où il
suit que, dans ce cas, la récompense serait incom-
plète, et le châtiment insuffisant. Je vous le demande
maintenant, s'il est de la justice de Dieu de récompenser les bonnes œuvres, par un bonheur qui ne
puisse aucunement être altéré par la crainte de le
voir finir (récompense que nous ne nous avisons pas.
de trouver exorbitante), n'est-il pas aussi de sa justice que la punition des prévaricateurs de sa loi, de
ceux qui ont bravé sa puissance, et méprisé ses menaces, n'ait point de limites dans sa durée? C'est
ainsi que la justice humaine rejette pour toujours du
sein de la société, en le condamnant à mort, le scélérat qui brave ses lois et la trouble par des forfaits;
et Dieu seul ne pourrait rejeter pour toujours
celui qui l'a bravé!

SANS-SOUCI.

Ceci est très-conséquent et me parait très-juste.

ANATOLE.

Observez que la justice cesserait d'être elle-même,
s'il en était autrement. Une récompense accordée ne
peut plus être retirée; elle appartient en propre et
pour toujours à celui qui l'a méritée. La gloire ne
peut lui en être enlevée, et l'action qui la lui a fait
obtenir, l'élève à ses propres yeux, le console dans ses
infortunes.

ROBERT.

La gloire d'une bonne action, la douce jouissance
que donne son souvenir, sont le plus précieux du
patrimoine de celui qui l'a faite; elles deviennent la
propriété de sa famille, qui s'honore de le compter
parmi ses membres, et en transmet l'honneur et
l'exemple à ses descendants.

ANATOLE.

Il en est de même de la honte et du châtiment qui
ont atteint un criminel; il sent qu'il s'est avili, dégradé : échappât-il même au supplice qu'il a mérité,

son propre cœur devient son bourreau , ses remords
le poursuivent , le déchirent ; il se condamne lui-
même et se fait ainsi justice.

PAULINE.

Si l'on était bien pénétré de cette vérité , que telles
sont indubitablement les suites fatales du crime , on
se garderait plus souvent de le commettre.

ANATOLE.

Supposons maintenant , car il faut prouver , pour la
justice , la nécessité de cette éternité ; supposons ,
dis-je , qu'après un temps donné , les récompenses et
les châtiments trouvent un terme , voilà l'égalité
rétablie. A quoi aurait servi , à cette époque , d'avoir
été vertueux ? Le vice et la vertu seraient alors sur
la même ligne ; la vertu cesserait d'être éternelle !
Voulez-vous que la récompense n'ait point de terme
et que la punition en ait un ? Mais le temps de la
punition écoulé , le monstre qui l'a subie deviendra
donc l'égal du bienheureux ? Et alors plus de distinction entre le crime et la vertu. Qu'aura donc celle-ci
alors de plus que l'infàme scélératesse ; le juste plus
que le réprouvé ? Ainsi il y aurait un temps où il
deviendrait indifférent d'avoir été le défenseur ou le
fléau de l'humanité ! Qu'aura gagné le premier qui ne
possède pas le second , puisque les peines passées ne
sont qu'un songe à côté d'un bonheur présent. En
vain allégueriez-vous que la peine a effacé les crimes :
la justice humaine , émanation de celle de Dieu , ne
l'admet pas ainsi : une pareille égalité répugne ; on
n'aime point de se trouver côte à côte , en compagnie
avec des scélérats reconnus ; la société ne les admet
pas dans son sein , tant cette parité est contraire à
toutes les notions du bon sens. Demandez aux militaires , je ne dirai pas aux officiers , mais même aux
simples soldats , s'ils souffriraient dans leurs rangs
un homme traître à son roi , à son pays , à ses drapeaux , un homme flétri par la justice , eût-il même

fini son temps de galères, un être infâme dans ses
mœurs, un assassin, un faussaire?

ROBERT.

Sitôt connu, il serait infailliblement chassé sur-le-
champ, comme indigne de servir avec des gens d'honneur; un lâche même ne pourrait demeurer dans nos
rangs.

ANATOLE.

Un Dieu infiniment sage ne saurait permettre une
pareille confusion; il y aurait une sorte de déni de
justice, puisqu'après un temps révolu, un Judas se
trouverait en face de son Maître qu'il aurait trahi et
vendu? Un parricide affreux serait à côté de l'auteur
de ses jours, dont il fut le meurtrier! l'infâme dé-
bauché jouirait d'un sort égal à celui de la malheureuse
victime de son libertinage! le blasphémateur, le sa-
crilège jouiraient de la gloire du Saint des saints qu'ils
ont indignement outragé et bravé autant qu'il était en
eux! Non, il n'en saurait être ainsi. Les bons seront
séparés des méchants et appelés à la vie éternelle [1].
Les derniers, maudits de Dieu, iront au feu éternel, qui a été préparé pour le diable et pour ses
anges [2].

FRANÇOIS.

Leur partage sera conforme au choix qu'ils auront
fait dans ce monde. Ayant abandonné Dieu pour servir le démon, ils iront rejoindre le maître qu'ils auront préféré.

SANS-SOUCI.

Vous venez de parler des anges du diable, est-ce
que le diable a des anges à son service?

ANGELINE.

Est-ce qu'il n'y a pas eu des anges rebelles?

[1] S Luc. VII. 47.
[2] S. Luc. 48.

ANATOLE.

Ces anges sont ceux qui s'étant révoltés contre Dieu
avec Satan (ou Lucifer), ont été avec lui précipités
dans les enfers ; on les nomme les anges de l'abîme ,
les mauvais anges , pour les distinguer des bons qui
sont au ciel ; on leur a conservé le nom d'anges, parce
que n'ayant jamais été réunis à un corps , ce nom les
distingue des damnés ou réprouvés , qui sont des
hommes qui ont mérité de partager leur sort.

LANCELLE.

Voilà bien pour le paradis et pour l'enfer, j'en conviens sans peine , que l'éternité doit être le partage
de l'un et de l'autre : peut-on donner sur le purgatoire
des raisons aussi satisfaisantes ?

ANATOLE.

Sans nul doute ; car la raison est toujours d'accord
avec la foi , et la religion ne demande qu'à être étu-
diée de bonne foi , pour convaincre les âmes droites ;
elle ne se refuse à aucune espèce d'examen. L'homme
ne peut mourir que dans trois états : 1° l'état de justice parfaite , et avec un grand amour de Dieu , qui
conduit droit au ciel. Tel fut l'état de la sainte Vierge ;
tel est celui de ceux qui meurent immédiatement après
avoir reçu le baptême ; tel encore était l'état des martyrs qui expiaient leurs fautes, s'ils en avaient commises, par leur sang répandu pour l'amour de Dieu.
Le second est l'état de perdition et d'ennemi de Dieu ;
tel est l'état de ceux qui meurent en péché mortel ,
qui les précipite de suite en enfer. Tel fut celui de
Judas, qui , après avoir trahi et livré notre Sauveur,
se pendit de désespoir ; tel encore celui du mauvais
larron , qui périt à côté de Jésus, vomissant contre
lui des blasphèmes et des imprécations. Tel enfin, celui
de Coré, Dathan et Abyron, que la terre engloutit tout
vivants , en punition de leur rebellion contre Dieu et
ses ministres. Le troisième état enfin est celui de ceux
qui meurent dans l'amour de Dieu et le regret de l'a-

voir offensé, mais qui, par faiblesse, lâcheté ou négli-
gence, se sont laissé aller à des péchés que la pénitence n'a pas suffisamment expiés, et qui ne sont
point mortels. Or Dieu, étant la pureté même, ne peut
recevoir dans son sein rien de souillé ; car, comme l'a
déclaré le Sauveur, *rien d'impur ne saurait entrer
dans le royaume des cieux* ; la justice par excellence ne
peut punir des fautes à la vérité légères, mais qui ne
souillent pas moins l'âme ; la justice de Dieu dont elles
ne nous rendent point ennemis, ne peut, disons-
nous, les punir à l'égal des forfaits et des crimes,
Dieu ne saurait rejeter entièrement celui qui l'aime ;
car l'amour efface et fait pardonner bien des fautes.
Beaucoup de péchés vous seront remis, dit le Sauveur,
parce que vous aurez beaucoup aimé (et il s'adressait
à une grande pécheresse) ; il est donc nécessaire que
celui qui meurt dans cet état, soit purifié et lavé ;
avant d'être admis à la participation de la gloire du
paradis.

ROBERT.

C'est un état de purification, une punition tempo-
raire et correctionnelle.

SANS-SOUCI.

Comme les arrêts, la prison dans le militaire, pour
les simples fautes de discipline, cela ne déshonore et
ne dégrade pas ; son temps fini, on rentre dans les
rangs, et on n'y pense plus.

ANATOLE.

Observez que notre âme étant immortelle, à l'image
de Dieu, ne peut être anéantie. Il faut donc, après la
mort, qu'elle soit éternellement heureuse ou malheureuse; il n'y a point de milieu. Car il ne nous sera
pas accordé une autre vie; c'est à nous de choisir
entre Dieu et le bonheur de sa jouissance, et le diable
et les tourments, seuls biens dont il puisse nous faire
part. Nous sommes libres pour le choix, mais il est
indispensable de choisir : *Vous ne pouvons,* dit le Sau-

veur, *servir deux maîtres à la fois*. Le partage nous est interdit : songeons seulement que le maître que nous aurons choisi, et auquel nous nous serons attachés, sera celui que nous aurons pour l'éternité.

JULIEN.

Pour moi, mon choix est tout fait ; j'aime bien mieux mille fois servir Dieu que d'aller, comme on dit, à tous les diables.

ANATOLE.

Dieu nous a fait tout ce que nous sommes ; nous lui devons tout et il ne nous doit rien ; nous lui appartenons comme un ouvrage appartient à son auteur. Il faut que nous retournions à lui indispensablement, nous ne saurions lui échapper. Après le temps de liberté qu'il a gratuitement accordé pour que nous puissions acquérir quelques mérites, il reprendra possession de nous, comme notre Dieu ou notre Rémunérateur, ou comme un juge sévère et inexorable, selon l'usage que nous aurons fait de ses dons ; il s'agit pour nous de savoir de quelle manière nous voulons le retrouver. Cela vaut bien la peine d'y réfléchir, ce me semble.

LANCELLE.

Ah ! mes réflexions sont toutes faites : veuillez me dire ce que je dois faire.

PAULINE.

Servir Dieu avec autant de zèle qu'on sert le monde, l'aimer et s'attacher uniquement et invariablement à lui ; enfin, ne point perdre de vue sa noble destinée.

ANATOLE.

Aimer un Dieu qui est tout amour pour nous, voilà sa loi, son premier commandement ; le second, qui lui est semblable, est l'amour du prochain ; de l'exacte observation de ces deux commandements naissent toutes les vertus ; mais, puisque telles sont vos louables intentions, il me vient une idée ; si j'invitais notre vénérable pasteur à venir nous aider de ses lumières ; je pense qu'une conférence avec lui vous convaincrait mieux de la bonté, comme de la nécessité de votre détermination. Il vous donnera des explications bien plus précises et plus complètes que je ne pourrais le faire avec mes faibles lumières.

JULIEN.

Et moi aussi, je veux me raccommoder avec lui ; il y a assez long-temps qu'il a à se plaindre de moi ; mais c'est décidé, je ne veux pas finir comme une brute.

SANS-SOUCI.

La bonne pensée que vous avez eue, M. Anatole ; il y a bien long-temps aussi que je n'ai eu à faire à ses pareils ; je ne serai pas fâché de faire un peu connaissance avec lui ; oh ! j'aurai bien des choses à lui conter à l'oreille.

ANATOLE.

Je ne doute pas qu'il ne vienne avec empressement, d'après ces paroles du Sauveur, qui a dit : que le bon pasteur laissait ses brebis réunies pour courir après celle qui s'est égarée, et la rapporter sur ses épaules après l'avoir serrée sur son cœur. C'est pour les pécheurs et les infirmes que je suis venu, dit-il, et non pour ceux qui n'ont pas besoin de pénitence, et il y aura une plus grande joie au ciel, pour un pécheur converti, et qui change sa voie, que pour un grand nombre de justes qui n'ont pas besoin de pénitence.

MATHURIN.

Comme le père de l'enfant prodigue, il sentira son cœur tressaillir de joie du retour de ses enfants. Bénissons-en le Ciel tous ensemble ; je vous assure, mes amis, que je ne vous ai jamais vus avec autant de plaisir.

ROBERT.

Nous n'étions qu'amis, nous voici maintenant tous

frères, ayant le même Dieu, la même foi et la même loi. Sans-Souci restera probablement avec nous, nous nous reverrons souvent.

SANS-SOUCI.

Si je veux rester avec vous ? c'est mon désir ; mais Sans-Souci n'y restera pas. Je renonce à ce nom de guerre qui ne me convient plus ; car j'ai souci de mon salut et de votre estime. Je prends le nom de mon père, celui de Lupart, et je veux l'honorer par une conduite aussi chrétienne que la sienne.

JULIEN.

Bien pensé, cela ; parbleu, M. Anatole, vous avez la victoire, mais ce n'est pas sans combat, au moins.

DIX-NEUVIÈME SOIRÉE.

Celui qui aime son prochain accomplit la loi. *Rom.* 13.
Celui qui hait son frère est homicide.

Les résultats des conférences précédentes avaient outrepassé les espérances d'Anatole et surtout celles du bon Mathurin qui se félicitait d'avoir relevé le défi de Lancelle. Sans inquiétudes pour son fils, il voyait désormais ses relations avec le docteur et le charron sans danger pour lui, par leur retour sincère et l'abandon de leurs funestes principes. Anatole et le vénérable M. Dupont ne pouvaient assez en louer Dieu. « Ce n'est point à nous, disait ce brave jeune homme, ce n'est point à nous, Seigneur, mais à vous seul et à votre saint Nom qu'en appartient la gloire [1]. Maintenant, dit-il au curé, c'est vous, son ministre, à rebaptiser ces néophytes dans le bain salutaire de la pénitence. Vous êtes attendu, venez les y disposer, par l'ascendant que vous donnent votre caractère sacré, votre âge, vos lumières, l'autorité de vos vertus et de votre exemple. » En effet, l'heure étant venue, le pasteur arrive chez Mathurin. Au respect avec lequel il fut reçu, il put juger des dispositions de chacun. Tout le monde s'étant levé et découvert, il invita à s'asseoir. Nous sommes ici tous frères, dit-il : à l'église, je suis votre pasteur, ici je

[1] Ps. 113.

ne vois que des chrétiens; et le salut du moindre
d'entre nous a autant coûté au Ciel que celui du plus
grand saint; nous sommes tous également chers à
Dieu; seulement, à ses yeux, la première place est
souvent pour le dernier, pour celui qui l'aime davantage et a le plus de vertus et d'humilité. Ce début mit
à l'aise tous nos gens, qui ne virent plus en lui qu'un
ami, qu'un père; dès ce moment, la confiance s'établit, et Anatole prit la parole pour tous.

MATHURIN.

M le Curé, nous avons désiré l'honneur de votre
présence, et voici pourquoi : le retour de mon fils
Robert a été l'occasion d'une petite fête de famille, à
laquelle ont été invités ses anciens amis; une discussion est survenue, elle a donné lieu à des objections,
à des explications et à des éclaircissements qui, présentés successivement dans plusieurs conférences,
nous ont amenés à ce résultat; c'est qu'au milieu du
débordement de doctrines impies, d'idées perverses
et erronées dont on inonde la société, sous le nom
de doctrine des philosophes, qui sont devenus fous,
tout en s'attribuant le nom de sages [1]; le parti le
plus sûr, le seul vraiment raisonnable était de s'en
tenir à la Foi de l'Eglise, aux vérités qu'elle nous enseigne, avec l'autorité qu'elle en a reçue, enfin, de
croire invariablement ce qui, dans l'Eglise, a été cru
par tous, en tous temps et en tous lieux, telle que
nous l'enseigne le symbole; bien convaincus que Dieu
qui ne peut se tromper, ni être trompé, ni non plus
nous tromper, ne peut permettre non plus que nous
ne soyons dans les choses importantes du salut, que
nous reconnaissons être la seule affaire vraiment nécessaire, puisqu'il s'agit pour nous d'une éternité.
Nous espérons, (et nous voulions l'apprendre de vous-
même,) que vous nous indiquerez les moyens les plus
sûrs pour nous la rendre heureuse.

[1] Act. Ap. 1. 22.

M. DUPONT.

Quand on a la Foi et l'Espérance, qui sont des dons de Dieu, il ne manque plus que la Charité, qui est un don du Saint-Esprit. La Foi est méritoire et procure le salut, selon l'expression de l'Apôtre [1], « elle est le fondement des choses qu'on doit espérer, et une preuve certaine de celles qui nous sont cachées. » Mais la Foi, sans les œuvres, c'est-à-dire sans la Charité, est une Foi morte.

ROBERT.

Je conçois que la Foi soit un mérite, à en juger par notre susceptibilité, lorsqu'on refuse de nous croire ; ce que nous regardons comme une injure, puisque c'est nous supposer menteurs; ne point ajouter foi à la parole de Dieu, de la vérité même, c'est l'offenser.

ANATOLE.

Quant à la Foi morte, à quoi servirait de croire que nous devons à Dieu nos adorations ; à nos parents et à nos supérieurs, le respect; notre amour à nos parents et à nos semblables, si nous ne pratiquions aucun de ces actes? Il ne suffit donc pas de croire, il faut encore pratiquer.

M. DUPONT.

La Foi en la parole de Dieu entraîne nécessairement l'espérance en ses promesses; vous vous croiriez, sans aucun doute, insulté, si l'on vous regardait comme capable de manquer aux vôtres ; si l'on vous traitait de beau *prometteur*, selon l'expression vulgaire. Or, Dieu a promis le Ciel aux observateurs de sa loi, nous sommes donc certains de l'obtenir, si nous lui sommes fidèles ; il a promis le pardon au pécheur qui retourne à lui, ce pardon est donc assuré; ne point attendre ces dons de sa bonté, c'est l'offenser,

[1] Eplt. Héb. ch. XII.

c'est pécher contre la foi en ses promesses et contre
l'espérance en sa miséricorde.

LUPART.

Si Dieu ne tenait pas ses promesses, qui les tien-
drait donc ?

M. DUPONT.

Ainsi ceux qui ne croient pas à une autre vie, au
dernier jugement, à la rédemption, aux récompenses
promises aux bons, aux peines réservées aux méchants, enfin à tout ce que l'Eglise enseigne, pèchent
contre la Foi et l'Espérance. Une fois dans l'autre vie,
nous verrons, nous connaîtrons tout clairement, et
la Foi sera dès lors inutile ; l'Espérance sera toute
satisfaite pour les bons et toute perdue pour les méchants ; donc elle cessera d'exister également. La
Charité, l'amour seul subsistera éternellement.

PAULINE.

Et l'amour du prochain ?

M. DUPONT.

Cet amour est inséparable de celui de Dieu ; quand
vous aimez bien quelqu'un, vous faites tout pour lui
plaire, vous aimez sa famille, ses enfants, ses amis.

MATHURIN.

Et même jusqu'au chien de la maison.

M. DUPONT.

Et tout cela pour plaire à l'objet aimé. Ainsi, devant aimer Dieu par-dessus tout, nous devons aimer
tout ce qu'il aime, particulièrement notre prochain,
pour lequel il a tout fait aussi bien que pour nous ;
aimer même toutes ses créatures qui lui plaisent,
puisqu'il les a créées et les conserve, observant que
ce soit toujours en vue de Dieu, que ce soit lui que
nous aimions dans ses œuvres, comme étant le seul
digne de notre amour, de notre attachement et de nos
espérances éternelles.

ANATOLE.

Notre amour doit raisonnablement être proportionné à l'excellence de l'objet aimé. Ainsi nous aimerons Dieu selon son commandement : *Un seul Dieu tu adoreras et aimeras parfaitement*, puisqu'il est le seul parfait ; puis la sainte Vierge, les saints anges et les bienheureux, et notre prochain comme nous-mêmes

M. DUPONT.

Et toujours pour l'amour de Dieu auquel tout doit se rapporter : la loi entière est renfermée dans ces deux commandements.

LANCELLE.

Veuillez, je vous prie, nous expliquer, M. le Curé, comment il est possible qu'on puisse aimer son prochain comme soi-même ?

M. DUPONT.

Remarquez d'abord que la loi ne dit pas plus que vous ; mais, *comme vous-mêmes ;* aussi ne devons-nous pas compromettre et encore moins sacrifier notre salut pour le sien. Ainsi, un mensonge ne peut être permis, dût-il procurer celui de tous les hommes, car un péché est le plus grand mal possible ; mais on peut, on doit sacrifier sa fortune, son temps et sa vie même, si ces sacrifices sont nécessaires, soit à notre propre salut, soit à celui du prochain ; parce que c'est la plus grande preuve d'amour que nous puissions donner à Dieu et à nos semblables. Le Sauveur nous a donné cet exemple ; ses apôtres l'imitant, ont souffert le martyre, pour nous procurer le bienfait de la connaissance de sa loi. C'est pourquoi leur mémoire est chère à l'Église, qui célèbre leur fête avec pompe.

ROBERT.

En effet, on a toujours regardé de tels dévouements comme héroïques ; c'est le général qui s'immole pour le salut de son armée, le brave se fait tuer pour son pays, pour la défense de ses concitoyens, c'est le héros, auquel on élève des statues.

LANCELLE.

De tels actes ne sont pas tous les jours nécessaires. Il est sans doute une règle de conduite dans l'état ordinaire des choses.

M. DUPONT.

C'est d'user à l'égard de nos semblables de la plus stricte justice; car si l'équité était toujours observée, la terre redeviendrait un vrai paradis.

LUPART.

Faites-nous connaître ces lois, je vous prie, car j'aime beaucoup le paradis, moi, et je ne conçois pas.....

M. DUPONT.

On peut les réduire à trois; la première est celle-ci : ne faites point à autrui ce que vous ne voudriez pas qui vous soit fait.

JULIEN.

Cela est clair; il ne faut tuer, voler, battre, insulter, ni tromper personne.

M. DUPONT.

Si la loi se bornait à ces seules choses, on pourrait être encore réellement un grand scélérat, mais elle va plus loin, elle vous défend tout ce qui peut lui nuire, mensonges, médisances, calomnies, et tout ce qui peut le porter en aucune manière à offenser Dieu, lui faire perdre son âme et son salut. Ainsi, vous éviterez les railleries qui pourraient le détourner de ses devoirs envers Dieu et la Religion, et le faire rougir de sa foi; vous vous garderez de lui donner mauvais exemple, et de lui causer du scandale, car le Sauveur a prononcé anathème contre ceux par qui le scandale serait produit dans le monde. « Malheur,

a-t-il dit, à celui qui scandalisera le moindre de ces
petits; » c'est ce qui a lieu spécialement par les jurements, les imprécations, les blasphèmes et les paroles
indécentes; toutes choses devenues, hélas! si communes et si populaires qu'on les entend sortir de la
bouche d'enfants, qui savent à peine parler, tant le
mauvais exemple est pernicieux; mais je veux surtout
fixer votre attention sur la gravité de quelques fautes
auxquelles on n'attache pas assez d'importance, et
auprès desquelles la calomnie, le vol, l'incendie et
l'assassinat ne sont rien.

LANCELLE.

Je ne pense pas qu'on puisse cependant faire pire,
à moins que de tuer père et mère.

M. DUPONT.

C'est cependant ce qui a lieu; la calomnie n'enlève
que le repos ou l'honneur de celui qu'elle attaque,
mais la vérité finit par être connue, et son but est
manqué; dans tous les cas, elle ne nuit que pour
un temps; celui qui trompe, qui vole, qui incendie,
ne vous enlève qu'une partie de vos biens, le tout,
si l'on veut; mais ces pertes sont réparables. Le meurtrier n'enlève qu'un reste de vie, qui peut être plus
ou moins long. Ces crimes nuisent à ceux qui les
commettent, souvent plus qu'à ceux qui en sont les
victimes : les parricides sont dans le même cas; tous
sont en horreur à la société, tandis que des crimes
plus grands se commettent tous les jours, quoique le
monde les regarde comme des bagatelles; on s'en fait
un jeu, et la société reçoit, accueille, et en recherche
même les auteurs; on se les arrache en quelque sorte,
comme si leur société donnait une sorte de célébrité;
ces crimes détestables sont cependant accompagnés
de bassesse, et les suites en sont on ne peut plus
déplorables.

ROBERT.

Je ne les connais pas; n'y a-t-il pas un peu d'exagé-
ration et de rigorisme dans cette assertion?

M. DUPONT.

Je veux vous en faire juge. Dites-moi, quel plus
grand mal pourriez-vous faire à votre ennemi, si
vous vouliez vous venger de lui d'une manière terrible?

LUPART.

Je le réduirais à la misère, je le rendrais l'objet du
mépris public; puis, par un poison bien lent, mais
terrible, ou par le feu et des tortures sans nombre,
je la ferais périr, je le broierais, je le pulvériserais,
enfin, je le ferais périr à petit feu.

M. DUPONT.

Ainsi font les cannibales, et leurs victimes se rient
de leur rage, à laquelle la mort met bientôt un terme.
Ainsi les tyrans en usaient à l'égard des premiers
chrétiens; ils envoyaient ces martyrs droit au Ciel;
écoutez cette anecdote trop peu connue.

Un souverain, irrité contre un évêque, qui ne
voulait point accéder à d'injustes prétentions, avait
juré de s'en venger d'une manière éclatante. Il con-
sulta ses vils courtisans. Le premier opina pour qu'on
l'envoyât en exil; un deuxième fut d'avis, qu'enfermé
dans un cul de basse-fosse, il fût cruellement fustigé
jusqu'à ce qu'il consentît à ce qu'on exigeait de lui;
un troisième voulut qu'on le dépouillât de tous ses
biens; un autre, enfin, demanda qu'on le fît mourir
dans d'affreux tourments; un dernier n'avait pas
donné son avis, on lui demanda : prince, dit-il,
aucun des conseils que vous venez d'entendre ne peut
satisfaire votre vengeance; vous ne sauriez le punir
ainsi : on parle d'exil, mais il ne se croira pas hors
de sa patrie, partout où il trouvera le même air, le
même ciel et le même Dieu. On veut le mettre au
cachot; le cachot sera pour lui un temple où il glo-

rifiera Dieu, et les souffrances qu'on lui infligerait ne feraient qu'ajouter à ses mérites ; on veut que vous lui ôtiez ses biens ; mais ce sont les pauvres auxquels il les distribue que vous en priverez ; si vous le faites mourir, vous le mettrez de suite en possession de la couronne qui l'attend dans le ciel, votre vengeance ne fera alors que hâter son bonheur. Mais que faut-il donc faire, dit le prince dépité ? Si vous voulez vous venger de lui, reprit le courtisan, tâchez, s'il est possible, de le porter à offenser Dieu ; alors, seulement votre vengeance sera complète, car vous le priverez par-là de tous les biens éternels et d'un bonheur infini, et vous le précipiterez dans un gouffre de supplices effroyables, dont nous ne pouvons nous faire même une idée. Le prince sentit que c'était le tort le plus grand, et le seul irréparable qu'on pût faire à un homme, que de le rendre ainsi éternellement malheureux, après lui avoir fait perdre des biens infinis et impérissables.

LANCELLE.

Cette pensée est plus que judicieuse ; elle est d'une évidence frappante ; elle fait sentir toute la gravité de pareils crimes, qui perdent ceux qui les provoquent, ceux qui les commettent et s'attaquent ainsi doublement à Dieu, en lui enlevant les âmes qui lui ont tant coûté, crimes qui n'ont, à l'égard du prochain, rien de comparable avec le tort qu'on peut lui faire dans des choses temporelles et passagères.

ANATOLE.

Ainsi, le scandale des blasphèmes, l'impiété, les mauvais exemples, sont des crimes de cette espèce et des plus abominables, dont en général cependant on ne s'inquiète guère.

M. DUPONT.

Telle est l'inconséquence, le défaut de jugement ou de réflexion des hommes, que ce sont des crimes les plus graves dont ils se font un jeu : par exemple, le monde ne rit, ne s'amuse-t-il pas de ce qu'il appelle des galanteries?

ROBERT.

Il est vrai que le monde les traite comme des bagatelles, et ne met guères de différence entre un galant et un honnête homme.

M. DUPONT.

Quelle honnêteté, grand Dieu! quoi! je séduirai astucieusement, et sous des promesses fallacieuses, que je me ferai ensuite gloire de trahir, une personne innocente, jeune et sans expérience, et je me prétendrai honnête homme.

JULIEN.

Nous sommes convenus qu'on ne l'était plus, dès qu'on manquait à sa parole.

M. DUPONT.

On l'est d'autant moins qu'on a retiré plus d'avantages, et obtenu plus de concessions par ces promesses; ainsi, je trahirai impunément mes serments, j'aurai ôté l'honneur et le repos à une malheureuse et faible victime de sa confiance en moi; je la priverai, et sa famille, de l'espoir d'un établissement honorable; je la livrerai à la prostitution, à la débauche, peut-être à l'affreux désespoir, et le monde ne fera que rire de mes forfaits, il m'en félicitera peut-être, je ne serai à ses yeux, et selon son expression, qu'un aimable *Roué!* lorsque je ne suis qu'un infâme scélérat. Les lois se taisent sur mon forfait, si je ne me suis pas adressé à la plus tendre enfance. Dites-moi, quel mal plus grand pouvais-je cependant lui faire? Ne lui ai-je pas ravi l'innocence et l'honneur, bien plus chers que la vie? N'a-t-elle pas, par ma faute, perdu l'estime même du monde, et la sienne propre? Ne lui ai-je pas fermé la route du salut, pour la lancer dans la voie de la perdition? Ne lui ai-je pas ravi le Ciel et légué l'enfer? L'ennemi le plus cruel eût-il pu lui faire plus de mal? Quelle atrocité commise de sang-froid, combinée avec calme, préparée avec une perfidie vraiment infernale? Il y a plus, m'attaquant à Dieu, je lui enlève une âme qu'il avait marquée de son sceau dans le baptême; je rends inutile à son égard le sang du Fils de Dieu, répandu pour son salut et celui de tous ceux qu'elle pourra pervertir; car, une fois lancée dans la carrière du vice que je lui ai ouverte, ayant perdu toute honte et toute pudeur, n'ayant plus rien à ménager, elle secouera tout frein : pervertie, elle en pervertira d'autres, qu'elle entraînera dans l'abîme où je l'aurai précipitée; c'est ainsi que je me trouverai coupable des suites mêmes de son crime, que le vice enfante le vice, et qu'un abîme entraîne dans un autre abîme [1]. Quelle âme honnête, quelle âme chrétienne ne se soulèverait à la vue de telles atrocités? et je n'ai parlé que de la séduction envers une personne libre; quel horrible tableau n'aurais-je point à tracer, si j'avais à vous peindre l'affreux adultère!

ANATOLE.

Que de duels, de meurtres, proviennent de ces crimes! L'infanticide et le suicide qui deviennent si communs, n'en sont-ils pas souvent l'affreuse conséquence? et les auteurs de ces forfaits sont accueillis de ce qui s'appelle la bonne compagnie, dont ils eussent été repoussés, s'ils eussent seulement pris un petit écu sur la table d'un millionnaire.

M. DUPONT.

Tel est le monde, et telle est sa justice. Mais, au grand jour du jugement de Dieu, tout rentrera dans l'ordre. Le crime paraîtra dans sa hideuse nudité, accompagné de tous ceux qu'il aura engendrés : le criminel rougira de lui-même, et le monde sera honteux

---

[1] *Abyssus abyssum invocat.*

d'avoir pu le méconnaître, et puni de l'avoir encouragé en lui applaudissant.

ROBERT.

Quelle lumière vous portez dans mon âme, M. le curé! Parmi nous autres militaires, il n'est aussi que trop commun de rire, de se faire gloire de ses infamies; elles sont même la cause la plus fréquente des duels, entre les compagnons de débauches, et cependant on appelle cela de bonnes fortunes.

M. DUPONT.

Ce n'est pas seulement le militaire qui s'y abandonne; dans le monde, on se fait aussi un jeu cruel de ces infamies atroces, et l'on se prétend chrétien. Mes amis, dans toutes nos actions, examinons-en les suites, et voyons toujours si nous voudrions qu'il nous soit fait ce que nous nous proposons; s'abstenir est la partie passive de la loi. La deuxième partie prescrit de faire aux autres ce que nous voudrions qui nous fût fait; c'est la partie active de la charité, c'est la loi du Seigneur, c'est ce qui nous rapproche le plus de Dieu. Aidez-vous, aimez-vous les uns les autres comme je vous ai aimés, dit le Sauveur; ainsi, nous aiderons notre prochain, de notre personne, de notre fortune, de nos talents et de nos conseils; nous soulagerons sa misère, nous le secourrons s'il est malade, ou en péril; nous le défendrons, dans le danger, contre la médisance et la calomnie que nous ne souffrirons pas en notre présence, nous l'avertirons de ce qui pourrait lui nuire, soit dans son salut, dans sa famille, sa personne ou ses biens; nous ne le priverons pas du respect et des égards dus à son rang, à son caractère ou à son âge; nous assisterons la vieillesse, l'enfance et l'indigence; nous protégerons la veuve, et défendrons l'orphelin; notre charité enfin s'étendra à tous, et n'aura d'autres bornes que nos facultés.

LANCELLE.

Nous aimerions que tout cela nous fût fait; donc

il faut le faire aux autres. Mais il y a tant de faux
mendiants qui trompent la charité, étant paresseux,
ivrognes et pauvres par leur faute. On ne peut d'ail-
leur donner à tout le monde ; il faut garder au moins
son nécessaire.

JULIEN.

Et comme on dit, charité bien ordonnée, commence
par soi-même.

M. DUPONT.

Pour le salut, cela est exact ; quant au reste, Dieu
ne demande pas que nous donnions ce qui nous est
strictement nécessaire. Il est une charité d'obligation,
c'est celle qui nous ordonne de fournir *aux besoins*,
observez bien ce mot, et de notre famille et de nos
proches : notre nécessaire ainsi prélevé, le surplus
appartient aux pauvres. Ainsi, ce superflu sera dis-
tribué aux parents indigents d'abord, puis aux vieillards infirmes, aux malades, aux estropiés, aux or-
phelins, et après eux, à ceux qui demandent. Vous
dites que plusieurs de ceux-ci sont valides ; c'est possible. Mais, n'ont-ils pas chez eux des infirmes ou des
vieillards, des malades ou des enfants auxquels leur
travail individuel ne suffit pas ? Ont-ils même toujours
de l'ouvrage ? Dans tous ces cas, il faut donc les aider ;
et que de reproches n'auriez-vous pas à vous faire, si,
faute de secours, leur détresse les portait au crime ?
Il est des fainéants, des ivrognes, je vous l'accorde ;
aussi n'est-ce pas une récompense que vous donnez à
leur conduite, ni un salaire à leur travail, mais un
don de charité. Ils vous demandent au nom de Dieu,
irez-vous les renvoyer à Celui qui ne vous les envoie
que pour vous donner une occasion de mériter à ses
yeux. Malheureux ! vous les renvoyez à Celui qui a
promis une récompense infinie à quiconque donnerait
seulement un verre d'eau en son nom ; en le refusant,
ne craignez-vous pas d'encourir cette terrible malédiction prononcée par Dieu même : « Allez, maudits, allez

au feu éternel avec tout ce qu'il y a de scandaleux et
ceux qui commettent l'iniquité [1]. Car j'ai eu faim, et
vous ne m'avez pas donné à manger; j'ai eu soif, et
vous ne m'avez pas donné à boire, etc. Autant de fois
vous avez manqué de le faire à un de ces plus petits,
vous avez manqué de le faire à moi-même [2]. » Faisons-
leur donc ce qu'à leur place nous aimerions qu'il nous
soit fait.

FRANÇOIS.

D'où résulte la nécessité de l'aumône, chacun selon
ses moyens; et la troisième ?

M. DUPONT.

La troisième partie de la loi est une suite nécessaire des deux autres; la voici : Faites-vous à vous-
même ce que vous voudriez que les autres se fissent.

MATHURIN.

Cette partie ne me paraît pas aussi claire que les
deux autres.

M. DUPONT.

N'est-il pas vrai que vous aimeriez voir les autres
personnes modérer leur vivacité, contenir leur susceptibilité, leur arrogance, leur orgueil, ou calmer
leur colère? Eh bien! modérez-vous aussi vous-
même, calmez votre irascibilité, votre sang trop bouil-
lant et prêt à s'enflammer à la moindre plaisanterie,
au moindre mot lâché souvent sans intention; alors
la paix règnera entre tous, votre bonheur s'accroîtra
de celui des autres : contenant votre jalousie, vous
vous réjouirez du bonheur de vos semblables. Vous
retiendrez votre langue prête à lâcher une injure, à
proférer une imprécation, une impiété ou un blasphème
qui scandaliserait le prochain. Ainsi serait accompli
ce précepte du Sauveur, que saint Jean répétait si souvent à ses disciples : *Aimez-vous les uns les autres.*

---

[1] S. Matth. XIII. 41.
[2] Matth. XXV. 42 et 3.

Etonnés de ce qu'il le répétait sans cesse, ils lui demandèrent s'il n'avait pas autre chose à leur dire? Non, répondit-il, puisque, avec l'amour de Dieu, ce précepte renferme toute la loi, les commandements et toute perfection.

ROBERT.

Tous les commandements y sont, en effet; et si on les observait bien, tels que vous venez de nous les expliquer, la terre redeviendrait un nouveau paradis.

M. DUPONT.

Observons toujours que pour que cet amour soit parfait, il faut qu'il ait lieu en vue de Dieu, et pour lui plaire.

LANCELLE.

Mais, M. le Curé, quand on a eu le malheur de ne pas suivre ces règles du salut, et qu'on a commis quelqu'un de ces crimes affreux, dont vous nous avez dépeint les suites funestes?.....

M. DUPONT.

Dieu, qui connait notre fragilité, y a pourvu; tant que nous existons, nous sommes les maîtres de retourner à lui, et de reconnaitre notre erreur. Si nous retournons à lui de bonne foi, sa bonté nous accueille; car il ne veut pas la mort du pécheur, mais qu'il change sa voie et qu'il vive; le plus grand crime serait de désespérer de sa miséricorde; ce fut celui de Judas. Comment croire que Dieu puisse frapper un pécheur repentant, qui s'est réfugié dans les bras de notre adorable Rédempteur dont il a appliqué sur les plaies de son âme le baume de son Sang, de ce Sang qui a amplement satisfait pour tous les péchés possibles? Un Dieu tout miséricordieux ne se laissera-t-il pas toucher par le repentir, et n'usera-t-il pas de clémence envers celui que son divin Fils lui présente comme étant le prix de son sacrifice.

ROBERT.

Que la religion est consolante! M. le curé. Vous me

voyez pénétré ; j'espère que vous ne me refuserez pas de compléter dans le particulier vos instructions à mon égard.

LUPART.

Je suis l'exemple de Robert, moi ; c'est mon chef de file ; je ne suis jamais resté en arrière, quand il s'est agi de faire mon devoir.

M. DUPONT.

Mon joug est doux, a dit Notre-Seigneur : vous avez servi un roi de la terre, votre conduite et votre zèle vous ont mérité des honneurs et des récompenses ; le Roi du ciel, que vous voulez servir, vous en promet de bien plus magnifiques, si vous lui êtes fidèles.

ANATOLE.

Mettons, pour plaire à Dieu, le même empressement, le même soin que nous mettons pour plaire au monde, et nous assurerons à jamais notre bonheur.

LUPART.

Mais faut-il se confesser souvent ?

M. DUPONT.

Ayez de votre âme au moins autant de soin que vous en avez de votre corps. Sitôt qu'il est sale, chargé de boue, que vous avez une tache, comme on dit, à la figure, vous vous empressez de vous nettoyer ; faites de même à l'égard de votre âme défigurée et devenue hideuse par un péché mortel ; ne vous lavez-vous pas souvent, toutes les semaines au moins, même tous les jours, pour enlever la poussière qui, mêlée à la sueur, formerait à la fin une crasse épaisse difficile à enlever, et qui, séjournant sur la peau, y occasionnerait des boutons de rougeur, la gale même? Eh bien, les péchés véniels, si la fréquente confession ne les faisait disparaître, finissent par produire le même effet sur les âmes. Il faut donc les laver dans les eaux de la pénitence et de la mortification.

LANCELLE.

J'entends très-bien cette comparaison ; il faut de suite nettoyer son âme du moindre péché mortel, et ne pas laisser accumuler les péchés véniels. La raison en est évidente.

ANATOLE.

Le bon sens et la raison ne peuvent être opposés à la religion.

LANCELLE.

Vous triomphez, messieurs, et complètement. Il faut, en effet, renoncer au sens commun pour adopter les absurdités qu'on nous débite contre la religion. J'abjure en votre présence tout sentiment qui lui est contraire, bien décidé de m'y attacher désormais, espérant que M. le curé daignera me réconcilier avec elle et avec moi-même.

JULIEN.

Et moi, croyez-vous que je resterai en arrière ? Je veux aussi suivre mon chef. Lancelle fait abjuration ; j'en fais de même à l'égard de ces bêtes à deux pieds, qui, avec leurs beaux systèmes, voudraient nous ravaler au-dessous des animaux. C'est décidé, M. le curé, vous aurez une pratique de plus ; je me suis souvent reproché de vous l'avoir retirée ; honteux en votre présence, je me sauvais au cabaret, bien sûr que vous ne viendriez pas m'y chercher ; mais puisque je reviens à vous, j'espère que vous ne me refuserez pas.

M. DUPONT.

Je le voudrais, que mon devoir s'y opposerait ; mais nous n'en sommes pas là ; je me trouve trop heureux de votre retour et ne songe qu'à en glorifier Dieu. Je vous invite au saint Sacrifice que je lui adresserai demain solennellement en actions de graces.

LANCELLE.

Mes amis, nous nous réunirons ici pour y aller

ensemble ; il faut que, n'ayant pas rougi de notre impiété, nous ne rougissions pas de notre foi, et que nous réparions nos scandales passés par de bons exemples.

MATHURIN.

Dieu soit loué. Ayant la même foi, c'est désormais que nous sommes vraiment amis. Demain nous dine- rons tous ensemble, et M. le curé ne nous refusera pas l'honneur de venir bénir le festin.

FIN.

TABLE

—◦◊◦—

FIN DE LA TABLE.

—◦ Lille , typ. L. Lefort. 1882. ◦—

www.ingramcontent.com/pod-product-compliance
Lightning Source LLC
Chambersburg PA
CBHW070453030726
47503CB00004B/1028